CATHERINE SHEPHERD

KRÄHENMUTTER

1. Auflage 2015

Korrektorat / Lektorat:
Franziska Gräfe
Gisa Marehn

Cover-Design: Alex Saskalidis

www.catherine-shepherd.com
kontakt@catherine-shepherd.com

ISBN 978-3-944676-04-3

Weitere Titel von Catherine Shepherd:

DER PUZZLEMÖRDER VON ZONS

Der erste Zons-Thriller

E-Book: Kafel Verlag; TB: Lago Verlag (MVG)

April 2012

ERNTEZEIT

Der zweite Zons-Thriller

Kafel Verlag

März 2013

KALTER ZWILLING

Der dritte Zons-Thriller

Kafel Verlag

Dezember 2013

AUF DEN FLÜGELN DER ANGST

Der vierte Zons-Thriller

Kafel Verlag

August 2014

TIEFSCHWARZE MELODIE

Der vierte Zons-Thriller

Kafel Verlag

August 2014

FATAL PUZZLE

Zons Crime (Book 1)

Titel der deutschen Originalausgabe: Der Puzzlemörder von Zons

AmazonCrossing

Januar 2015

Das, was wir das »Böse« nennen, ist nur die andere
Seite des Guten.

Johann Wolfgang von Goethe

Prolog

»Guten Tag, mein Name ist Baby. Ich bin ein Junge und zehn Jahre alt. Mama hat mich behalten.«

Er stand auf Zehenspitzen und reckte sich, so weit es ging. Mamas Spiegel hing hoch, und er schaffte es nur mit Mühe, die Lippen über den unteren Rand zu heben. Das Kinn war halb abgeschnitten. Immerhin konnte er den Großteil seines Gesichts im Spiegel erkennen und seine Mimik einstudieren, während er seine Vorstellung probte. Eigentlich durfte er nicht in Mamas Schlafzimmer sein. Aber es war das einzige Zimmer im ganzen Haus, in dem es einen Spiegel gab. Er hatte sich heimlich hineingeschlichen. Mama war mit den Babys beschäftigt, und so hatte er die nächste halbe Stunde für sich. Er konnte sich gar nicht richtig erinnern, wann er zum ersten Mal auf die Idee gekommen war, aber irgendwann hatte sie sich in seinem Kopf festgesetzt. Er wollte Schauspieler werden. Dafür übte er jetzt schon seit Wochen. Im Fernsehen hatte er eine Preisverleihung gesehen und aufmerksam beobachtet, wie sich die einzelnen Stars vorstellten. Also reckte er sich und setzte ein strahlendes Lächeln auf, während er den ersten Satz wiederholte. Er träumte davon, jemand anders zu sein. Ein Held, der Menschenleben rettet und von allen bewundert wird. Jemand, der im Mittelpunkt steht und sein Leben nicht im Schatten fristet, so wie er.

Mama kümmerte sich immer nur um die Babys. Sie

liebte sie über alles. Manchmal hatte er Angst, dass sie die Babys mehr liebte als ihn. Er war glücklich, dass sie ihn nicht, wie all die anderen, weggegeben hatte. Trotzdem empfand er ihre große Fürsorge für die Babys als Zurückweisung seiner selbst. Außerdem musste er täglich helfen. Alleine würde Mama die ganze Arbeit nie schaffen können. Die Babys forderten viel Aufmerksamkeit. Ständig schrie eines von ihnen und nie kehrte Ruhe ein. Sogar jetzt, wo er sich in das Schlafzimmer unter dem Dachboden geschlichen hatte, hörte er ihre Schreie. Er sehnte sich nach Stille. In seinem Leben gab es nur wenige Momente davon. Meist tief in der Nacht, wenn die Babys endlich schliefen. Dann konnte er die Gedanken ungestört fließen lassen. In seiner Fantasie wurde er endlich zu einem anderen Jungen, einem mit einem richtigen Namen. Mama nannte ihn immer noch Baby. So wie alle anderen Kinder auch. Er stellte sich vor, wie es wäre, Maximilian oder Jonas zu heißen. Im Supermarkt hatte er diese Namen gehört. Mütter hatten sie herausgeschrien. Einmal aus Verzweiflung, weil der Junge scheinbar verschwunden war, und ein anderes Mal, um den Griff des Kindes in eines der zahlreichen Schokoladenregale zu verhindern. Er war fasziniert gewesen von dem Klang eines eigenen Namens. Wer einen Namen trug, war etwas Besonderes. Jemand, an den man sich erinnern konnte. Nicht so wie er. Mama achtete stets darauf, dass er unbemerkt blieb. Seine Gestalt war schmal und aus seinem blassen Gesicht blickten dunkelbraune Jungenaugen in die Welt. Im Laufe der Jahre hatte er lernen müssen, sich unsichtbar zu machen. Die meisten Menschen sahen durch ihn hindurch, als wäre er Luft. Noch nie hatte er an der Kasse ein Geschenk bekommen. Andere Kinder bekamen manchmal ein kleines Spielzeug von den Kassiererinnen, die emsig die Lebensmittel über die Scanner zogen. Doch er wurde nicht wahrgenommen. Selbst wenn er sich direkt an das Band stellte, schenkte ihm niemand Beachtung.

»Baby!« Schrill dröhnte Mamas Stimme durch das Haus.

»Baby, wo bist du? Komm sofort her und hilf mir!«

Der Schreck machte ihn für einen Augenblick bewegungsunfähig. Mama durfte ihn hier oben nicht entdecken. Immer noch auf Zehenspitzen stand er da und wagte kaum zu atmen.

Langsam kehrte die Kontrolle über seinen Körper zurück. Ungelenk stakste er über die alten Holzdielen, bemüht, sie nicht zum Knarren zu bringen. Er wusste genau, wo er hintreten durfte. Als er die Tür erreicht hatte, zog er sie lautlos hinter sich zu und schlich an der Wand entlang bis zur Treppe, die die drei Etagen des Hauses miteinander verband. Der Keller hingegen war nicht über das Treppenhaus, sondern nur durch eine Luke im Fußboden erreichbar. Neben der Luke lag ein ausgefranster Teppich, der die Öffnung im Nu verschwinden ließ, sobald Besucher das Haus betraten.

»Baby, verdammt noch mal, wo steckst du?«

Abermals zuckte er zusammen. Die Stimme war direkt unter ihm und hallte das Treppenhaus empor. Er reckte den Hals über das Holzgeländer und sah hinab. Mama starrte ihn böse an.

»Was zum Teufel treibst du dort oben? Habe ich

dir nicht gesagt, du sollst Kartoffeln schälen?«

»Ich war nur kurz in meinem Zimmer.« Babys Stimme klang hoch wie die eines kleinen, verängstigten Mädchens. Schnell hastete er die Treppen hinunter, bis er für einen flüchtigen Moment direkt neben Mama stand. Bevor ihre Hand nach seinem T-Shirt greifen konnte, schlängelte er sich an ihr vorbei. Zwei Stufen auf einmal nehmend, erreichte er das Erdgeschoss und rannte in die Küche.

I

Laura war wieder gefangen. Dicke Taue schlangen sich um ihre Knöchel und zogen sie unbarmherzig in die Tiefe. Ihre Lungen brannten, und sie musste ihre gesamte Kraft aufbringen, um die Luft weiterhin anzuhalten. Sobald sie den Mund öffnete, würde eiskaltes Seewasser in ihre Atemwege eindringen und sie ersticken. Lauras Füße strampelten panisch. Sie stieß sich an den verrosteten Eisengittern ab, die tief in den Boden des Sees gerammt waren. Sie hatte es die ganze Strecke bis hierher geschafft. Nur noch wenige Meter trennten sie von der rettenden Wasseroberfläche. Sie durfte jetzt nicht aufgeben.

Ihr schmaler Mädchenkörper hatte sich durch den engen Kanal hinaus aus dem Gefängnis gewunden. Es war ein schon fast übermenschlicher Akt an Willenskraft gewesen, der ihre schmächtige Gestalt so weit zusammenquetschte, dass sie schließlich in das Rohr hineinpasste und sich auch noch vorwärtsbewegen konnte. Am Anfang war die Röhre noch trocken gewesen, doch nach einem Knick, der in die Tiefe führte, füllte sie sich mehr und mehr mit Wasser.

Laura blickte nach oben. Durch die aufgepeitschte Seeoberfläche konnte sie bereits den blauen Himmel sehen. Ihre Beine strampelten. Die Arme ruderten. Der Druck in Lauras Oberkörper schwoll zu einem unerträglichen Schmerz an. Endlich konnte sie die Füße befreien und schoss pfeilschnell nach oben. Ihr

Mund öffnete sich kurz vor der Wasseroberfläche. Ein Gemisch aus Luft und Flüssigkeit presste sich in ihre gierigen Lungen. Sie hustete und rang nach Atem.

Laura schreckte hoch und riss sie die Augen auf. Verwirrt starrte sie in die Dunkelheit ihres Schlafzimmers, während ihre Hände mechanisch nach der Lampe auf dem Nachttisch tasteten. Der Lichtschein verjagte die Schatten ihres Albtraumes. Laura war jetzt fast dreißig Jahre alt, und noch immer verfolgten sie die Dämonen aus ihrer Kindheit. Mit elf Jahren war sie entführt worden. Mehrere Tage wurde sie in einem Pumpwerk gefangen gehalten, bis ihr die Flucht gelang. Der Täter hatte die Gelenkigkeit und auch die Willenskraft seiner zierlichen Geisel unterschätzt. Er hatte bereits einige Mädchen auf dem Gewissen, und Laura war die Einzige, die ihm entkommen konnte. Mit zitternden Händen griff sie unter das Kopfkissen. Das kühle Metall ihrer Dienstwaffe entlockte ihr einen tiefen Seufzer der Erleichterung. Mit der Waffe in der Nähe fühlte sie sich sicher. Sie zog die Hand zurück und ließ sich ins Kissen sinken. Lauras Finger fuhren unbewusst über das Schlüsselbein und verharrten auf den schwieligen Narben, die nach all den Jahren zu einem verhärteten Netz aus unebenen Linien verwachsen waren. Bei ihrer Flucht hatte sie sich in den Eisengittern, die die Rohranlage des Pumpwerkes vor Verschmutzung schützen sollten, verfangen. Die verrosteten Metallstangen zerfetzten ihre Haut und das darunterliegende Gewebe. Laura spürte die Wunden erst, als sie das sichere Ufer erreicht hatte. Mit mehreren Operationen versuchten die Ärzte damals, ihre Haut zu retten. Doch eine Infektion machte den ersten Erfolg der Behandlung zunichte. Ein Teil der Haut musste durch ein Transplantat ersetzt werden, das von ihrem Oberschenkel entnommen wurde. Dies war der Grund, warum Laura stets lange Hosen und hochgeschlossene Blusen oder T-Shirts trug.

Eigentlich war sie zu einer atemberaubenden Schönheit herangewachsen. Ausdrucksstarke haselnussbraune Augen in einem feinen Gesicht, eingerahmt von blonden Locken, brachten so manchen Mann auf der Straße dazu, sich nach ihr umzudrehen. Doch Laura erkannte ihre eigene Schönheit nicht. Die Narben, sowohl die äußerlichen als auch die auf ihrer Seele, erschufen ein Spiegelbild, in dem sie nicht mehr als eine graue Maus erkennen konnte, deren einziger Wert in ihrer Intelligenz und einem enormen Ehrgeiz lag. Immerhin hatte sie vor ein paar Jahren die Aufnahme ins Landeskriminalamt Berlin geschafft. Lauras Dezernat war für Entführungen, erpresserischen Menschenraub und Tötungsdelikte zuständig. Die eigene Lebenserfahrung machte sie zu einer äußerst erfolgreichen Ermittlerin, die durch ihr Einfühlungsvermögen und die in der Kindheit erworbene Intuition fast alle kritischen Fälle lösen konnte.

Laura fuhr mit der Zunge über die trockenen Lippen. Mit immer noch zittrigen Händen griff sie nach der Wasserflasche, die sie jede Nacht neben dem Kopfende ihres Bettes bereitstellte. Gierig ließ sie die kühle Flüssigkeit die Kehle hinablaufen. Der Albtraum hatte ihre Schleimhäute ausgetrocknet. Sie schloss die Augen und atmete ein paar Mal tief durch, bis sie das Gefühl hatte, im Hier und Jetzt angekommen zu sein. Dann warf sie einen Blick auf den Wecker, dessen rot leuchtende Anzeige ein eigenartiges Muster auf ihre Schlafzimmerdecke zeichnete. Es war kurz nach drei, also noch mitten in der Nacht. Laura ahnte, was nun kam. Sobald sie die Augen erneut schloss, würden die schrecklichen Bilder zurückkommen. Seufzend ergriff sie ihr Diensthandy, ein Smartphone mit riesigem Display, und öffnete den Kalender. Die dicken roten Balken für den kommenden Tag verhießen nichts Gutes. Sie entdeckte einen neuen Termin, der für acht Uhr morgens angesetzt war. ›Einsatzbesprechung‹ stand in fetten Buchstaben in der obersten Zeile. Verdammt, einen Moment lang war Laura sich unsicher, was sie jetzt tun sollte. Wenn sie den Albtraum loswerden wollte, dann musste sie die nächsten sechzig Minuten wach bleiben. Das bedeutete allerdings, dass sie am Morgen wie ein Schluck Wasser in der Kurve hängen würde. Laura war eine echte Eule. Nichts konnte ihr den Tag mehr vermiesen als frühes Aufstehen oder zu wenig Schlaf. Andererseits brachte eine von Albträumen durchzogene Nacht auch keine Erholung. Sie zögerte kurz und traf eine Entscheidung. Sie wollte diese Bilder abschütteln. Laura zog die Dienstwaffe unter dem Kopfkissen hervor, schlüpfte aus dem Nachthemd und lief nackt zum Kleiderschrank. Aus der mittleren Schublade kramte sie ihre Joggingklamotten heraus und zog sie rasch an. Dann schlurfte sie mit halb geschlossenen Augen über den schmalen Flur und stieg in ihre Joggingschuhe. Laufen war Lauras Allheilmittel. Sie war mit ihren einsfünfundsiebzig und dem schlanken Körperbau die geborene Läuferin. Sobald sie in Bewegung kam, schaltete ihr Gehirn in einen Erholungsmodus um, der alle unnötigen Gedanken wegfegte. Laura nannte es den Laufrausch. Durch die Konzentration auf die eigenen Schritte und eine gleichmäßige Atmung gelangte sie tatsächlich in eine Art Trance, die sich fast wie Meditation anfühlte. Leichtfüßig stieg Laura die knarrenden Holzstufen hinunter. Sie wohnte in einem typischen Berliner Altbau. Ihr Penthouse besaß eine großzügige Dachterrasse mit fantastischem Ausblick. Dies entschädigte für das teilweise heruntergekommene Gebäude, dessen Besitzer ein Immobilienfonds war, der sich wenig um Äußerlichkeiten scherte. Die getätigte Investition musste sich langfristig rechnen. Modernisierungsarbeiten waren kostspielig und wurden so lange wie möglich hinausgezögert.

Laura hatte sich trotzdem auf den ersten Blick in das Gebäude und in die Wohnung verliebt. Ihr machte es nichts aus, dass es keinen Fahrstuhl gab. Sie wollte sowieso fit bleiben und lief die vielen Stufen gerne zu Fuß.

Unten angekommen warf sie einen Blick auf die Uhr. Sie schob die schwere Holztür auf, die schon seit der Errichtung des Gebäudes den Eingang des Hauses verschloss. Neben der Tür prangte eine ganze Armada von Klingelschildern. Das Gebäude beherbergte über zwanzig Wohnparteien. Die Nachbarn kannten sich untereinander kaum. Laura konnte unbehelligt ein- und ausgehen, ohne dass sie von neugierigen Blicken verfolgt wurde. Sie genoss diese Anonymität und die damit verbundenen Freiheiten.

Vor der Haustür drehte sie sich noch einmal um. Das diffuse Licht der Straßenlaternen ließ die Schatten von den Blättern der üppigen Linden auf dem porösen Putz des Gebäudes tanzen. Um diese Uhrzeit war die Straße menschenleer. Die nächste Kneipe lag mehr als drei Straßenzüge entfernt, sodass sich auch keine betrunkenen Teenager oder andere Nachtschwärmer bis hierher verirren konnten. Laura steckte sich die Kopfhörer ihres *iPods* in die Ohren und lief los. Sie nahm die Route, die direkt unter den Laternen entlangführte. Doch der Bürgersteig war uneben und Laura wollte nicht mit dem Fuß umknicken. Deshalb bog sie an der nächsten Straßenecke ab und lief in den Park, der unmittelbar an das Wohnviertel angrenzte. Der Weg war nicht gepflastert, er bestand lediglich aus festem Sand. Trotzdem kam er Laura ebener vor als der Bürgersteig vor ihrem Haus. Sie zog das Tempo leicht an. Die Strecke kannte sie in- und auswendig. Sie wusste genau, wie viel Zeit sie bis zum nächsten Meilenstein benötigte. Ihre Schritte, der stoßweise Atem und Lauras Herzschlag vereinigten sich zu einem einzigen dumpfen Klopfen und trugen die schrecklichen Bilder ihres Albtraumes davon.

Ihr letzter Gedanke galt der Einsatzbesprechung, die sie morgen früh um acht Uhr erwartete. Diese Termine wurden stets sehr kurzfristig angesetzt. Immer dann, wenn es einen ernsten Fall gab. Und wenn Laura hinzugezogen wurde, ging es um etwas, das mit Entführungen oder Geiselnahmen zu tun hatte.

Laura drehte die Lautstärke weiter auf. Später war noch genug Zeit zum Grübeln, jetzt wollte sie einfach nur den Kopf klarkriegen und danach noch ein paar Stunden Schlaf genießen. Die Musik vertrieb die Gedanken an die Besprechung und Laura lief weiter in die dunkle Nacht hinein.

II

Achtzehn Stunden zuvor

Die Dosen türmten sich fast bis zur Decke des Supermarktes. Ihre Augen waren längst nicht mehr so gut wie früher, und so musste sie ziemlich dicht herantreten, um die kleine Schrift zu entziffern. Sie kniff die Augen zusammen. Dicke rote Bohnen. Sie schüttelte sich innerlich. Kidneybohnen konnte sie nicht ausstehen. Sie waren das Leibgericht ihres Vaters gewesen, und sie konnte die Portionen, die sie als Mädchen in sich hineinwürgen musste, gar nicht zählen. Der Teller war leer zu essen. So lautete die Maxime ihres Vaters. Der Geschmack war Nebensache. Ihren Babys würde sie eine solche Tortur niemals zumuten. Wer nicht mehr wollte, wurde in Ruhe gelassen.

Aus dem Augenwinkel nahm sie eine Bewegung wahr. Unauffällig drehte sie den Kopf und entdeckte einen himmelblauen Kinderwagen, der sich durch die engen Regalreihen schob. Ein Junge! Ihr Herz schlug schneller. Sie hatte lange keinen kleinen Jungen mehr gehabt. Ihre Kinder waren mittlerweile schon so groß, dass sie bald anfangen würden zu laufen. Sobald sie liefen, waren es in ihren Augen keine Babys mehr. Der Kinderwagen bewegte sich auf ein Regal mit Kosmetikartikeln zu.

Die Mutter, eine hochgewachsene Blondine, ließ den Wagen los und stürzte sich auf die riesige Auswahl von Lippenstiften, die sich schier endlos aneinanderreihten. Das Angebot lockte mit exotischen Farben, und schon probierte die Frau das erste Testexemplar vor einem kleinen Spiegel aus, der am Ende der Regalwand angebracht war. Der Kinderwagen stand nach wie vor ganz am Anfang des Regals. In regelmäßigen Abständen warf die Mutter einen flüchtigen Blick hinüber, wobei ein Großteil ihrer Konzentration dem Ausprobieren der neuesten Lippenstifte galt.

Das war ihre Chance. Sie näherte sich langsam. Hielt sich dicht bei den Regalen und huschte bis in Griffweite des Kinderwagens. Zunächst warf sie nur einen kurzen Blick hinein. Der Anblick ließ ihr Herz noch höher schlagen. Trotzdem ging sie erst einmal weiter und bog in die nächste Reihe ab. Dort nahm sie drei Packungen Babynahrung aus dem Regal. Sie hielt inne und versuchte, ihren Atem zu beruhigen. Jetzt bloß nicht in Hektik geraten. Das konnte alles verderben. Sie schloss die Augen und rief sich das Gesicht des winzigen Jungen ins Gedächtnis. Seine Augen waren geschlossen. Ganz friedlich lag er in seinem Kinderwagen und schlief. Das war eine gute Ausgangssituation. Aber ihr Gewissen regte sich. Sie hatte mehr als genug Kinder. Sie würde ein neues Bett anschaffen müssen. Die Vernunft mahnte sie, an ihren schmalen Geldbeutel zu denken. Es war jetzt schon alles knapp. Ein weiteres Kind könnte zum endgültigen Kollaps führen. Und Baby war mittlerweile ein großer Junge, schon zehn Jahre alt. Langsam fing er an, Ansprüche zu stellen. Den einen oder anderen Wunsch würde sie ihm erfüllen müssen, wenn sie nicht wollte, dass er am Ende weglief oder völlig unglücklich wurde. Ein Stich durchzuckte sie bei dem Gedanken, er könnte sie verraten. Sie schüttelte sich. Vielleicht sollte sie einfach weitergehen und den himmelblauen Kinderwagen vergessen. In ein paar Monaten hatte sie wieder Platz und die Karten würden neu gemischt werden. Sie lugte vorsichtig um die Ecke und fixierte den Kinderwagen. Die Mutter des kleinen Jungen stand immer noch vor dem Spiegel und konnte sich ganz offensichtlich nicht entscheiden. Versonnen spitzte die Blondine die Lippen und warf ihrem Spiegelbild ab und zu einen Kussmund zu.

Abermals schoss das Bild des friedlich schlafenden Babys durch ihren Kopf. Ohne weiter auf die Stimme ihres Gewissens zu hören, lief sie los. Lautlos näherte sie sich dem Objekt ihrer Begierde. Sie warf einen letzten Blick auf die Blondine, deren prüfende Augen eben noch kurz zu dem Kinderwagen gewandert waren, um gleich wieder zum eigenen Spiegelbild zurückzukehren.

Dann tat sie es. Es ging ganz einfach. Zuerst legte sie nur einen Finger auf den Griff des Kinderwagens und drückte ein wenig. Die Bremse war nicht angezogen, und wie von Geisterhand rollte das ultraleichte Designerstück ein paar Zentimeter vorwärts. Sie stieß den Wagen ein zweites Mal an und warf einen kritischen Blick über die Schulter. Erleichterung machte sich auf ihrem Gesicht breit. Niemand beachtete die Frau mittleren Alters in den farblosen Kleidern, die zügig einen himmelblauen Kinderwagen durch die engen Regalreihen des Supermarktes vor sich herschob. An der Kasse bezahlte sie die drei Packungen Babynahrung. Die Kassiererin blickte zur Begrüßung nicht einmal auf und zog gelangweilt einen Artikel nach dem anderen über den piependen Scanner. Die Frau verließ den Supermarkt, ohne dass auch nur eine Menschenseele von ihr Notiz genommen hatte.

III

Sophie Nussbaum war eine französische Schönheit. Schon mit zweiundzwanzig Jahren lernte sie den deutschen Unternehmer Matthias Nussbaum kennen, der sie mit vielen Versprechungen über das aufregende Berliner Nachtleben nach Deutschland lockte. Sophie war ein Mädchen vom Land. Sie stammte aus einem kleinen Ort in der Provence, der nicht viel Unterhaltung bot. Matthias Nussbaum war eigentlich auf der Suche nach neuen Schätzen für seinen Weinkeller gewesen, als er Sophie traf, die auf einem Weingut arbeitete. Es war Liebe auf den ersten Blick. Nach nicht einmal zwei Monaten machte er ihr einen Heiratsantrag und keine vier Wochen später war Sophie schwanger. Die nächtelangen Ausflüge durch das Berliner Klubleben waren auf einen Schlag vorbei. Ihr Baby hielt sie Tag und Nacht auf Trab. Trotzdem bemühte sich Sophie, ihre Figur so schnell wie möglich wiederherzustellen. Außerdem achtete sie peinlich genau auf ein gepflegtes Äußeres. Bequeme Klamotten, auf Schminke zu verzichten und T-Shirts voller Babybrei waren ihr ein Graus. Wenn sie schon das Nachtleben entbehren musste, gönnte sie sich tagsüber umfangreiche Shoppingausflüge, während das Baby die meiste Zeit friedlich im Kinderwagen schlief. Das Einkommen ihres Mannes war mehr als üppig, und so kam Sophie mindestens einmal in der Woche mit prall gefüllten Einkaufstaschen nach Hause.

Heute jedoch hatte der kleine Henri ihr aus unerfindlichen Gründen einen Strich durch die Rechnung gemacht. Sie wusste nicht genau, was ihm fehlte. Jedenfalls hatte er bereits in den frühen Morgenstunden mit lautem Gebrüll an ihren Nerven gezerrt und ihre Planungen für die Shoppingtour zunichtegemacht. Eine gefühlte Ewigkeit war sie mit ihm spazieren gefahren, bis er vor den Türen eines Supermarktes endlich eingeschlafen war.

Sie hatte dem Drang nicht widerstehen können und war schnurstracks in die Kosmetikabteilung spaziert. Es handelte sich um einen großen Berliner Supermarkt, der besser ausgestattet war als so manche Drogerie. Die neueste Kollektion von Lippenstiften in leuchtenden Farben zog Sophie sofort in ihren Bann. Sie warf einen prüfenden Blick auf Henri, der immer noch friedlich in seinem Kinderwagen schlummerte. Erleichtert atmete sie auf und betrachtete die unterschiedlichen Farben, die von hauchzartem Rosa bis hin zu dunklem Braun reichten. Sie wählte ein warmes Orange, positionierte sich vor einem kleinen Spiegel am Ende der Regalwand, trug die cremige Farbe auf und hauchte sich einen verheißungsvollen Kuss zu. In Gedanken war sie bei ihrem Ehemann Matthias, der am Abend von einer einwöchigen Geschäftsreise zurückkehren würde. Sie blickte auf die Uhr und stellte zufrieden fest, dass ihr noch genug Zeit blieb, um weitere Farben auszuprobieren. Matthias würde erst am späten Abend eintreffen, was bedeutete, dass Henri dann bereits schlief. Sophie lächelte. Sie würde ihr hauchdünnes Kleid tragen, Matthias' Lieblingsessen vorbereiten und gemeinsam mit ihm eine wundervolle Nacht verbringen. Abermals warf sie einen prüfenden Blick in Richtung des himmelblauen Kinderwagens. Die Kosmetikabteilung war fast leer. Die meisten Kunden tummelten sich bei den Lebensmitteln. An der Fleischtheke hatte Sophie eine lange Menschenschlange registriert. Bis in den hinteren Teil des Supermarktes, in dem Sophie sich befand, verirrte sich nur ab und zu ein Angestellter mit Pappkartons auf dem Arm und noch viel seltener ein Kunde. Nur im Augenwinkel bemerkte sie eine Frau, die sich einem Regal mit Duschgels näherte.

Sophie betrachtete ihr Gesicht im Spiegel. Der warme Braunton stand ihr gut. Er betonte ihre dunkelbraunen Augen und bildete einen wunderbaren Kontrast zu ihrem blonden Haar, das in sanften Wellen über ihre Schultern floss. Doch sie fand die Farbe nicht sexy genug. Schließlich hatte sie Matthias seit einer Woche nicht gesehen. Sie brauchte etwas Aufregendes, was ihn nicht weiter als bis in den Flur kommen ließ, bevor er über sie herfiel. Ihre Finger griffen nach einem kräftigen Rot. Es war gewagt, vielleicht eine Spur zu aufdringlich. Aber Sophie wollte den Farbton unbedingt ausprobieren. Sie zerrte ein Papiertaschentuch aus ihrer Handtasche und wischte sich den Braunton von den Lippen, bevor sie die neue Farbe auftrug. Perfekt. Sophie sah Matthias' Blick geradezu vor sich. In Gedanken öffnete sie ihm die Haustür. Ein Luftzug fuhr unter ihr Kleid und gab einen betörenden Blick auf ihre schlanken Oberschenkel preis. Sie hauchte Matthias ein verführerisches »Hallo« zu. Sophies Haut prickelte, als sie in Gedanken Matthias' Finger auf ihrem Hals spürte. Er zog sie wortlos zu sich heran und küsste sie leidenschaftlich. Sophie stöhnte leise auf, die Augen immer noch auf den Spiegel geheftet. Ein Lächeln fuhr über ihr Gesicht und erstarb wenige Sekunden später, als ihre Augen zu der Stelle hinüberwanderten, an der eben noch Henri gestanden hatte. Sophie blinzelte, als eine Schockwelle ihren Körper in eine Art Starre versetzte. Kälte breitete sich in ihren Adern aus, während ihr Gehirn versuchte, ein Bild des Kinderwagens an genau jene Stelle zu projizieren, an der er eigentlich hätte stehen müssen. Sie hatte Henri keine dreißig Sekunden aus den Augen gelassen. Die Leere, die sie sah, musste ein Trugbild sein. Ein blinder Fleck. Der Kinderwagen konnte sich schließlich nicht in Luft aufgelöst haben. Plötzlich ließ die Starre in ihrem Körper nach und Sophies Beine stolperten am Regal entlang zu der Stelle, wo Henri eben noch gestanden hatte. Ihre Hände bewegten sich durch die Luft, als suchten sie einen unsichtbaren Gegenstand. Sie drehte sich verloren im Kreis. Nachdem sie begriff, dass dort nichts war, sank sie zu Boden. Ein heiseres Krächzen presste sich durch ihre Kehle: »Henri«. Sophies Stimme schwoll zu einem verzweifelten Kreischen an: »Henri? Wo bist du? … Hat jemand meinen Kinderwagen gesehen? Bitte helfen Sie mir! Ich kann mein Baby nicht finden.«

IV

»Darf ich Ihnen meine Kollegin vorstellen?« Joachim Beckstein deutete auf Laura, die mit glühenden Wangen im Türrahmen stand. »Laura Kern, eine unserer erfahrensten Ermittlerinnen auf dem Gebiet der Geiselnahmen und Entführungen. Sie hat hervorragende Referenzen …«

In Lauras Kopf rauschte es so stark, dass sie den Worten ihres Vorgesetzten nicht folgen konnte. Völlig außer Puste ließ sie sich auf den ersten freien Stuhl des Raumes fallen, in dem die kurzfristig angesetzte Einsatzbesprechung stattfand. Laura hatte verschlafen.

Ein Stromausfall in der Nacht musste den Wecker lahmgelegt haben. Als sie heute Morgen die Augen öffnete, waren die rote Leuchtanzeige und das wirre Muster, das der Wecker normalerweise an die Schlafzimmerdecke warf, verschwunden. Stattdessen kitzelten Sonnenstrahlen ihre Nasenspitze und versetzten sie nach dem ersten genüsslichen Gähnen in Panik. Ihr Diensthandy zeigte sieben Uhr dreißig an. Daraufhin war sie, wie von einer Hornisse gestochen, aufgesprungen und ins Bad gestürmt. Die notdürftige Katzenwäsche hatte ihre Haare unberücksichtigt gelassen. Der frische Wind, der in den Morgenstunden durch die Straßen Berlins fegte, tat sein Übriges und verwandelte die restlichen Konturen ihrer Frisur in ein wildes Durcheinander.

Erst als sich ihr Atem langsam beruhigte, stellte sie

fest, dass der Besprechungsraum zur Hälfte mit unbekannten Gesichtern besetzt war, die sie nach der Vorstellung durch Joachim Beckstein neugierig beäugten. Mit immer noch glühenden Wangen nickte Laura unsicher in die Runde und versuchte, sobald sich die Köpfe wieder der Leinwand zugewandt hatten, ihre Haare mit den Fingern zu ordnen. Schnell erkannte sie, dass der Versuch sinnlos war. Nach Lauras Auftritt war es offensichtlich, dass sie verschlafen hatte, und das dürfte niemandem entgangen sein. Eine ältere Frau, die Laura noch nie gesehen hatte, schien sie immer noch missbilligend anzustarren. Laura warf ihr einen unterkühlten Blick zu und drehte sich demonstrativ zur Leinwand.

Das große Foto eines vielleicht sechs Monate alten Babys nahm ihre Gedanken auf der Stelle gefangen. Intuitiv setzte Lauras Gehirn die unbewusst aufgenommenen Bruchstücke des Vortrags zusammen, den Joachim Beckstein schon vor ihrer Ankunft begonnen hatte. Der Sohn eines angesehenen Großunternehmers war vor etwa vierundzwanzig Stunden spurlos verschwunden. Da die Eltern sehr wohlhabend waren, ging die Berliner Polizei von einem Erpressungsfall aus. Jederzeit wurde mit einer Geldforderung der Täter gerechnet. Da die Polizei, die unmittelbar nach dem Verschwinden des Jungen involviert worden war, bisher keinerlei brauchbare Spuren ermitteln konnte, sollte das Landeskriminalamt diesen Fall übernehmen.

Matthias Nussbaum war ein bekannter Unternehmer, der auch in politischen Kreisen hohes Ansehen genoss und ganz zufällig eng mit dem Leiter des Landeskriminalamtes befreundet war. Zudem besaß die Mutter des Kindes die französische Staatsangehörigkeit, was dem Vorfall einen länderübergreifenden Charakter gab.

Laura ratterte im Geist die Fakten runter, die ihr Vorgesetzter auf die Leinwand projizierte. Ein mulmiges Gefühl machte sich in ihrer Magengegend breit.

»Vierundzwanzig Stunden ohne Lösegeldforderung sind ein ungewöhnlich langer Zeitraum für einen Erpressungsversuch«, platzte es aus Laura heraus. Alle Augen richteten sich auf sie.

»Normalerweise versuchen die Entführer, so schnell wie möglich, in der Regel innerhalb der ersten Stunden, Kontakt zu den Erpressungsopfern aufzunehmen. Sie haben kein Interesse an einer langen und möglicherweise aufwendigen Geiselhaft, sondern sind an einer zügigen Geldübergabe interessiert. Je länger die entführte Person in ihren Händen ist, desto größer ist das Risiko, entdeckt zu werden«, ergänzte Laura ihre Wortmeldung.

Die ältere Frau, die sie so missbilligend angestarrt hatte, runzelte die Stirn. »Was wollen Sie damit andeuten, Frau Kern?« Ihre Stimme klang scharf. »Soll das etwa heißen, dass wir es hier nicht mit einer Kindesentführung zu tun haben?«

Laura zuckte mit den Schultern. »Ich habe nur gesagt, dass für einen Erpressungsfall schon ungewöhnlich viel Zeit vergangen ist.«

Joachim Beckstein unterbrach Laura mit einer bloßen Geste. »Frau Schnitzer, was meine Kollegin damit andeuten möchte, ist, dass wir uns die Umstände der

Entführung erst genauer anschauen müssen. Ich muss Frau Kern in ihrer Einschätzung durchaus recht geben. Normalerweise erfolgt die Kontaktaufnahme sehr viel früher.«

Schnitzer. Der Name kam Laura irgendwie bekannt vor. Aus welcher Abteilung kam diese Schreckschraube nur, überlegte sie.

»Hören Sie, ich möchte, dass dieser Fall so schnell wie möglich aufgeklärt wird. Wir können es uns nicht leisten, dass die Kinder von so einflussreichen Unternehmern wie Nussbaum für Erpressungszwecke missbraucht werden. Das schadet dem Ruf unserer Hauptstadt.«

Laura verkniff sich einen spitzen Kommentar. Warum sollten die Kinder reicher Eltern mehr wert sein als andere? Sie fragte sich, ob diese Frau auch dann in der Einsatzbesprechung aufgetaucht wäre, wenn es sich um das Kind eines einfachen Handwerkes gehandelt hätte.

Marion Schnitzer erhob sich. »Ich vertraue auf Ihre Personalentscheidungen, Herr Beckstein.« Dabei warf sie Laura einen eisigen Blick zu. »Enttäuschen Sie mich nicht.« Mit diesen Worten lenkte sie ihre Schritte in Richtung Ausgang und verließ, ohne sich noch einmal umzudrehen, den Raum. Die unbekannten Teilnehmer der Besprechung, auf die Laura sich bisher keinen Reim machen konnte, folgten Frau Schnitzer aus dem Raum, als wären sie ihr Schatten. Zurück blieben Lauras Kollegen und ein blasser Joachim Beckstein, der sich schlaff auf einen der leer gewordenen Stühle fallen ließ.

»Wer war das?« Laura stieß ihren Partner Max an, der das Geschehen mit ausdrucksloser Miene verfolgt hatte.

»Du kennst sie nicht?«, flüsterte er fassungslos.

Laura zog die Augenbrauen zusammen.

»Nein. Du etwa?«

»Jetzt erzähl mir bloß nicht, dass dir der Name Marion Schnitzer nichts sagt.« Max' Augen fixierten sie, als wollten sie die Antwort per Telepathie in Lauras Gehirn funken.

In ihrem Kopf überschlugen sich die Gedanken. Bis es ihr schließlich einfiel. Vor Schreck ließ Laura ihren Kugelschreiber fallen. Marion Schnitzer. Natürlich, wieso war sie nicht gleich darauf gekommen? Marion Schnitzer war seit Kurzem die Berliner Senatorin für Inneres. Wenn sie sich zu einem so frühen Zeitpunkt in den Fall einmischte, dann musste Nussbaum eine wirklich große Nummer sein. Laura hatte die Senatorin noch nie getroffen, allerhöchstens kannte sie ihr Foto aus der Zeitung.

»Innensenatorin?«, zischte sie Max ins Ohr.

Ihr Partner nickte und seine Lippen formten tonlos »Na endlich!«

»Laura. Max.« Joachim Becksteins Gesicht hatte wieder Farbe angenommen. »Ich möchte, dass ihr beide die Sache übernehmt. Da ihr Marion Schnitzer soeben persönlich kennengelernt habt, könnt ihr euch denken, dass sie ein harter Knochen ist und keinerlei Rückschläge duldet. Ich gebe euch bis heute Abend Zeit, dann will ich den ersten Bericht haben.« Er stoppte kurz und rieb sich das Kinn. »Am besten, ihr nehmt erst einmal den Supermarkt unter die Lupe, in dem Henri Nussbaum verschwunden ist.«

…

Keine fünfzehn Minuten später hielt der Dienstwagen von Laura und Max auf dem Parkplatz des Supermarktes, der trotz der frühen Morgenstunde bereits gut gefüllt war. Max lief voraus. Seine verwaschenen Jeans und das orangefarbene T-Shirt, das sich eng an seinen muskulösen Oberkörper schmiegte, machten ihn glatt um zehn Jahre jünger. Laura entgingen die Blicke einiger Bewunderinnen nicht, die an ihrem Partner klebten, als bestünde er aus Zucker. Dabei war Max ganze fünf Jahre älter als Laura. Doch neben ihm wirkte sie in der hochgeschlossenen Bluse und der schlichten Leggins, die zwar ihre langen Beine betonte, ansonsten aber eher langweilig aussah, um einiges älter als Max.

Es gab eine Zeit, da hatte es zwischen ihr und Max fast gefunkt. Er war trotz seiner Glatze ein attraktiver Mann mit einem markanten Gesicht, aus dem intelligente blaue Augen schauten. Doch Max' Frau Hannah hatte ihre beginnende Romanze nach kurzer Zeit im Keim erstickt. Max war entgegen seinem jugendlichen Auftreten ein absoluter Familienmensch, der nicht ohne seine kleine Tochter leben konnte. Schneller, als es Laura lieb war, hatte er Hannah die Affäre mit einem anderen Mann verziehen und die aufkeimenden Gefühle für Laura aus seinem Herzen verbannt. Laura war zunächst ein wenig gekränkt gewesen, hatte Max' Wunsch nach einem intakten Familienleben aber nachvollziehen können. Da Laura ein ausgesprochenes Single-Leben führte, hatte sie sich am Ende arrangiert. Der Lohn war eine innige Freundschaft, die sie seit nun bald vier Jahren miteinander verband.

Max hatte die gläsernen Eingangstüren des Supermarktes erreicht, die sich automatisch vor ihm öffneten. Die Information befand sich auf der linken Seite und Max lenkte seine Schritte energisch in diese Richtung. Die Frau hinter dem Tresen schenkte ihm keine Beachtung, als er sich davor aufbaute. Ohne auch nur aufzublicken, sortierte sie Kassenbelege, die sie nach einem bestimmten Schema aneinanderheftete. Max räusperte sich. Als die Frau immer noch nicht reagierte, knallte er die Dienstmarke auf den Tisch.

»Guten Morgen, wir möchten mit dem Marktleiter Harald Schuster sprechen.« Seine tiefe Stimme donnerte wie ein Maschinengewehr über den Tresen und die Frau ließ augenblicklich ihre Belege fallen. Ihre Augen erfassten die Polizeimarke, und sie sprang schneller auf, als man es ihrem fülligen Leib zugetraut hätte.

»Schon wieder die Polizei?« Ihre Augen irrten suchend im Supermarkt hin und her. »Einen Moment bitte. Herr Schuster war gerade noch hier. Er müsste irgendwo dort hinten sein.« Ihre Augen scannten den Raum. Nach einer Weile schüttelte sie den Kopf.

»Ich kann ihn leider nicht entdecken. Ich rufe ihn am besten aus.« Sie ergriff den Telefonhörer und drückte eine Taste. Kurz darauf ertönte aus den Lautsprechern, die hoch über ihren Köpfen an den Stahlträgern der Supermarktdecke angebracht waren, die Stimme der molligen Frau.

»Herr Schuster, bitte zur Information. Ich wiederhole: Herr Schuster, bitte dringend zur Information.« Dann legte sie den Hörer auf und musterte Max. Ihre Augen wanderten zwischen ihm und Laura hin und her. Mit einem kritischen Unterton in der Stimme fragte sie: »Warum tragen Sie keine Uniform?«

Noch bevor Max antworten konnte, stürzte ein dünner Mann mit Schnurrbart und schütterem Haar auf sie zu. Auf seiner Stirn hatten sich kleine Schweißperlen gebildet und er schob im Laufen seine Brille den Nasenrücken hinauf.

»Was kann ich für Sie tun?« Seine Stimme überschlug sich.

»Die Herrschaften hier sind von der Polizei.« Die Frau an der Information klang immer noch kritisch, hatte jedoch offenbar beschlossen, dass der Fall jetzt für sie erledigt war. Ohne sich weiter um die Besucher zu kümmern, wandte sie sich erneut ihren Kassenbelegen zu.

Laura trat einen Schritt nach vorne und reichte Harald Schuster die Hand, die sich genauso feucht anfühlte, wie seine schweißnasse Stirn es befürchten ließ. Obwohl die Berührung ein Gefühl des Ekels in ihr auslöste, zuckte sie nicht zurück.

»Wir sind hier, um uns die Überwachungsvideos anzusehen, die unsere Kollegen sichergestellt haben.«

Der Marktleiter warf Laura einen irritierten Blick zu. »Ihre Kollegen haben das Videomaterial bereits gesichtet. Doch sie konnten nichts darauf finden.«

Laura nickte. »Wir sind von einer Spezialeinheit der Polizei und übernehmen diesen Fall. Deshalb müssen wir leider noch einmal ganz von vorne anfangen. Wenn Sie also so freundlich wären, uns das Filmmaterial zu zeigen.«

Harald Schuster nickte und manövrierte Laura und Max quer durch den Supermarkt. Als sie an einer Auslage mit frischem, duftenden Brot vorbeikamen, meldete sich Lauras Magen und erinnerte sie daran, dass sie aufgrund ihres überstürzten Aufbruchs nicht gefrühstückt hatte. Der Marktleiter führte sie in einen Trakt mit Personalbüros und blieb an einer unauffälligen Tür stehen. Das Polizeisiegel verriet, dass es sich um den Videoraum handeln musste, in dem ihre Kollegen die Überwachungsaufnahmen sichergestellt hatten. Schuster hielt Laura den Schlüssel vor die Nase.

»Dann kann ich Sie ja alleine lassen. Die Videobänder liegen gleich vorne auf dem Tisch.« Als er gehen wollte, hielt Laura ihn auf.

»Ich brauche von Ihnen eine Liste aller Mitarbeiter, die an den letzten sechs Tagen hier Dienst hatten.«

Schuster drehte sich um und nickte.

»Und vergessen Sie bitte nicht, auch die Dienstleister aufzulisten, die den Markt in dieser Zeit beliefert haben«, fügte Max hinzu.

Schuster nickte abermals und lief dann schnellen Schrittes zurück in den öffentlich zugänglichen Teil des Supermarktes.

Laura steckte den Schlüssel ins Schloss und brach das Polizeisiegel auf. Ein muffiger Geruch schlug ihnen entgegen. Der Raum war klein und fensterlos. Acht Monitore bedeckten fast die komplette Fläche der gegenüberliegenden Wand. Davor stand ein Tisch mit einem Karton. Laura kramte eines der Videobänder heraus. Die Technik war veraltet. Im ersten Moment hatte Laura gehofft, digitale Aufnahmen vorzufinden. Das hätte das Sichten des Materials erheblich vereinfacht. Die Bilder auf klassischen Videobändern ließen sich nicht gut vergrößern. Die Aufnahmequalität war einfach viel zu schlecht.

»Wir sollten die Bänder von Ben checken lassen.«

Max verdrehte die Augen.

»Ach komm schon, Max. Er ist wirklich gut. Ben kann versuchen, die Aufnahmen zu vergrößern, und dann entdecken wir vielleicht etwas, das unsere Kollegen übersehen haben.« Laura stupste Max aufmunternd an, doch dieser hatte eine eisige Miene aufgesetzt.

»Außerdem habe ich keine Lust, den Tag in dieser muffigen Abstellkammer zu verbringen. Wir könnten auf dem Rückweg bei *Schneiders* vorbeifahren. Ich besorge Schokomuffins«, fügte Laura lächelnd hinzu.

Sie wusste, dass Max jegliche Zusammenarbeit mit dem Leiter des Kriminallabors vermied. Ben Schumacher war derjenige, mit dem Max' Frau Hannah vor einigen Jahren eine Affäre angefangen hatte. Max erwischte die beiden damals in flagranti auf einem Labortisch. Max war völlig ausgerastet und hatte Ben mehrere Faustschläge mitten ins Gesicht verpasst. Nach dem ersten Schock hatte Ben allerdings genauso heftig zurückgeschlagen. Beide trugen etliche Platzwunden davon, die sogar genäht werden mussten. Nach diesem Vorfall entschied Max' Frau sich damals gegen ihn und verließ innerhalb nur einer Woche die gemeinsame Wohnung, um bei Ben einzuziehen.

Dr. Ben Schumacher war das genaue Gegenteil von Max. Promovierter Physiker und Computerfreak – ein detailverliebter Typ zwischen Genie und Wahnsinn. Max hingegen war ein Freigeist. Ein kreativer Überflieger, der nie zu tief ins Kleinteilige abtauchte. Laura seufzte und wartete auf Max' Reaktion. Immerhin schien das Wort Schokomuffins eine kleine Gefühlsregung in ihm auszulösen. Er kratzte sich hinter dem Ohr und ergriff schließlich den Karton mit den Überwachungsvideos.

»Dann lass uns fahren, bevor der Bäcker leer gekauft ist.«

…

Die Muffins waren herrlich. Laura fiel über sie her, als wäre es die letzte Mahlzeit in ihrem Leben. Ihr Magen dankte ihr das verspätete Frühstück mit einem zufriedenen Grummeln.

Dr. Ben Schumacher hatte bereits das erste Videoband in ein spezielles Analysegerät eingelegt. Der graue Kasten sah mehr wie ein überdimensionaler PC als ein Videorekorder aus. Eine schwarze Klappe verschluckte das Tape mit lautem Surren und ein paar Sekunden später erschien das erste Video auf dem

Bildschirm. Der Supermarkt verfügte trotz der veralteten Technik über eine Vierundzwanzig-Stunden-Überwachung. Die Aufnahmen wurden alle sechs Tage überschrieben. Weiter konnten sie also nicht in die Vergangenheit schauen. Laura war sich noch nicht sicher, ob dieser Punkt von Relevanz war. Bei den meisten Entführungsfällen spionierten die Täter ihre Opfer wochen-, ja sogar monatelang vorher aus. Solange, bis sie den Tagesablauf bis ins kleinste Detail kannten und genau in dem Moment zuschlagen konnten, in dem ihr Opfer am wenigsten damit rechnete. Die Mutter des entführten Babys hatte allerdings angegeben, zum ersten Mal in diesem Supermarkt eingekauft zu haben. Dieser Umstand passte nicht zu dem typischen Muster eines klassischen Entführungsfalls. Genauso wenig wie die Tatsache, dass der oder die Täter immer noch keinen Kontakt zu den Eltern aufgenommen hatten, um ihre Lösegeldforderung zu stellen.

Trotz der leckeren Muffins zog sich Lauras Magen zusammen. Diese Entführung verlief bisher völlig anders als ihre bisherigen Fälle. Wenn sie auf den Überwachungsvideos keine brauchbare Spur entdeckten, befürchtete Laura das Schlimmste. Denn wenn es in diesem Fall nicht um eine Entführung ging, dann handelte es sich bei dem Täter womöglich um einen Kinderschänder oder um einen Mörder. Die Konsequenzen mochte Laura sich gar nicht ausmalen.

Die Videoaufnahme begann genau um 00:00 Uhr des Tages, an dem Henri Nussbaum entführt wurde. Der Markt war gespenstisch leer. Die flackernden Notleuchten an den Ausgängen und Deckenpfeilern ließen unheimliche Schatten durch die engen Regalreihen spazieren. Mehr als einmal glaubte Laura, eine Gestalt zu sehen, die sich an den Regalen zu schaffen machte. Nachdem sie die ersten dreißig Minuten auf den Bildschirm gestarrt hatten, bat Laura Ben, das Video zu beschleunigen.

»Ich denke, wir können das Band bis zur Öffnung des Supermarktes vorspulen. Im Protokoll des Sicherheitsdienstes stand, dass der erste Mitarbeiter ungefähr dreißig Minuten vor Ladenöffnung den Markt betreten hat.«

»Wann genau hat die Entführung stattgefunden?«, fragte Ben, ohne den Blick vom Bildschirm abzuwenden.

Laura blätterte in ihren Unterlagen. »Das war gegen 9:30 Uhr.«

»Okay«, erwiderte Ben und spulte das Band vor. Um Punkt 8:30 Uhr ließ er die Aufnahme weiterlaufen. Zunächst passierte überhaupt nichts. Laura starrte auf den Monitor. Ihre Augen waren schon ganz trocken und sie musste ständig blinzeln. Endlich lief ein junger Mann auf die Eingangstüren des Supermarktes zu und spähte von innen auf die Straße hinaus. Kurz darauf verschwand er wieder. Er zog sich in einen Teil des Raumes zurück, der nicht von den Kameras erfasst wurde. Laura erinnerte sich, dass an dieser Stelle die Personalräume lagen, die nicht überwacht werden durften.

Wieder vergingen endlose Minuten, in denen sie auf den Bildschirm starrten, der sich in ein Standbild verwandelt zu haben schien. Lauras Augen brannten.

Ben hingegen machte die Warterei offenbar nicht das Geringste aus. Er war es gewohnt, stundenlang auf Monitore zu schauen. Aus dem Augenwinkel nahm Laura wahr, wie ihr Partner Max ungeduldig von einem Fuß auf den anderen wippte. Er hatte anscheinend genauso wenig Geduld wie sie. Laura spürte, wie ihr Rücken langsam schmerzte, weil sie die ganze Zeit in einer gebückten Haltung stand, die ihr einen besseren Blick auf das Video erlaubte. Gerade als sie sich aufrichtete, zuckte das Bild und die erste Kassiererin erschien. Die Frau trug eine Geldkassette unter dem Arm und begab sich umständlich hinter ihre Kasse. Insgesamt konnte Laura drei Kassen erkennen. Die Frau nahm die mittlere. Sie öffnete die niedrige Holztür, schob die Kassette in den unteren Teil des Kassengerätes und tippte eine Zahlenkombination in die Tastatur ein. Dann zerrte sie an einem Schlüssel, den sie an einem Band um den Hals trug, steckte ihn in das Kassenschloss und drehte ihn herum. Anschließend ließ sie sich lustlos auf ihren Stuhl sinken und lehnte sich müde zurück. Es dauerte nicht lange und eine weitere Kassiererin begab sich an ihren Arbeitsplatz. Die Uhr auf dem Videoband zeigte kurz vor neun an. Der Supermarkt würde jeden Augenblick öffnen. Der junge Mann von vorhin erschien erneut und blieb abermals vor den großen Fensterscheiben stehen. Er schaute auf seine Armbanduhr. Dann drückte er auf einen Schalter und öffnete die Eingangstüren.

Eine alte Frau mit einem Ledertrolley wartete bereits auf den Einlass und schlurfte an dem jungen Mann vorbei in den Markt. Laura beobachtete sie eine

Weile, verlor aber schnell das Interesse. Die Frau schien völlig unverdächtig. Dafür erregte eine gut aussehende Blondine mit einem himmelblauen Kinderwagen Lauras Aufmerksamkeit. Das war Sophie Nussbaum, die Punkt 9:15 Uhr den Supermarkt betrat. Sie trug hautenge Jeans und ein ebenso enges Oberteil, das ihre schlanke Taille und auch ihr Dekolleté hervorragend zur Geltung brachte. Kein Wunder, dass Matthias Nussbaum mit dieser Frau zusammen war, schoss es Laura durch den Kopf. Ihre Bewegungen waren fließend und anmutig und Laura konnte sich bildlich vorstellen, wie Nussbaums Jagdinstinkte bei ihrem Anblick angeschlagen hatten. Sophie hätte ebenso gut auf einem Pariser Laufsteg modeln können. Sie war genau die Art Frau, die ein Typ wie Nussbaum brauchte, um sein perfektes Image zu komplettieren.

Instinktiv griff Laura sich an den Kragen. Ihr Zeigefinger strich über die vernarbte Haut auf dem Schlüsselbein, während sie sich vorstellte, an Sophies Stelle zu sein. Wie es sich wohl anfühlte, so schön und selbstbewusst aufzutreten, ohne lästige Makel, die unter der Kleidung versteckt werden mussten? Aber könnte sie einen aalglatten Geschäftsmann wie Matthias Nussbaum lieben? Laura rief sich sein Bild ins Gedächtnis und schüttelte sich abrupt. Nein. Dieser Mann schien kalt. Seine hellblauen, intelligenten Augen hatten etwas Berechnendes an sich, ja etwas nahezu Seelenloses. Er brauchte keine Liebe und keine Frau, die ihm zur Seite stand. Nussbaum benötigte ein Vorzeigeobjekt, das gut aussah, lächelte und ihm nicht weiter in die Quere kam. Die zwanzig Jahre jüngere

Sophie erfüllte diese Kriterien perfekt.

Der Supermarkt war inzwischen voll von Menschen, die ihre Einkaufswagen vor sich herschoben. Sophie Nussbaum lief zielgerichtet an den Lebensmittelregalen vorbei und bewegte sich aus dem Blickfeld der Kamera. Aus der Einsatzbesprechung wusste Laura, dass sie sich Lippenstifte in der Kosmetikabteilung angeschaut hatte, als ihr Baby verschwand.

»Gibt es nur vorne an den Kassen Kameras?«, fragte Ben.

»Ja, im hinteren Teil sind nur Kamera-Attrappen angebracht. Der Betriebsrat hatte sich gegen die komplette Videoüberwachung des Supermarktes gewehrt. Gut für die Mitarbeiter, aber leider Pech für uns.« Lauras Rücken schmerzte inzwischen erheblich. Sie zog einen Stuhl heran, setzte sich und kroch mit den Augen noch dichter an den Bildschirm. Der Kassenbereich wimmelte bereits von Kunden und Laura hoffte, dass sie wenigstens den entführten Kinderwagen sehen würden, wenn sie schon keine Chance hatten, die Entführung selbst zu beobachten.

»Willst du nicht näher kommen? Es ist gleich soweit«, sagte Laura an Max gerichtet, der sich bis jetzt im Hintergrund gehalten hatte und von seinem Standort aus unmöglich die Gesichter der Supermarktkunden erkennen konnte. Laura blickte ihn an und sah, wie er die Augen verdrehte. Sie zog die Stirn kraus und funkelte ihn an, während sich ihre Lippen zu einem stummen Jetzt-stell-dich-nicht-so-an! formten. Sie wusste, dass Max den Leiter des Kriminallabors hasste, aber die Lösung des Entführungsfalls hatte absoluten

Vorrang. Außerdem war die Affäre zwischen Max' Frau und Ben längst Geschichte. Aber an Max' Miene konnte Laura sehen, dass er das vollkommen anders sah. Zögerlich trat Max näher und positionierte sich an Lauras rechter Seite, während Ben links von ihr saß. Das Videoband zeigte 9:29 Uhr an und Lauras Puls schien mit jeder Sekunde schneller zu werden. Ihre Augen scannten die Kunden an der Kasse und suchten nach irgendeinem Zeichen oder einer Auffälligkeit. Doch bis 9:35 Uhr geschah überhaupt nichts. Die Überwachungskamera präsentierte einen vollen Supermarkt, dessen Kassiererinnen in Höchstgeschwindigkeit die Artikel über den Scanner schoben und die trotzdem nicht verhindern konnten, dass die Warteschlange stetig anwuchs. Laura trommelte unruhig mit den Fingern auf die Schreibtischplatte. Ihre Nerven waren angespannt und sie ahnte, dass der Kinderwagen jede Sekunde auf dem Bildschirm auftauchen musste. Mit starrem Blick und zusammengepressten Zähnen fokussierte sie den Monitor, als wenn sie die Geschehnisse dadurch beschleunigen könnte. Endlich schob sich ein Kinderwagen in die Warteschlange und sie hielt unwillkürlich die Luft an.

»Der ist rosa. Das ist nicht der Wagen von Sophie Nussbaum«, stellte Max fest, bevor Laura ihrer Enttäuschung Luft machen konnte. Sie blickte auf die Zeitanzeige und versuchte, die Aussage der Mutter zu rekonstruieren. Nussbaum hatte angegeben, dass der kleine Henri gegen 9:30 Uhr verschwunden war. Das Videoband zeigte inzwischen 9:36 Uhr an und bisher war der himmelblaue Kinderwagen nicht aufgetaucht.

Konnte es sein, dass Sophie Nussbaum in ihrer Verzweiflung einen falschen Zeitpunkt genannt hatte? Sie blätterte im Bericht der Kriminalpolizei, doch auch hier war der Zeitpunkt nur ungefähr angegeben. Sechs Minuten kamen Laura zumindest unheimlich lang vor. Der Entführer hatte sicherlich so schnell wie möglich das Weite gesucht. Laura fragte sich, ob der Täter vielleicht unbemerkt durch den Hinterausgang hinausgelangt sein konnte. Zwar hatte der Marktleiter diese Möglichkeit ausgeschlossen, aber falls einer der Mitarbeiter in den Fall involviert war, durfte diese Fluchtoption keinesfalls unbeachtet bleiben.

»Da ist er«, stieß Ben hervor und deutete auf die linke obere Ecke des Monitors, in die sich genau in dieser Sekunde ein himmelblauer Kinderwagen schob. Laura rutschte auf ihrem Stuhl nach vorne und fixierte die Gestalt hinter dem Kinderwagen.

»Ich verstehe unsere Kollegen nicht. Das müssen die doch gesehen haben! Haben die denn keine Augen im Kopf?«, schimpfte Max.

»Ist das ein Mann oder eine Frau?«, fragte sie achselzuckend, ohne die Augen abzuwenden.

»Ich kann es nicht sehen. Die Kapuze verdeckt das Gesicht.« Ben stoppte das Videoband und vergrößerte das Standbild.

»Verdammt, der Kerl sieht aus wie ein Phantom«, flüsterte Max, der jetzt ebenfalls am Bildschirm klebte und die Anwesenheit seines Erzfeindes offenbar ganz vergessen hatte.

»Das Gesicht ist jedenfalls nicht zu erkennen«, stellte Ben resigniert fest und zoomte den Oberkörper des Täters näher heran. Der Kapuzenpullover war jedoch so unförmig, dass keine Aussage zum Geschlecht des Entführers möglich war.

»Ich glaube, es ist eine Frau.« Laura wusste selbst nicht genau, woran sie ihre Einschätzung festmachte. Es war eher ein Gefühl, das der Anblick des Entführers in ihr hervorrief. Die Bewegungen wirkten nicht männlich und auch die Körperproportionen schienen eher zu einer Frau zu passen.

»Vielleicht hast du recht.« Ben ließ das Videoband weiterlaufen.

Wer immer Henri Nussbaum entführt hatte, besaß Nerven. In aller Ruhe bezahlte der Entführer und verließ dann ohne Hast den Supermarkt.

»Was hat sie da gekauft?«, fragte Laura und Ben spulte das Band zurück. Ein Junge hüpfte an der Kasse vorbei und hob den Kopf. Seine Augen sahen für den Bruchteil einer Sekunde in die Kamera, dann senkte er den Blick und rannte auf die Straße. Laura registrierte sein Gesicht und den Schmerz, der aus seinen Augen schimmerte. Für einen winzigen Moment regte sich etwas in ihr. Eine dunkle Erinnerung, die sie jedoch schnell wieder wegwischte.

»Babynahrung«, stieß Laura ungläubig hervor. »Es kann doch nicht sein, dass diese Frau ein Kind entführt und seelenruhig zur Kasse marschiert, um auch noch einzukaufen.«

»Vielleicht sollte es nur der Tarnung dienen«, warf Max ein.

»Das kann ich mir nicht vorstellen. Warum hat sie überhaupt etwas gekauft, anstatt direkt zu verschwinden? Das ist doch ein unnötiges Risiko«, widersprach Laura.

»Möglicherweise war sie ja im Supermarkt, weil sie ursprünglich tatsächlich Babynahrung kaufen wollte und dann hat sie das Baby entdeckt und es ganz spontan entführt.«

Laura starrte Ben an und versuchte, seine Worte zu verarbeiten. Ben hob die Brauen und fragte: »Und warum zum Teufel bist du jetzt eigentlich so sicher, dass unser Entführer eine Frau ist?«

Laura lächelte und spulte das Video zurück. Als die Kassiererin das Geld entgegennahm, stoppte sie.

»Schaut euch mal das Portemonnaie an. Kein Kerl würde mit so einer großen Geldbörse herumlaufen. Schon gar nicht, wenn sie auch noch lila ist.«

...

Baby kaute auf seinem Füllfederhalter herum und zermarterte sich den Kopf. Die Aufgabe war viel zu schwer und er war wütend, weil Mama ihm nicht half. Ständig gab sie ihm Hausaufgaben und spielte sich als seine Lehrerin auf. Dabei würde er viel lieber richtig zur Schule gehen. Mama gab sich zwar viel Mühe, und er hatte auch echte Schulbücher, mit denen er lernte, aber es war einfach nicht dasselbe. Wie oft hatte er Mama angefleht, wie alle anderen Kinder zur Schule zu dürfen? Er hatte im Fernsehen gesehen, wie viel Spaß das machte. Aber sie wollte es nicht. Mama behauptete, sie könnte ihm viel mehr beibringen als eine Lehrerin, die diese Aufgabe nur übernimmt, weil sie dafür bezahlt wird.

Seit er sechs Jahre alt war, gab Mama ihm jeden Tag Unterricht. Das Lernen machte ihm Spaß und Mama lobte ihn oft. Er war ein kluger Schüler und außerdem sehr fleißig. Baby mochte es, wenn Mama stolz auf ihn war. Auch wenn er lieber in die Schule gehen würde, gab es einen gewichtigen Vorteil: Die Unterrichtsstunden galten nur ihm alleine. Dann war Mama ausschließlich für ihn da und die Babys hatten endlich einmal Pause.

Er ließ von seinem Füllfederhalter ab und schrieb eine Zahl in sein Heft. Aus der Etage unter ihm drangen ununterbrochen Schreie herauf und langsam konnte er diesen Lärm nicht mehr ertragen. Schon im Supermarkt hätte er am liebsten geheult, weil Mama schon wieder ein neues Baby mit nach Hause nahm. Und diesmal war es auch noch ein Junge. Mama war hin und weg und er selbst war plötzlich Luft für sie. Sie hatte ihm versprochen, mit ihm zu üben. Versprechen durfte man nicht brechen. Mama selbst hatte ihm das oft genug gepredigt, doch sobald ein neues Baby da war, vergaß sie ihre eigenen Vorsätze.

Zornig schob er das Heft weg. Sollte sie ihre Aufgaben doch alleine machen. Er interessierte sich sowieso nicht für Mathematik. Er wollte Schauspieler werden. Wozu musste er da rechnen können? Und warum überhaupt sollte er die Aufgabe im Kopf lösen? Mama tat gerade so, als würden sie in der Steinzeit leben. Baby wusste, dass die Kinder in der Schule

Taschenrechner benutzen durften. Er hatte es auf dem Spielplatz mitbekommen. Manchmal durfte er dorthin und dann beobachtete er die anderen Kinder, die alle einen Namen trugen und irgendwie viel glücklicher wirkten als er.

Das Geschrei des neuen Babys riss ihn aus den Gedanken und wütend sprang er auf. Ihm reichte es. Er würde Mama jetzt bitten, ihm endlich zu helfen. Und wenn sie nicht kam, dann würde er anfangen zu schreien. So lange, bis sie es sich anders überlegte. Das hatte er schon ein paar Mal mit Erfolg getan. Er konnte viel lauter schreien als all die Babys zusammen und Mama würde kommen, davon war er überzeugt.

Er nahm je zwei Treppenstufen auf einmal und rannte flink durch den Flur zur Küche, in der Mama mit dem neuen Baby saß. An der Tür hielt er inne. In seiner Kehle saß plötzlich ein dicker Kloß und er musste schlucken.

Mama hielt den neuen Jungen im Arm. Zwei größere Kinder krabbelten zwischen ihren Beinen, doch sie schien die Kleinen gar nicht zu bemerken. Ihr Gesicht strahlte vor Glück. Mit den Fingern strich sie zärtlich über seine rosigen Wangen und summte ein Lied vor sich hin. Das Baby reagierte mit erneutem Schreien. Sein Gesicht verfärbte sich dunkelrot, doch Mama schien das Gebrüll überhaupt nicht zu stören. Ganz im Gegenteil, ihr Lächeln wurde intensiver und sie wiegte den Kleinen im Arm, als gäbe es nichts Schöneres auf der Welt. Mama liebte den neuen Jungen. Sehr sogar. Das konnte er ganz deutlich spüren. Vielleicht liebte sie diesen Jungen ja mehr als ihn. Die

Eifersucht brannte in seinem Magen und er konnte sich keinen Millimeter von der Stelle bewegen. Er stand in der Küchentür und starrte Mama an, die völlig in ihrer Welt versunken war. Ob sie ihn überhaupt noch liebte?. Sie hatte jetzt diesen neuen Jungen und er war komplett abgeschrieben. Eine einzelne Träne lief über Babys Wange. Langsam, wie in Zeitlupe, drehte er sich um. Dann rannte er zurück zur Treppe, das Bild von Mama und dem neuen Baby vor Augen. Schluchzend sank er auf die Knie und weinte lautlos.

V

»Und Sie können sich wirklich nicht erinnern?«, wiederholte Laura ihre Frage und spulte das Videoband noch einmal an die entscheidende Stelle zurück. Sie hatten beschlossen, zunächst mit der Befragung der Kassiererin zu beginnen, und sich zu diesem Zweck in einen Personalraum des Supermarktes einquartiert. Der Raum war klein und ungemütlich. In der rechten Wand befand sich ein winziges Fenster, dessen Scheiben so verdreckt waren, dass kaum Licht hindurchdrang. Die schmucklosen Wände des Raumes und der graue Fußboden verstärkten das Gefühl der Enge, die Laura beinahe körperlich spürte. Sie saß mit hochgezogenen Schultern auf einem Holzstuhl und betrachtete die Kassiererin, an deren Kasse die Entführerin die Babynahrung bezahlt hatte.

»Nein, ich habe es doch schon gesagt«, erwiderte die Frau gedehnt. Ihrer Stimme war anzuhören, dass sie genervt war und die Befragung so schnell wie möglich hinter sich bringen wollte. »Es war megavoll an diesem Morgen. Das können Sie ja selbst sehen. Ich habe die Waren über den Scanner gezogen und war froh um jeden Kunden, der den Supermarkt verlässt. Wir sind momentan unterbesetzt, und ich hatte wirklich keine Zeit, mir jeden Kunden anzusehen. An diesen Kinderwagen kann ich mich überhaupt nicht erinnern. Und offen gesagt, daran ändert sich auch nichts, wenn Sie mir dieses Band noch tausend Mal vorspielen.«

»Frau Höffner, wollen Sie denn gar nicht helfen? Sie können sich doch sicher vorstellen, wie sehr die Eltern unter der Entführung leiden. Jeder noch so kleine Hinweis könnte entscheidend sein.« Laura wollte noch nicht aufgeben. Sie betrachtete die Kassiererin, deren Augen aggressiv blitzten und deren Lippen zu einem schmalen Strich verzogen waren. Die Frau hatte Haare auf den Zähnen und Laura war am Ende ihrer Geduld. Sie holte tief Luft und war froh, als ihr Partner Max das Wort ergriff.

»Haben Sie Kinder?«

Melanie Höffner schüttelte den Kopf, während sie Max fixierte. »Nein, meine Schwester hat drei Bälger. Das ist genug.«

Max beugte sich vor und setzte ein äußerst charmantes Lächeln auf. Laura kannte diese Masche, die auf die meisten Frauen unwiderstehlich wirkte. »Schade. Ich wette, Sie wären eine hervorragende Mutter«, entgegnete Max und intensivierte seinen Blick.

Die Kassiererin schien auf Max' Charmeoffensive anzuspringen. Eine Reihe gelblicher Zähne entblößte sich, als sie zurücklächelte. »Vielleicht«, erwiderte sie, und nach einer kurzen Pause fügte sie hinzu: »Ich glaube, ich habe diese Frau schon einmal in unserem Markt gesehen.«

Laura war baff. Warum zum Teufel rückte diese Frau erst jetzt mit der Sprache heraus? Max nutzte die Gunst der Stunde und bohrte weiter.

»So, wie ich Sie einschätze, wissen Sie wahrscheinlich auch genau, wann das war.« Er zwinkerte der Kassiererin zu, die den Kopf leicht in den Nacken warf und Max einen vielsagenden Blick schenkte.

»Na ja. Ich bin mir relativ sicher, dass sie in der letzten Woche bei mir an der Kasse einen ganzen Wagen voller Babynahrung bezahlt hat.«

»Sie hat letzte Woche schon Babynahrung gekauft?« Laura biss sich auf die Zunge, als sie bemerkte, dass Höffners Stimmung bei ihrer Frage umzuschlagen drohte. Die Kassiererin funkelte Laura an und das Lächeln auf ihren Lippen erstarb. Es war klüger, Max die Befragung zu überlassen. Er hatte bei Melanie Höffner offensichtlich den richtigen Nerv getroffen.

Max wiederholte Lauras Frage und die Frau entspannte sich ein wenig. Trotzdem blieben ihre blassblauen Augen diesmal schmale Schlitze.

»Ich kann mich deshalb erinnern, weil sie ihr Portemonnaie im Auto vergessen hatte. Sie musste es erst holen und hat meine ganze Kasse durcheinandergebracht. Ich durfte den kompletten Einkaufswagen stornieren, weil der Kunde hinter ihr nicht warten wollte.«

»Hat die Frau an diesem Tag auch ein Kapuzen-Shirt getragen?«, wollte Max wissen.

Melanie Höffner überlegte einen Augenblick. »Ich glaube, ja.«

»Könnten Sie ihr Äußeres beschreiben?«

»Schwierig. Sie hat so ein Allerweltsgesicht, braune Haare, ziemlich blass. An die Augenfarbe kann ich mich nicht erinnern.«

»Würden Sie sich mit unserer Phantomzeichnerin zusammensetzen und es einmal versuchen?«, wollte

Max wissen, und die Kassiererin nickte. Max fragte weiter nach Details, aber die Frau konnte keine mehr liefern. Schließlich schob er seine Visitenkarte über den Tisch.

»Frau Höffner, wenn Ihnen noch irgendetwas einfällt, können Sie mich jederzeit anrufen.«

Die Frau nahm die Visitenkarte und drehte das Papier zwischen den dicken Fingern, bevor die Karte in ihrer Handtasche verschwand. Dann erhob sie sich und warf Max ein letztes Lächeln zu, bevor sie den muffigen Personalraum des Supermarktes verließ.

»Puh«, entfuhr es Laura, als die Tür ins Schloss gefallen war. »Das hast du aber gut hinbekommen, du alter Charmeur.« Sie grinste und betrachtete ihren Partner, auf dessen Stirn sich ein paar Schweißperlen gebildet hatten.

»Das war wirklich schwierig«, sagte er und schüttelte den Kopf. »Ich glaube allerdings nicht, dass uns die Phantomzeichnung weiterbringen wird.«

Laura nickte. Sie hatten im Grunde nichts in der Hand. Das Videoband half ihnen nicht weiter und auch ein Phantombild würde sie vermutlich keinen wesentlichen Schritt nach vorne bringen. Der einzige Punkt, der unaufhörlich in Lauras Kopf kreiste, war die Babynahrung, die die Verdächtige angeblich schon in der letzten Woche gekauft haben sollte. Was hatte das zu bedeuten? Dass die Entführung doch länger geplant war? Oder hatte die Frau noch andere Kinder zu versorgen? Laura ging die Möglichkeiten durch, konnte sich aber zu keiner Erklärung durchringen. Die Faktenlage war einfach noch viel zu vage.

»Wir sollten Ben Schumacher bitten, die Videoaufzeichnungen der anderen Tage auch noch zu analysieren. Vielleicht geht die Frau ja öfter in diesem Supermarkt einkaufen«, schlug Laura vor.

Max hob die Augenbrauen. »Das ist doch sehr unwahrscheinlich, oder?«

»Ja, aber wir sollten diese Möglichkeit trotzdem prüfen.« Laura griff nach ihrem Handy und wählte Schumachers Nummer. Unterdessen betrat die nächste Angestellte des Supermarktes die stickige Kammer. Diesmal überließ Laura die Befragung von vorneherein ihrem Kollegen. Die junge Kassiererin erlag seinem Charme bereits nach wenigen Sekunden. Leider konnte sie nicht das Geringste an Informationen liefern. Trotzdem musste Laura schmunzeln. Sie verstand nur zu gut, was Frauen an Max reizte. Sie selbst war seinem Charme vor längerer Zeit einmal erlegen. In diesem Moment schwirrten die Bilder der Vergangenheit durch ihren Kopf und erinnerten sie schmerzhaft daran, dass sie alleine lebte. Es gab niemanden, der zu Hause auf sie wartete oder sich gar nach ihr sehnte. Laura betrachtete die junge Frau, die heute erstmals in ihrem Leben von der Polizei befragt wurde und an deren Hals sich vor Aufregung ein paar rote Flecken gebildet hatten. Immer wieder blickte sie verlegen nach unten und rieb dabei die zarte Haut an der Kehle. Ihre Augen strahlten Anteilnahme und Wärme aus. Laura war sich sicher, dass sie eine gute Mitarbeiterin war und die Supermarktkunden gerne an ihrer Kasse bezahlten. Nach der jungen Frau befragten sie noch drei weitere Mitarbeiter des Supermarktes, darunter den jungen Mann, der den Markt am fraglichen Morgen geöffnet hatte. Doch niemand konnte sich an die Frau im Kapuzen-Shirt erinnern.

Während Max die Befragungen durchführte, erkundigte sich Laura telefonisch nach dem Kinderwagen. Bereits gestern, direkt nach der Entführung, hatten sie die Fahndung herausgegeben. Der himmelblaue Wagen war ein teures Designerstück und lenkte sicherlich die Aufmerksamkeit einiger Bürger auf sich. Vielleicht hatten sie ja Glück und würden ihn bald finden. Vermutlich fanden sich etliche Spuren an ihm, die helfen konnten, den kleinen Henri Nussbaum wieder zu seiner Familie zu bringen.

Als sie den Supermarkt verließen, liefen sie an einem Zeitungsständer vorbei. Exponiert in der Mitte der Auslage lag ein Stapel der regionalen Tageszeitung. Auf der ersten Seite war ein Foto abgedruckt, das sofort Lauras Aufmerksamkeit erregte. Kalte, hellblaue Augen schauten direkt in die Kamera und Laura stockte. Was machte Matthias Nussbaum auf der Titelseite? Ihre Augen flogen über die Schlagzeile, und das, was Laura dort las, verschlug ihr glatt die Sprache.

Großunternehmersohn entführt. Helfen Sie mit!

Laura las die Zeile noch einmal und konnte es nicht glauben.

»Wie zum Teufel kommt die Entführung in die Presse?«, stieß sie ungläubig hervor.

»Was meinst du?«, fragte Max, der den Zeitungsständer bisher nicht bemerkt hatte.

Laura nahm ein Exemplar zur Hand und hielt es Max vor die Nase.

»Sieh dir das an. Ich fasse es nicht!«

Sie überflog den Artikel und spürte, wie sich ihr Puls im Sekundentakt erhöhte. Normalerweise involvierte die Polizei die Öffentlichkeit nur, wenn sie mit wichtigen Hinweisen aus der Bevölkerung rechnete. Der vorliegende Text beschrieb ausführlich die Entführung von Henri Nussbaum. Sogar die Uhrzeit des Kidnappings stimmte und auch die Tatsache, dass die Polizei bisher in einer Sackgasse steckte. Die Zeitung bat die Berliner Bürger um Mithilfe. Es war geradezu ein Wunder, dass sie nicht noch eine eigene Hotline eingerichtet hatten, um sachdienliche Hinweise entgegenzunehmen. Laura prägte sich den Namen des Journalisten ein. Sie wollte wissen, woher der Kerl diese ganzen Insiderinformationen hatte.

»Ob Nussbaum die Presse informiert hat?«, fragte Max, dessen Gesicht vor Wut rot angelaufen war.

Laura kam nicht mehr zum Antworten. Ihr Handy klingelte schrill, und noch bevor sie auf das Display schauen konnte, wusste sie, dass es ihr Chef war. Joachim Beckstein war außer sich.

»Kommen Sie sofort zurück ins Büro«, brüllte er ungehalten. »Ich habe die Senatorin am Hals und Sie treiben sich den ganzen Tag in diesem Supermarkt herum und haben immer noch nichts vorzuweisen.«

Laura ließ den Ausbruch gelassen über sich ergehen. Sie kannte Beckstein nur zu gut und wusste, dass jede Erklärung zwecklos war, solange er sich in diesem Zustand befand. Joachim Beckstein leitete das Dezernat seit über fünfzehn Jahren. Er besaß einen untrüglichen Instinkt bei der Jagd nach Verbrechern und war eigentlich ein guter Vorgesetzter, der seine Mitarbeiter förderte, wo er konnte. Doch Geduld und Selbstbeherrschung gehörten nicht zu seinen Stärken. Laura war seit über vier Jahren in seiner Spezialeinheit und sie konnte die Wutausbrüche Becksteins schon längst nicht mehr zählen. Anfangs war sie zutiefst geschockt und betroffen gewesen. Einmal hätte sie um ein Haar vor Beckstein geweint und hatte es gerade noch auf die Damentoilette geschafft, wo sie fast zwanzig Minuten brauchte, um sich wieder in den Griff zu bekommen. Doch mittlerweile hatte Laura gelernt, diese Ausbrüche einfach zu ignorieren. Wie bei jedem anderen Choleriker ging der Sturm zügiger vorüber, wenn man den Kopf einzog und schlicht abwartete. Jede Widerrede machte alles nur schlimmer und am Ende lief es trotzdem auf dasselbe hinaus. Becksteins Wut ebbte stets so schnell ab, wie sie gekommen war. Erst wenn er sich wieder beruhigt hatte, konnte man konstruktiv mit ihm reden. Laura wartete also, bis ihr Vorgesetzter mit seiner Tirade fertig war, und legte dann auf.

»Max, wir sollen sofort zurück ins Büro. Die Senatorin ist auf dem Weg, und Beckstein möchte, dass wir sie über unsere Fortschritte informieren.«

Max schluckte sichtbar. »Aber wir haben doch im Augenblick überhaupt nichts vorzuweisen. Wir sollten lieber herausfinden, wer die Presse informiert hat und noch einmal mit Sophie Nussbaum sprechen. Vielleicht kriegen wir doch noch mehr aus ihr heraus als die Polizei.«

»Ich weiß, du hast ja recht. Aber wir können Beckstein jetzt nicht hängen lassen. Er steht kurz vor einem Herzinfarkt, wenn du verstehst, was ich meine.« Laura grinste, als sie sah, wie Max die Augen aufriss. Er fürchtete sich vor Becksteins Wutausbrüchen und hatte immer noch nicht gelernt, mit ihnen umzugehen, obwohl er länger beim Landeskriminalamt war als Laura.

»Also gut, dann lass uns fahren«, knurrte Max und sprang ins Auto.

…

»Kern, da sind Sie ja endlich«, schnaubte Beckstein, als Laura sein Büro betrat. »Gott sei Dank. Nun kommen Sie schon rein. Die Senatorin ist noch nicht angekommen.« Beckstein fuchtelte mit den Armen und bedeutete Laura und Max, sich endlich zu setzen.

»Also, was gibt es Neues?«, fragte Beckstein und durchbohrte sie beinahe mit seinem Blick.

Laura schaute etwas unsicher zu Max, doch der starrte auf seine Schuhspitzen und fühlte sich offensichtlich nicht angesprochen. Laura überlegte krampfhaft, was sie ihrem Chef verkaufen sollte. Sie betrachtete sein hochrotes Gesicht. Laura hätte ihm gerne eine Information gegeben, die ihn bei Marion Schnitzer gut aussehen ließ, doch ihr fiel absolut nichts ein. Sie beschloss, einfach bei der Wahrheit zu bleiben.

»Wir haben noch keine Spur«, murmelte sie zögerlich.

»Kern, Sie waren den ganzen verdammten Tag in diesem Supermarkt. Irgendetwas müssen Sie doch herausgefunden haben.« Joachim Beckstein starrte einige Sekunden lang angestrengt auf seine Armbanduhr, dann bedachte er Laura abermals mit einem kritischen Blick.

»Wir haben die Videobänder von Schumacher im Labor checken lassen. Fehlanzeige.« Laura machte eine kleine Pause und überlegte, wie sie am besten fortfahren konnte. »Wir haben im Grunde nicht mehr gesehen als die Kriminalpolizei. Aber immerhin sind wir inzwischen sicher, dass es sich bei dem Täter um eine Frau handelt.«

»Aha«, sagte Beckstein jetzt versöhnlicher. »Ich dachte mir doch, dass Sie mehr draufhaben als Althaus mit seiner Truppe.«

Mit Althaus, genauer gesagt Christoph Althaus, meinte Beckstein den Leiter der Polizeidirektion 1 für Reinickendorf und Pankow. Laura wusste zwar nicht, warum, aber die beiden konnten sich nicht ausstehen. Vielleicht war das auch nicht verwunderlich, denn wenn man beide nebeneinander sah, hatte man das Gefühl, zwei verschiedene Welten stießen aufeinander. Beckstein war ein alter Haudegen, der seinen Gefühlen freien Lauf ließ, Althaus hingegen ein smarter Typ, der redegewandt jegliche Diskussion in seine Richtung drehte. Er wäre in der Politik sicher besser aufgehoben, aber wenn man der Gerüchteküche Glauben schenkte, gab es einige politische Gönner, die Althaus bereits mit fünfunddreißig in die heiß begehrte Position des Leiters der Polizeidirektion katapultiert hatten.

Laura schmunzelte und fuhr fort: »Auf dem Video ist erkennbar, dass die Entführerin mit einem lilafarbenen Frauenportemonnaie gezahlt hat. Sie hat Babynahrung gekauft, und das Interessante daran ist, dass sich die Kassiererin ganz genau daran erinnern konnte, dass dieselbe Frau vor einer Woche ebenfalls an ihrer Kasse Babynahrung bezahlt hat.«

Beckstein donnerte mit der Faust auf den Tisch. »Da haben wir es. Die Entführung war von langer Hand geplant.«

Max, der bis jetzt extrem schweigsam war, schnitt Beckstein das Wort ab. »Das war auch unser erster Gedanke, allerdings hat Sophie Nussbaum angegeben, zum ersten Mal in diesem Supermarkt eingekauft zu haben.«

Beckstein sah Max an und verzog das Gesicht. »Haben Sie mit der Mutter schon gesprochen? Vielleicht ist sie ein wenig durcheinander.«

Max schüttelte den Kopf.

Die Tür von Becksteins Büro flog auf und Marion Schnitzer stürzte herein. Ihre hohen Absätze pochten unerbittlich auf den schlecht gedämpften Linoleumboden. Ihr strenges Gesicht erschien durch die hochgesteckten grauen Haare noch wesentlich härter. Ohne zu grüßen, marschierte sie auf Becksteins Schreibtisch zu und knallte eine Zeitung auf den Tisch.

»Was zum Teufel hat dieser Artikel zu bedeuten.« Die Stimme der Innensenatorin peitschte durch das Büro und Beckstein zuckte zusammen. Seine Gesichtsfarbe nahm einen dunklen Rotton an, und Laura registrierte erstaunt, dass er ein wenig stotterte.

»Wir sind von diesem Artikel genauso überrascht worden wie Sie.«

Marion Schnitzer spitzte die Lippen und beugte sich vor. In Becksteins Mundwinkeln zuckte es. Laura konnte sehen, wie das Blut regelrecht in seinen Kopf schoss. Gleich verliert er die Beherrschung, befürchtete sie. Impulsiv sprang sie auf und griff nach der Zeitung.

»Wir haben jeden Tag etliche Situationen wie diese auf dem Tisch. Noch nie ist etwas nach außen gedrungen. Die undichte Stelle kann ebenso gut bei Ihren Mitarbeitern im Innensenat liegen!«, stieß Laura hervor.

Marion Schnitzer fuhr herum und blitzte sie an. Laura hob trotzig das Kinn.

»Wir haben herausgefunden, dass Henri Nussbaum mit nahezu hundertprozentiger Sicherheit von einer Frau entführt worden ist.«

Der Satz saß. Überrascht sah die Senatorin sie an.

»Was? Der Entführer ist eine Frau?«

»Ja, und unsere Täterin hat bereits in der letzten Woche Babynahrung im selben Supermarkt gekauft.«

Marion Schnitzer war sichtlich beeindruckt. Ohne ein weiteres Wort setzte sie sich. Aus dem Augenwinkel konnte Laura wahrnehmen, wie Beckstein sich entspannte.

»Das wundert mich. Warum hat die Kriminalpolizei das nicht herausgefunden?«

Laura zuckte mit den Achseln.

»Wir sind eine Spezialeinheit, die, wie Sie wissen, genau für solche Fälle ausgebildet ist. Unsere Leute achten auf alles und natürlich haben wir erheblich mehr Kapazitäten. Deshalb hat uns die Kriminalpolizei ja sofort hinzugezogen.« Beckstein hatte sich wieder im Griff. In seiner Stimme schwang Stolz mit. »Frau Schnitzer, wir werden diesen Fall lösen. Wie gesagt, ich habe meine besten Leute darauf angesetzt.«

Schnitzer nickte wohlwollend, doch gleich darauf verschloss sich ihre Miene wieder. »Ich möchte innerhalb von vierundzwanzig Stunden wissen, wer diese Frau ist. Bekommen Sie das hin?«

»Wir tun, was wir können.«

Schnitzer ignorierte Becksteins ausweichende Antwort. »Also gut. Ich habe mein Team bereits im Vorfeld überprüft. Meine Leute sind sauber. Finden Sie die undichte Stelle und …« Die Senatorin erhob sich und trat an Lauras Stuhl heran. »Fallen Sie mir gefälligst nie wieder ins Wort.«

Marion Schnitzer bedachte Laura mit einem unterkühlten Blick und rauschte im selben Tempo aus dem Büro, in dem sie hereingestürmt war. Laura schnaufte. Sie konnte diese Schreckschraube einfach nicht ausstehen. Obwohl ihr Auftritt tatsächlich beeindruckend gewesen war. Noch nie hatte sie ihren Chef so kleinlaut erlebt. Trotzdem, sie würde sich von der Innensenatorin nicht einschüchtern lassen.

»Also, Sie haben es gehört. Finden Sie die undichte Stelle, und zwar schnell.« Beckstein erhob sich und grinste Laura an. »Ich mag es, dass Sie kein Blatt vor den Mund nehmen, Kern.«

…

Das Haus der Nussbaums war vielmehr eine Villa und, der prachtvolle Anblick des dreistöckigen Gebäudes verschlug Laura den Atem. Und das, obwohl schon das große gusseiserne Tor, das sich bei ihrer Ankunft automatisch geöffnet und sie in eine parkähnliche Gartenanlage eingelassen hatte, puren Luxus vermuten ließ. Doch die Villa toppte Lauras Erwartungen noch um einiges. Sie fühlte sich plötzlich wie in Südfrankreich. Das Gebäude bestand aus einem riesigen Haupttrakt in der Mitte, an den sich rechts und links verspielte Seitenflügel anschlossen. Säulen zierten den großen Bau und zahlreiche Fenster mit Rundbögen lockerten die Front auf. Mediterranes Gestein verlieh der Villa ein warmes Äußeres. Weinreben an der Fassade luden zum Verweilen ein, und Laura hätte nichts lieber getan, als sich einfach auf eine der Holzbänke zu setzen und den Sommerabend zu genießen. Es war ein heißer Tag gewesen, und Laura wünschte sich in diesem Augenblick nichts mehr, als abzuschalten, und den kühlen Abendwind über ihre Haut streichen zu lassen. Doch noch hatte sie keinen Feierabend, und so würde auch ihre Dachterrasse zu Hause warten müssen.

Laura parkte auf dem Rondell vor der Villa. Helle Kieselsteine knirschten unter den Reifen ihres Wagens. Noch bevor sie die Handbremse angezogen hatte, öffnete sich die Tür. Sophie Nussbaum stand blass im Eingang und beobachte Laura aus leeren, müden Augen. Für einen Moment bereute Laura, dass sie Max zu Hause bei seiner Frau abgesetzt hatte. Doch Hannah war mit dem zweiten Kind schwanger und hatte einen Riesenaufstand gemacht, als Max ihr erklären wollte, dass er später nach Hause kommen würde. Ein Blick aus Max' traurigen Augen genügte, und Laura hatte sich großzügig bereit erklärt, alleine mit den Nussbaums zu sprechen. Doch beim Anblick der am Boden zerstörten Sophie Nussbaum verließ sie beinahe der Mut. Zögerlich stieß sie die Autotür auf und stieg aus. Der Kies gab unter ihren Schuhen nach. Laura gab sich keine Mühe, schneller zu laufen als nötig. Ihre Gedanken kreisten um das verschwundene Baby und seine Mutter. Als sie unmittelbar vor Sophie Nussbaum stand, sah Laura einen Funken Hoffnung in ihren Augen aufglimmen. Sie hasste sich schon jetzt dafür, diese Hoffnung im Keim ersticken zu müssen.

»Schön, dass Sie heute noch Zeit für mich gefunden haben«, begrüßte sie Sophie und bemühte sich um einen verbindlichen Tonfall. Laura trat ein und gönnte sich zunächst einen Blick auf die luxuriöse Inneneinrichtung der Villa. Die Nussbaums hatten wirklich an nichts gespart. Ein spiegelglatter Marmorboden, Designerlampen und Natursteinwände gaben Laura das Gefühl, von einem Luxusmagazin verschluckt worden zu sein. Es war eine geschmackvolle, makellose Einrichtung, doch irgendetwas fehlte. Laura lief hinter Sophie Nussbaum her, die sie durch den Flur, oder vielmehr die Halle bis in den Wohnbereich führte. Ein offener Kamin bildete den Mittelpunkt des Wohnzimmers. Allein die weiße Ledergarnitur, die als Rund um die Feuerstelle arrangiert war, hatte mit Sicherheit ein Vermögen gekostet. Eine schwarze Katze saß auf der Couch und Laura bemerkte erst, als das Tier die Augen öffnete, dass sie keine Dekoration war. Trotz des lebenden Haustieres und der cremefarbenen Wände wirkte der Raum irgendwie kalt. Lauras Augen nahmen den Luxus auf und blieben an einem Laufgitter hängen.

Sie nahmen Platz, und in dieser Sekunde wusste Laura, was in diesem Haus fehlte. Die Einrichtung war beeindruckend, aber unpersönlich. Es gab kaum ein Foto und alles wirkte so aufgeräumt, als wenn niemand hier wohnen würde. Laura hätte sich genauso gut in der Ausstellung eines Luxuseinrichtungshauses befinden können. Die Atmosphäre wäre dieselbe gewesen. Selbst die gut aussehende Sophie Nussbaum passte nicht hierher, denn sie strahlte nicht das Zahnpastalächeln eines Models, sondern die Trauer um ihr verschwundenes Kind aus. Lauras Augen klebten an dem Laufgitter und sie suchte nach den richtigen Worten.

»Ich kann Ihnen sagen, dass wir ein paar Fortschritte gemacht haben. Aber ich muss Ihnen trotzdem noch einige Fragen stellen«, begann Laura vorsichtig. Sophie Nussbaum nickte. Ihr Oberkörper war kerzengerade aufgerichtet, die Beine übereinandergeschlagen. Unter ihren aufgequollenen Augen befanden sich dunkle Ringe. Sicher hatte die Ärmste die ganze Nacht kein Auge zugetan.

»Darf ich Ihre Antworten aufnehmen?« Laura holte ein Diktiergerät aus der Tasche.

Abermals nickte Sophie.

»Wir sind uns sicher, dass Henri von einer Frau entführt worden ist. Wir haben die Überwachungsvideos des Supermarktes ausgewertet und eine der Kassiererinnen konnte sich an die Täterin erinnern. Könnten Sie mir bitte von Anfang an erzählen, warum Sie ausgerechnet in diesen Supermarkt gegangen sind und was sie dort getan haben?«

»Aber ich habe doch Ihren Kollegen alles schon erzählt«, erwiderte Sophie tonlos.

»Ich weiß, aber ich muss es trotzdem noch einmal hören.«

Sophie seufzte. »Ich war zum ersten Mal in diesem Supermarkt. Henri hat permanent geschrien und ich konnte ihn einfach nicht beruhigen. Da habe ich mich mit ihm ins Auto gesetzt und bin einfach so durch die Gegend gefahren. Manchmal schläft er dabei ein.« Sophie Nussbaum senkte den Blick und fuhr im Flüsterton fort. »Dieses Mal hat es viel länger gedauert als sonst. Ich wusste schon gar nicht mehr, in welchem Stadtteil ich überhaupt war, und dann musste ich an dieser Ampel vor dem Supermarkt halten. Plötzlich war Henri still. Ich wollte sowieso einkaufen gehen und dachte, dass es die Gelegenheit wäre. Also habe ich Henri in den Kinderwagen gelegt und bin in den Markt gegangen. Er hat die ganze Zeit geschlafen und der Laden hatte eine große Kosmetikabteilung …« Eine Träne rollte über Sophies Wange. »Tut mir leid. Ich muss immer weinen, wenn ich wieder daran denke, wie achtlos ich war.«

»Das muss Ihnen nicht leidtun. Sie können doch gar nichts dafür.«

»Doch, doch. Ich war so mit den Lippenstiften beschäftigt und hatte nur noch Gedanken für Matthias übrig. Ich weiß selbst nicht, wie mir das passieren konnte.« Sie schluchzte und ein Zittern überlief ihren ganzen Körper. »Matthias war die ganze Woche auf Dienstreise gewesen und ich wollte ihn überraschen. Dadurch habe ich einfach nicht auf mein Baby geachtet. Das werde ich mir nie verzeihen.« Sophie vergrub das Gesicht in den Händen und weinte jetzt hemmungslos. Laura war hin- und hergerissen zwischen professioneller Distanz und dem Bedürfnis, sie zu trösten. Ein paar Augenblicke überlegte sie, was sie tun sollte. Schließlich setzte sie sich zu Sophie und nahm sie in den Arm.

»Hören Sie, es ist einfach ein unglücklicher Zufall gewesen. Ich verspreche Ihnen, dass wir alles tun, um den kleinen Henri sicher zu Ihnen zurückzubringen.«

Sophie schluchzte. »Aber es ist schon so viel Zeit vergangen und bisher hat sich niemand gemeldet.« Sie stockte und sah Laura an. »Wissen Sie, all dieser Luxus, all das Geld ist nichts gegen mein Baby. Es reißt mir das Herz aus der Brust, dass es weg ist. Ich kann nicht mehr atmen, nicht mehr essen und auch nicht mehr schlafen. Bitte finden Sie mein Baby. Bitte!«

Sophie Nussbaums Augen ruhten auf Laura und ihr Herz krampfte sich zusammen. Es lag so viel Schmerz in dem Blick dieser Frau, dass Laura es kaum ertragen konnte.

»Wir werden Henri finden«, sagte Laura und strich über Sophies Schultern. Sie wartete einen Moment, bis die junge Frau sich ein wenig beruhigt hatte, und fuhr dann mit ihren Fragen fort. »Versuchen Sie, sich an den Zeitpunkt von Henris Verschwinden zu erinnern.« Laura holte ein Blatt hervor und legte es vor Sophie hin. Auf dem Papier war ein Raumplan des Supermarktes zu sehen. Laura hatte Sophies Laufweg mit einer rot gestrichelten Linie gekennzeichnet. Sie tippte auf einen roten Punkt.

»Sie haben an dieser Stelle die Lippenstifte ausprobiert und hier, ungefähr fünf Meter entfernt, stand Henris Kinderwagen. Haben Sie irgendjemanden in der Nähe bemerkt?«

Sophie schloss die Augen und dachte nach. »Ich bin mit dem Kinderwagen am Anfang des Regals stehen geblieben. Zuerst habe ich direkt neben Henri nach einem passenden Lippenstift gesucht. Aber als ich den Tester ausprobieren wollte, fiel mir auf, dass der Spiegel am anderen Ende des Regals hängt. Ich hatte gerade einen herbstlichen Braunton ausgewählt und bin dorthin gegangen. Henri hat ganz fest geschlafen. Als ich zu dem Spiegel lief, kam mir ein Angestellter mit Kartons entgegen. Er hatte aber so viele Kisten vor der Brust gestapelt, dass ich seinen Kopf nicht sehen konnte.«

»Woher wissen Sie, dass das ein Mann war?«, hakte Laura nach.

»Ich weiß auch nicht.« Sophie stockte. »Ich habe es gedacht. Lag wahrscheinlich an der Kleidung und an den vielen Kisten. Eine Frau würde sich wohl nicht so beladen.«

»Okay, und wie ging es dann weiter?«, fragte Laura und machte sich eine Notiz.

»Ich habe die Lippenstifte ausprobiert und immer wieder zu Henri hinübergesehen. Ach ja, und hier bei den Duschgels habe ich eine Frau gesehen.« Sophie Nussbaum pochte mit dem Zeigefinger auf das Blatt.

»Sie haben eine Frau gesehen?« Lauras Fingerspitzen kribbelten plötzlich. Diese Beobachtung erwähnte Sophie zum ersten Mal.

»Ja.« Sophie Nussbaum holte tief Luft. »Es ist mir gerade erst wieder eingefallen. Sie stand genau hier vor den Duschgels, und als ich zu ihr hinübergeschaut habe, war sie plötzlich verschwunden.«

»Wissen Sie, wie die Frau aussah? Vielleicht erinnern Sie sich, was sie anhatte?«

Sophie konzentrierte sich und zog dabei die Stirn kraus. Nach einer Weile schüttelte sie den Kopf. »Nein, tut mir leid. Ich kann mich nicht erinnern.«

Laura seufzte. So würde sie nicht weiterkommen. Es war auch nicht verwunderlich, dass Sophie Nussbaum die Einzelheiten nicht mehr zusammenbekam. Selbst ohne Schockzustand, im ganz normalen Alltag würde es kaum jemand fertigbringen. Müsste Laura sich ins Gedächtnis rufen, welche Farbe das T-Shirt ihres Postboten oder des Busfahrers am Morgen gehabt hatte, sie könnte es nicht. Laura beschloss, die Befragung in eine andere Richtung zu lenken.

»Versuchen Sie, sich an diese Frau zu erinnern. Es muss nicht jetzt sein. Wenn Ihnen irgendetwas einfällt, dann können Sie mich immer anrufen. Ich brauche noch ein paar weitere Informationen von Ihnen. Können Sie mir sagen, wer alles Zutritt zu Ihrem Haus hat? Sie müssen wissen, dass die meisten Entführungen lange im Voraus geplant werden und die Täter oft aus dem direkten Umfeld stammen.«

Sophie Nussbaum starrte Laura an, beinahe so, als hätte sie ihr eine Offenbarung gemacht. Als wenn ihr erst in diesem Moment klar werden würde, dass die Welt nicht so friedlich ist, wie sie scheint. Weil das Böse sich immer hinter einer Maske aus Freundlichkeit versteckte und man erst dahinter kam, wenn es längst zu spät war. Ihr Blick spiegelte eine Mischung aus Verwunderung und Erkenntnis. Und dann war da noch etwas, das Laura aus eigener Erfahrung nur allzu gut kannte. Angst. Die Angst vor der Dunkelheit, die einen fest im eisernen Griff hielt und nie wieder loszulassen drohte, sobald man sie in sein Herz ließ. Sophie würde diese Angst nie mehr loswerden. Nicht einmal, wenn Laura den kleinen Henri zurückbrachte. Furcht und Sorge würden ihre ständigen Begleiter sein.

Sophie biss sich auf die Unterlippe und begann nachzudenken, während Laura von einer Welle der Erinnerung überrollt wurde. Eine Welle aus eiskaltem Wasser, das sie unbarmherzig nach unten zog und ihr die Luft aus den Lungen presste, bis ihr ganzer Körper schmerzte und Laura spürte, wie das Leben aus ihr herausgesogen wurde. Sie erinnerte sich an die Angst, die sie gefühlt hatte, als der böse Mann seine freundliche Maske fallen ließ und sie in den dunklen, engen Raum zerrte, der ihr Gefängnis werden sollte. Ein Gefängnis, das bis heute einen Teil ihrer Seele gefangen hielt. Einen Teil, der nie wieder frei sein würde, dessen Unschuld für immer verloren war. Sophie drehte die Augen nach oben, und Laura sah, wie sie die Hausangestellten im Geist durchging und überlegte, welchen Namen sie als Erstes nennen sollte. Abrupt stand Laura auf und schüttelte die Erinnerungen ab. Nicht jetzt. Nicht mitten am Tag. Sie zwang sich, an den kleinen Henri zu denken, der ihre Hilfe in diesen Minuten brauchte. Die Vergangenheit war längst fort und die Angst nicht mehr als eine bloße Erinnerung. Laura schluckte und konzentrierte sich auf Sophie Nussbaums ebenmäßiges Gesicht.

»Jacqueline Lacroix ist unser Au-pair-Mädchen. Sie kam direkt nach Henris Geburt zu uns und wohnt gleich im Zimmer nebenan. Aber sie ist noch nicht einmal siebzehn.« Nussbaum rieb sich den Nasenrücken und fuhr fort: »Und dann gibt es da unsere Haushälterin, Bettina Hoffmann. Sie ist jeden Vormittag hier und das schon seit über zehn Jahren. Es gab sie also schon lange, bevor ich Matthias überhaupt kannte. Dann gibt es noch einen Gärtner, der jedoch keinen Zutritt zum Haus hat, und einen Hausmeister, der aber nur zweimal im Monat nach dem Rechten sieht.«

Laura ließ sich die Namen und Adressen der genannten Personen geben. »Hatten Sie jemals Streitigkeiten mit einer von diesen Personen?«

Sophie Nussbaum schüttelte den Kopf. »Nein, eigentlich nicht. Der Hausmeister ist zwar ein mürrischer Typ. Ich muss ihn oft mehrfach an seine Aufgaben erinnern, aber als Streit würde ich das nicht bezeichnen. Ich glaube, er hat ein Alkoholproblem.« Sophie fasste sich an die Nasenspitze und sog tief Luft ein. Für Laura wirkte es so, als könne sie die Alkoholfahne des Hausmeisters in diesem Augenblick tatsächlich riechen.

»Was ist mit ihrer Haushaltshilfe. Akzeptiert sie Sie als Frau an Nussbaums Seite?«

Sophie blickte Laura fragend an, und Laura fühlte

sich zu einer Erklärung genötigt.

»Nun ja, ich habe ein wenig recherchiert und demnach galt ihr Ehemann vor der Beziehung mit Ihnen als einer der beliebtesten Junggesellen der Stadt. Ich könnte mir gut vorstellen, dass Frau Hoffmann von Ihrem Erscheinen nicht sonderlich begeistert war. Sie kennen doch sicherlich die Gerüchteküche?«

Nussbaum kratzte sich ein wenig verlegen am Hals. »O ja, natürlich. Aber da ist nichts dran. Matthias hat sich nie für Frau Hoffmann interessiert.«

»Aber er zahlt das Pflegeheim für Bettina Hoffmanns Mutter «, legte Laura nach.

»Das ist richtig. Aber das hat doch nichts mit einer Affäre oder etwas Ähnlichem zu tun. Die Frau tut Matthias leid. Er hat ein gutes Herz.«

Laura rief sich Nussbaums Foto ins Gedächtnis. Mit Mutter Teresa schien sein unterkühlter Blick nicht sonderlich viel gemein zu haben. Trotzdem sagte sie: »Verstehe. Ich werde dennoch mit jedem ihrer Angestellten sprechen. Bitte reden Sie vorher nicht mit ihnen. Hatten Sie in letzter Zeit Handwerker oder andere Dienstleister im Haus?«

»Unsere Alarmanlage wurde vor einem Monat erneuert. Ich ...« Sophie Nussbaum verstummte und blickte in Richtung Flur. »Hallo Schatz, ich wusste gar nicht, dass du heute schon so früh nach Hause kommst«, sagte sie und erhob sich, um ihren Ehemann mit einem Kuss auf die Wange zu begrüßen.

»Oh, ist das schon wieder jemand von der Polizei?«, fragte Nussbaum mit Blick auf Lauras Polizeimarke, die an ihrem Schlüsselbund befestigt war.

»Ja, das ist Laura Kern. Sie hat unseren Fall übernommen.«

»Sie sind das?« Nussbaum betrachtete Laura abschätzend. »Irgendwie hatte ich Sie mir vollkommen anders vorgestellt.«

»Aber Matthias …«, hob Sophie an.

»Schon gut«, Laura schnitt ihr das Wort ab und streckte Matthias Nussbaum die Hand entgegen. »Sie hingegen sehen genauso aus wie auf der Titelseite der heutigen Tageszeitung«, erwiderte sie unterkühlt.

Nussbaums hellblaue Augen hefteten sich auf sie und Laura konnte nicht umhin, diesen Mann unsympathisch zu finden. Er war zu glatt, zu dominant und schien viel zu erfolgsverwöhnt. Natürlich wirkte er angeschlagen, aber das wog seine negative Wirkung auf Laura nicht auf. Sie konnte beim besten Willen nicht das in ihm sehen, was Sophie Nussbaum sah. Von einem guten Herzen ganz zu schweigen.

»Nun, Sie haben doch hoffentlich nichts dagegen, dass ich die Presse um Mithilfe gebeten habe. Schließlich geht es hier um das Leben meines Sohnes.«

Nussbaums Satz brachte Lauras Puls auf der Stelle zum Rasen. Die undichte Stelle stand unmittelbar vor ihr und gab sich noch nicht einmal die Mühe, es zu verheimlichen.

»Ich habe sehr wohl etwas dagegen«, entgegnete Laura scharf und baute sich kerzengerade vor ihm auf. »Sie haben sämtliche Insiderinformationen herausgegeben, die unter allen Umständen vor der Öffentlichkeit zurückgehalten werden mussten. Wie sollen wir dem Täter auf die Schliche kommen, wenn er nun genau weiß, wo wir stehen?«

Nussbaums kalte Augen bohrten sich in Lauras. »Wo Sie stehen?«, erwiderte er zynisch. »Ja, wo stehen Sie denn? Ich würde sagen, allerhöchstens ganz am Anfang, oder haben Sie auch nur den Hauch einer Spur vorzuweisen?«

Laura spürte, wie ihr die Hitze ins Gesicht schoss. Was erlaubte sich dieser unverschämte Kerl eigentlich? Wie konnte er es wagen, sich so dreist aufzuführen? Sie war hier, um zu helfen, und nicht, um sich von ›Mister Wichtig‹ niedermachen zu lassen.

»Hören Sie, Herr Nussbaum. Ich verstehe, dass die Situation für Sie nicht leicht ist und Sie aufgebracht sind. Trotzdem können Sie nicht einfach, ohne sich mit uns abzustimmen, beliebige Informationen an die Presse geben. Das wirft uns meilenweit zurück, und Sie wollen doch ihren Sohn wiederhaben, oder etwa nicht?« Laura stand immer noch stocksteif da. Ihr Gesicht war höchstens dreißig Zentimeter von Nussbaums kalten Augen entfernt, dennoch wich Laura keinen Millimeter zurück. Wenn sie eines gelernt hatte, dann nach außen hin ruhig Blut zu bewahren und standhaft zu sein. Sie kniff die Augen zu schmalen Schlitzen zusammen und blitzte Nussbaum an.

Ihre Körperhaltung zeigte erste Wirkung. Nussbaum senkte den Blick und trat einen Schritt zurück.

»Schön. Dann kommen wir doch einfach direkt zur Sache. Haben Sie noch irgendwelche Fragen an mich oder meine Frau?«

»Ja, habe ich. Wir waren gerade bei der Firma, die ihre Alarmanlage erneuert hat. Ich brauche den

Namen der Firma und der Mitarbeiter, die in Ihrem Haus tätig waren. Außerdem muss ich wissen, ob Sie irgendwelche Ihnen bekannte Feinde haben. Gibt es vielleicht in Ihrem beruflichen Umfeld jemanden, mit dem es in letzter Zeit nicht besonders gut lief und der Ihnen schaden will?« Lauras Stimme klang fest. Sie hatte den ersten Machtkampf mit Nussbaum offenbar gewonnen, denn dieser setzte sich jetzt sogar auf die Couch. Trotzdem fühlte sie sich innerlich vollkommen angespannt und befürchtete, diesem Mann schlicht nicht gewachsen zu sein. Abermals bedauerte Laura, dass Max nicht mitgekommen war. Beim nächsten Mal würde sie nicht so einfach in die Bresche springen. Das nahm sie sich fest vor.

Sophie Nussbaum reichte Laura einen Zettel mit den gewünschten Informationen zur Sicherheitsfirma. Sie war noch eine Spur blasser als zuvor und sagte kein einziges Wort mehr. Matthias Nussbaum grübelte eine Weile und antwortete schließlich: »Ich habe keine Feinde. Neider gibt es natürlich immer, die sind zahllos vorhanden. In meinem Business geht es leider nicht wie in einem Streichelzoo zu, aber das können Sie sich ja denken.« Er kratzte sich an der Stirn. »Nein, ich kann Ihnen in dieser Beziehung nicht weiterhelfen. Aber ich werde noch ein wenig darüber nachdenken und Ihnen Bescheid geben, wenn mir noch etwas einfällt.«

Laura drückte Nussbaum ihre Visitenkarte in die Hand. »Tun Sie das, und denken Sie daran, dass die Täter meist aus dem Umfeld stammen.« Mit diesen Worten drehte sie sich um und verabschiedete sich von

Sophie Nussbaum. Matthias Nussbaum nickte sie nur kurz zu. Als dieser Anstalten machte, sie hinauszubegleiten, winkte Laura ab. »Vielen Dank. Ich finde allein hinaus.«

VI

Laura war froh, als sie endlich vor ihrem Haus stand und die Stufen zu ihrem Penthouse hinaufsprinten konnte. Sie brauchte Bewegung, und zwar sofort. Noch im Auto hatte sie versucht, Max zu erreichen, doch der war total kurz angebunden gewesen. Sie hatte jemanden zum Reden gebraucht. Jemanden, dem sie vertraute und der nachempfinden konnte, wie sehr ihr das Gespräch mit Sophie und Matthias Nussbaum zugesetzt hatte. Doch Max würgte sie schon nach fünf Sekunden ab. ›Wir können morgen in Ruhe reden‹, hatte er ins Telefon geflüstert und ihr damit unmissverständlich zu verstehen gegeben, dass sie störte. Irgendwie ärgerte sie sich über seine Abfuhr. Nur ihretwegen war er doch überhaupt schon zu Hause. Hätte er nicht wenigstens ein paar Minuten seiner Zeit opfern können?

Sie schloss die Tür auf und trat in ihre Wohnung. Bevor sie weiter hineinging, aktivierte sie die Alarmanlage und schob den Panzerriegel vor die Tür. Dann stellte sie sich auf die Zehenspitzen und blickte durch den Türspion. Der Flur war leer. Trotzdem wartete sie noch eine Weile ab. Es war eine reine Sicherheitsroutine, die sie im Laufe der Zeit entwickelt hatte. Noch nie war ihr jemand in die Wohnung gefolgt. Dennoch hatte Laura oft das Gefühl, verfolgt zu werden. Sie konnte es selbst nicht genau erklären, und wahrscheinlich war es auch reine Einbildung, aber die Angst hatte sie vorsichtig gemacht.

Laura ging in die Küche und schnappte sich ein Glas, das sie mit kühlem Weißwein füllte. Dann lief sie auf die Terrasse. Es war schon spät. Die Sonne tauchte die Stadt in eine Kulisse aus dunklem Rot. Sie blickte über die Dächer Berlins und genoss den Anblick. In diesem Teil der Stadt gab es viel Grün. Laura wohnte in der Nähe des ehemaligen Flughafens Berlin Tempelhof. Es war eine angenehme Wohngegend und seit der Schließung des Flughafens störten auch die Turbinengeräusche der Flieger die Harmonie dieses Viertels nicht mehr.

Laura nahm auf der Brüstung Platz und genoss die Kühle des aufkommenden Windes. Dann trank sie gierig das ganze Glas Wein auf einmal aus. Der Alkohol schoss in ihre Blutbahn und sie spürte die entspannende Wirkung. Trotzdem gelang es ihr nicht, richtig abzuschalten. Immer wieder musste sie an Matthias Nussbaum denken und daran, wie er sie angefahren hatte. Sein Verhalten hatte etwas in Laura ausgelöst, das sie schon lange nicht mehr empfunden hatte. Seine Dominanz verstörte sie. Laura saß da, die Augen auf die Dächer gerichtet und grübelte. Sie ließ die Gedanken schweifen, ohne dass etwas Bestimmtes dabei herauskam. Es vergingen beinahe zwei Stunden, bis sie müde ins Bett ging.

Der Schlaf nahm Laura mit auf eine dunkle Reise, sodass sie sich unruhig hin und her wälzte. Sie war ein kleines Mädchen, elf Jahre alt, zart und verletzlich. Der freundliche Mann war ihr auf den Spielplatz gefolgt. Zuvor hatte er Laura und ihrer besten Freundin ein Eis spendiert. Kichernd hatte Laura an ihrer Schokoeiskugel geschleckt und war sich großartig dabei vorgekommen. Ein erwachsener Mann hatte ihr Komplimente gemacht und sie fühlte sich plötzlich viel älter, fast schon wie eine richtige Frau. Sie hatte seine Augen gesehen, die so wundervoll blau schimmerten und sie zu verstehen schienen, völlig egal, was sie erzählte. Melli, ihre beste Freundin, hatte nicht mehr mit auf den Spielplatz gedurft, also war Laura alleine weitergezogen. Erst seit ein paar Wochen gab es eine neue, riesengroße Rutsche und es war ein herrliches Gefühl, sich aus großer Höhe hinunterzustürzen und nach einer herrlichen Rutschpartie im weichen Pudersand zu landen. Laura hatte sich eine neue Rutschtechnik ausgedacht, die ihr besonders viel Vergnügen bereitete. Als Erstes musste sie ihre langen Haare zu einem Pferdeschwanz zusammenbinden, damit sie ihr nicht ins Gesicht fielen und die Sicht nahmen. Dann raffte sie ihren Rock und kletterte die Sprossen zur Rutsche hinauf. Es war mitten am Nachmittag und der Spielplatz war voller Kinder. Mütter und Väter saßen auf den Bänken, die am Rande des Platzes standen. Laura nahm zwei Sprossen auf einmal, sie konnte es nicht erwarten, auf dem blanken Metall nach unten zu sausen. Ihr Herz schlug laut, als sie sich vornüberbeugte und bäuchlings auf die Rutschbahn legte. Sie zählte stumm bis drei und ließ los. Ihr Körper nahm langsam an Fahrt auf und brauste dann abwärts. Laura jauchzte, als sie in den Sand plumpste.

Sie hatte die Augen immer noch am Boden, als sie den Kopf hob und dunkle Männerschuhe bemerkte, die neben ihr standen. Unsicher blickte sie auf und lächelte, als sie den freundlichen Mann erkannte. Niemand hielt sie auf, als er ihre Hand ergriff und sie vom Spielplatz führte. Frau Obermann, ihre Nachbarin, war so in ein Gespräch vertieft, dass sie überhaupt nicht bemerkte, wie sich die kleine Laura an der Hand eines fremden Mannes durch den Sand hüpfend entfernte. Natürlich wusste Laura, dass sie nicht mit Fremden mitgehen sollte. Aber der freundliche Mann war ja kein richtiger Unbekannter. Sie hatte ihn schon oft gesehen und außerdem hatte er ihnen ein Eis spendiert. Melli kannte ihn schließlich auch. Also dachte sich Laura nichts weiter dabei. Er wollte ihr einen geheimnisvollen Ort gleich hinter dem Spielplatz zeigen, und Laura war so aufgeregt, dass sie überhaupt nicht nachdachte. Sie freute sich, dass er für sie Zeit hatte. Erst als der Spielplatz längst hinter ihnen lag und von dem Geheimnis weit und breit noch nichts zu sehen war, überkam Laura ein mulmiges Gefühl. Ganz plötzlich fiel ihr wieder ein, was ihre Mutter ihr immer eingetrichtert hatte: ›Vertraue keinem Fremden!‹ Laura bekam es mit der Angst zu tun. Sie blieb stehen, doch der Mann hielt fest ihre Hand und zog sie weiter. Laura presste ihre schmalen Füße in den Boden und versuchte, ihre Hand frei zu bekommen. Doch der Griff des Mannes wurde jäh zu Stein, und als er sich umdrehte und wütend zu ihr hinunterblickte, da sah Laura zum ersten Mal das Raubtier, das sich hinter seiner freundlichen Maske verbarg. Das Böse blitzte aus seinen Augen, und Laura wusste, dass er sie töten wollte. Doch es war zu spät. Der Mann sah, dass Laura ihn durchschaut hatte, und presste augenblicklich seine freie Hand auf ihren Mund. Ihr Schrei verstummte noch in der Kehle. Er riss sie mit sich und stieß sie in einen Sprinter. Sie landete hart auf dem kalten Metallboden. Nie würde sie das kreischende Geräusch der Autoschiebetür vergessen, als der Mann sie zuwarf.

Lauras Handy auf dem Nachttisch klingelte und weckte sie abrupt aus ihrem Albtraum. Schweißgebadet fuhr sie hoch. Ihr Herz raste und ihre Knie taten so weh, als wäre sie tatsächlich gerade auf dem harten Boden des Sprinters aufgeschlagen. Sie knipste das Licht an und schob die Bettdecke beiseite. Die Haut an ihren Beinen war makellos und völlig unversehrt. Trotzdem brannten ihre Kniescheiben schmerzhaft. Laura griff nach ihrem Handy und stellte erstaunt fest, dass es schon sieben Uhr war.

»Kern«, meldete sie sich mit rauer Stimme.

»Beckstein hier. Wir haben Erstkontakt zu der Entführerin von Henri Nussbaum. Machen Sie sich sofort auf den Weg.«

...

»Ich glaube das einfach nicht«, sagte Max skeptisch.

»Ich auch nicht, aber Beckstein wollte mir am Telefon nicht mehr sagen.« Laura war immer noch sauer auf Max. Es lag ihr schwer im Magen, dass er sie am Abend zuvor am Telefon so schnell abgewürgt hatte. In ihrer Stimme schwang ein beleidigter Unterton mit.

Sie war nach Becksteins Anruf sofort aus dem Bett gesprungen und losgefahren. Unterwegs hatte sie Max informiert und ihn abgeholt. Seine Wohnung lag genau auf ihrem Weg zur Dienststelle.

Laura bemerkte Max' Blick und starrte auf die Straße.

»Ach, komm schon, Laura. Jetzt sei nicht sauer auf mich. Du weißt doch, wie Hannah ist.«

»Das weiß ich und trotzdem hättest du dir wenigstens zwei Minuten Zeit nehmen können.«

»Es tut mir leid, Laura. Es war echt nicht böse gemeint.«

Laura blickte immer noch auf den grauen Asphalt. Schließlich nickte sie. Ja, sie kannte Max' Frau und sie hatte nie wirklich verstanden, warum er sich ein zweites Mal mit dieser Furie eingelassen hat. Wahrscheinlich lag das tatsächlich nur an ihrem gemeinsamen Kind, denn ansonsten konnte Laura an Hannah nichts besonders Sympathisches finden. Insbesondere nicht, weil sie Max erst das Herz gebrochen hatte und die Scherben ausgerechnet in dem Moment kitten wollte, als er sein Leben wieder in den Griff bekam und für Laura Gefühle entwickelte. Es war nur eine kurze Liebesaffäre gewesen, aber sicherlich hätte mehr daraus werden können, wenn Hannah nicht dazwischengefunkt hätte. Laura kannte Hannahs Beweggründe nicht, zu Max zurückzukehren. Aber ihr Instinkt sagte ihr, dass sie nichts mit echter Liebe zu tun hatten.

»Schon gut«, erwiderte sie schließlich und bog mit Schwung in die Einfahrt zur Tiefgarage ein. Sie nahmen den Fahrstuhl und fuhren in die dritte Etage, in der sich die zentrale Telekommunikationsüberwachung befand. Beckstein erwartete sie bereits.

»Endlich, da sind Sie ja.« Beckstein winkte sie in das Großraumbüro hinein, das wie die Raumstation von Außerirdischen aussah. Der Raum war voll mit technischen Geräten, aus denen Antennen hervorstanden, und Kabeln, die sogar an den Wänden und der Decke entlangliefen. Die Atmosphäre wurde durch ein dumpfes Summen aufgeladen, das von der vielen Technik ausging.

»Wann genau ging der Anruf bei Nussbaums ein?«, fragte Max, die Augenbrauen skeptisch zusammengezogen.

»Punkt sechs Uhr fünfzig«, antworte ein Mann mit langen Haaren, Vollbart und ausgewaschenen Jeans. »Ich bin Markus Tiede und habe den Anruf analysiert.« Er streckte Max die dünne Hand entgegen. Wäre Laura diesem Mann auf der Straße begegnet, sie hätte ihn glatt für einen Nerd gehalten. Als sie seine Hand zur Begrüßung drückte, hinterließ diese einen kalten Schweißfilm auf ihrer Haut, den Laura unauffällig an ihrer Hose abwischte.

»Ich konnte den Anruf leider nicht zurückverfolgen. Die Dauer war einfach zu kurz. Der Entführer hat jedenfalls ein Prepaidhandy benutzt. Wahrscheinlich hat er es nach dem Anruf sofort entsorgt«, führte Markus Tiede aus und tippte währenddessen auf der Tastatur seines Computers herum. Auf dem Bildschirm erschien eine unübersichtliche Maske mit wirren Diagrammen und Tiede klickte auf ein Dreieck am oberen Rand. Zuerst hörten sie ein Rauschen gemischt mit regelmäßigem Tuten und dann ein Klacken. Jemand hatte den Hörer abgenommen.

»Matthias Nussbaum«, brummte eine tiefe, ruhige Stimme.

»Wir haben Ihren Sohn. Übergeben Sie uns eine Million Euro und Sie bekommen ihn unversehrt zurück«, sprach eine mechanische Blechstimme.

Stille. Sekunden verstrichen.

»Ich will zuerst ein Lebenszeichen von meinem Kind.« Nussbaums Stimme klang so unaufgeregt und sachlich, dass Laura unwillkürlich schauderte. Konnte dieser Mann ein liebender Vater sein, dessen einziges Kind gerade entführt worden war?

»Kommen Sie morgen um Punkt zehn Uhr zum Bahnhof Friedrichstraße. Bringen Sie die Million in gebrauchten Scheinen mit. Es müssen unmarkierte Noten sein. Wenn Sie dort sind, erhalten Sie weitere Anweisungen. Und lassen Sie die Polizei aus dem Spiel.« Klack. Die Leitung war still.

»Das war alles?«, fragte Laura.

»Ja. Ich sagte ja schon, der Anruf war zu kurz, um ihn zurückzuverfolgen.« Markus Tiede strich sich über den üppigen Bart. »Ich habe ein wenig an der Stimme gearbeitet. So müsste sie sich im Original anhören.« Tiede klickte erneut auf seinem Bildschirm herum. Eine Frauenstimme ertönte aus dem Lautsprecher und Laura hielt die Luft an.

»Eine Frau?« Max kroch näher an die Lautsprecherbox.

»Ich gehe davon aus. Sie hat einen einfachen Verzerrer benutzt. Es war nicht besonders schwierig, die

Stimme herauszufiltern.« Tiede spielte die Aufnahme noch einmal ab. Die Stimme kam Laura seltsam bekannt vor. Irgendetwas in ihrem Hinterkopf sprang auf die Tonlage an, aber Laura konnte die Erinnerung nicht greifen.

»Aber die Entführerin sagte ›Wir‹, wenn ich es richtig verstanden habe«, warf Beckstein ein.

»Ja, da haben Sie recht. Das wäre typisch für diese Art von Entführung. Gut möglich, dass eine ganze Bande dahintersteckt«, stimmte Laura ihrem Chef zu.

»Wer war bei den Nussbaums zu Hause, als der Anruf einging?«, fragte Laura.

»Ich«, brummte ein Bass mit amerikanischem Akzent direkt hinter ihr. Überrascht drehte sie sich um. Ein großer, durchtrainierter Mann, der wie ein Hollywoodschauspieler aussah, streckte Laura die Hand entgegen. »Ich bin Taylor Field und für einen Kollegen eingesprungen.«

Laura ergriff seine Hand und er drückte sie, ohne den Blick von ihr abzuwenden. »Ich gehöre eigentlich zur Kriminalpolizei«, erklärte er, und in diesem Moment fiel Laura sein Name ein.

»Sie ermitteln in den Pärchenmorden, richtig?«

Seine Miene hellte sich augenblicklich auf und zwei unwiderstehliche Grübchen erschienen auf seinen Wangen. »Ja, das stimmt. Wie kommen Sie darauf?«

Taylor Field blickte Laura durchdringend an und plötzlich fühlte sie sich unwohl. Ihre Finger wanderten an den Rand ihres Kragens und fuhren prüfend über die unversehrte Haut. Ein wenig erleichtert stellte sie fest, dass die Narben verdeckt waren.

»Nun, ich habe einen Artikel über die Ermittlungen in der Zeitung gesehen«, erwiderte sie. Tatsächlich hatte der Bericht direkt unter der Hauptmitteilung über die Entführung von Nussbaums Sohn gestanden. Laura hatte die Zeilen nur überflogen, sich aber den amerikanisch klingenden Namen des leitenden Ermittlers gemerkt. Taylor Field war einem Mörder auf der Spur, der bevorzugt junge Paare ermordete. Es war ein komplexer Fall, der die Berliner Kriminalpolizei schon seit Jahren beschäftigte.

»Und da haben Sie noch die Kapazitäten, in unserem Fall auszuhelfen?«, fragte Max und Laura wunderte sich über die Schärfe in seiner Stimme.

Field zuckte mit den Achseln. »Wie gesagt, ich habe einem Kollegen geholfen. Schauen Sie sich doch mal um. Die Hälfte der Mannschaft liegt mit einer Magen-Darm-Grippe flach. Ist Ihr Bereich noch nicht um Verstärkung gebeten worden?«

Max sah Field feindselig an. Beckstein sprang ein. »Wir sind gefragt worden, aber unsere Abteilung ist viel zu klein, um anderswo aushelfen zu können.«

Taylor Field nickte und seine Augen wanderten erneut zu Laura. »Dieser Nussbaum ist knallhart. Er hat nicht mit der Wimper gezuckt, als er ans Telefon gegangen ist. Sie haben ja selbst gehört, wie gelassen seine Stimme geklungen hat. Wenn er nicht diese erste lange Pause gemacht hätte, wäre ich fast auf die Idee gekommen, dass er selbst hinter dieser Geschichte steckt.«

Laura zog erstaunt die Augenbrauen in die Höhe. Field hatte genau den Gedanken ausgesprochen, der ihr durch den Kopf schwirrte. Sie hatte noch nie ein Elternteil erlebt, das derart cool auf den Entführer seines Kindes reagierte.

»Glauben Sie, er ist in die Entführung verwickelt?«, fragte Laura.

Field rieb sich nachdenklich das Kinn. Als Laura merkte, dass sie ihn anstarrte, senkte sie den Blick. Field hatte etwas an sich, das sie sich nicht erklären konnte.

»Ich kann es mir schwer vorstellen. Wie gesagt, er hat einige Sekunden gebraucht, um sich zu sammeln. Wahrscheinlich ist er es einfach nur gewohnt, in schwierigen Situationen die Kontrolle zu bewahren.«

»Ja, möglicherweise. Mir fällt auch kein Grund ein, warum er etwas damit zu tun haben sollte. Aber er ist mir tatsächlich auch ein wenig zu gelassen in dieser Situation«, erwiderte Laura.

»Vielleicht braucht er die Publicity«, warf Max ein. »Er ist schließlich direkt zur Presse gerannt, und niemand in Berlin konnte die Schlagzeile übersehen, dass sein Sohn gekidnappt worden ist.«

»Bitte, bitte. Wir sollten mit solchen Vorwürfen sehr vorsichtig sein«, mischte sich Beckstein ein. »Das wäre ein Riesenskandal. Niemand von uns sollte diesen Gedanken außerhalb dieser Mauern laut aussprechen.«

»Aber hat er nicht auch eine Firma, die GPS-Sender und eine ganze Reihe anderer technischer Überwachungsgeräte herstellt? Wenn er das Geschäft anheizen wollte, würde sich doch eine Entführung gut auf den Absatz auswirken. Insbesondere, falls er den Jungen mit einem Peilsender orten kann.« Laura hatte sich alle Firmen von Nussbaums Imperium angeschaut. Der Unternehmer besaß eine breite Palette an Firmen, die die unterschiedlichsten Produkte und Dienstleistungen anboten.

Beckstein richtete den Blick auf Laura und hob beschwörend die Hände. »Kern, wollen Sie aus meinem Magengeschwür einen Herzinfarkt machen?«

»Aber …«

»Nichts aber.« Beckstein schnitt Laura rigoros das Wort ab. »Ich will nichts mehr davon hören.«

Laura funkelte Beckstein wütend an. Verdammt, warum zog er dieses Mal nur den Schwanz ein? Setzte die Innensenatorin ihn so unter Druck, dass er selbst die simpelsten Regeln guter Polizeiarbeit vergaß? Laura konnte die Halsschlagader unter Becksteins Haut pulsieren sehen. Sein Gesicht hatte eine bedrohlich rote Farbe angenommen. Becksteins Augen hypnotisierten Laura regelrecht und gaben ihr zu verstehen, sie solle den Mund halten. Trotzdem öffnete sie die Lippen zum Widerspruch. Noch bevor der erste Ton herauskam, fuhr Beckstein fort. »Nein, Kern. Kommen Sie wieder, wenn Sie handfeste Beweise haben. Vorher will ich nichts – und ich meine, absolut nichts – mehr davon hören. Haben wir uns verstanden?«

»Sie werden Ihre Beweise bekommen«, zischte Laura zornig und drehte sich trotzig weg. Ihre Augen blieben an Markus Tiede hängen, der die Diskussion mit offenem Mund verfolgt hatte. Offenbar war Tiede solche Konflikte nicht gewohnt. Kein Wunder, der Mann schien mit seinem Computer verheiratet zu sein. Als Lauras Blick ihn traf, zog er ruckartig den Kopf ein.

»Könnten Sie die Aufnahme noch einmal vorspielen?«

Tiede nickte und drückte eine Taste, sodass die Forderung der Entführerin erneut ertönte. Wieder glaubte Laura, die Stimme zu kennen, doch es wollte sich kein Gesicht dazu formen. Sie dachte an die Frau mit dem Kapuzen-Shirt und fragte sich, ob diese Stimme zu ihr passte. Und was hatte das ›Wir‹ zu bedeuten? Laura notierte sich die Uhrzeit und den Namen des Bahnhofs, an dem die Übergabe stattfinden sollte. Sie hörte ein Handy klingeln und registrierte, wie Taylor Field abhob. Field runzelte die Stirn und entschuldigte sich. Verblüfft stellte Laura fest, dass sie ein wenig enttäuscht war, als er den Raum verließ.

...

Der Bewegungsmelder schlug Alarm und sie schreckte hoch. Verdammt, das ging die ganze Nacht schon so. Was war nur mit dem Baby los? Es hatte sich schon wieder über eine halbe Stunde lang nicht bewegt. Eine Panikwelle überlief sie und sie rannte barfuß die Treppen hinunter zur Bodenluke. Der nackte Beton fühlte sich hart und kalt unter ihren Füßen an, doch das machte ihr nichts aus. Sie hatte Angst, schreckliche Angst. Und sie musste sich beeilen. Hoffentlich war alles gut. Noch einmal würde sie einen solchen Schock nicht überstehen, das wusste sie. Bis heute war ihr nicht klar, wie sie es überhaupt geschafft hatte, zu überleben. Die ganze Leere, die sich in ihr festgesetzt hatte, und die Finsternis, die sie umhüllte, weil sie unachtsam gewesen war. Nur ein paar Stunden, aber das hatte ausgereicht und das Schicksal hatte sie hart dafür bestraft. Sie war eine schlechte Mutter gewesen, doch jetzt machte sie alles wieder gut. Sie eilte an den Babybetten vorbei bis ganz nach hinten, wo sie ihren Neuankömmling untergebracht hatte.

Ihr Herz pumpte vor Anstrengung und Panik. Kleine helle Punkte leuchteten vor ihren Augen auf und hinderten sie am Sehen. Das kam in letzter Zeit öfter vor. Sie wurde langsam alt. Die körperliche Belastung nagte an ihr. Aber trotzdem gönnte sie sich keine Ruhe. Sie war für die Babys da. Sie war ihre Mutter und sorgte dafür, dass es ihnen gut ging. Sie blieb vor dem Bettchen stehen und holte tief Luft. Es war jedes Mal dieselbe schreckliche Mischung aus Hoffnung und Angst, die sich in ihrem Körper ausbreitete und sie beinahe lähmte. Sie zwang sich, das Kind zu berühren. Im ersten Moment fühlte sie nichts. Geschockt zog sie die Hand zurück. *Beruhige dich und probiere es noch einmal*, sagte sie zu sich. Es war ihr schon mehrfach passiert, dass sie sich geirrt hatte.

Vorsichtig streckte sie die Hand erneut aus. Das Baby schniefte und drehte den Kopf. Im ersten Augenblick wusste sie nicht, ob sie ihren Augen trauen durfte. Doch dann bewegten sich die kleinen Beinchen und sie brach vor Glück zusammen. Der Junge lebte!

Sie kauerte neben seinem Bett und betrachtete das friedliche Gesicht. Der Junge war so schön, dass sie sich gar nicht sattsehen konnte. Wie gerne hätte sie ihn mit nach oben in ihr Bett genommen. Doch das war zu gefährlich. Das Jugendamt war zurzeit häufiger zu Besuch als sonst. Wahrscheinlich lag das an dem neuesten Skandal. Ein Pflegekind war vor ein paar Wochen an Drogen gestorben und seitdem hatte das Jugendamt die Überwachung der Pflegefamilien verstärkt. Sie selbst beherbergte drei Pflegekinder, die mit ihr im Haus wohnten. Den Kindern ging es gut. Niemals im Leben würde sie auf die Idee kommen, sie mit Drogen ruhigzustellen oder sie schlecht zu behandeln. Menschen, die so etwas taten, gehörten hinter Gitter. Es waren Verbrecher, oder vielmehr Monster, die in ihren Augen das Recht auf Leben verwirkt hatten. Kinder waren die Zukunft. Sie waren unschuldig. Ihre Seelen waren weiß und unbefleckt, und die Aufgabe einer Mutter war es, diese Unschuld zu bewahren, die Kinder zu schützen und sie über die kritische Zeit zu bringen.

Ein Rascheln riss sie aus ihren Gedanken. Sie drehte sich um und sah das kleine Mädchen. Es konnte stehen. Überrascht sprang sie auf und ging zu dem Schützling hinüber. Sie nahm das Mädchen hoch. Die Kleine öffnete den Mund und brabbelte Unverständliches.

»Sei still, Kleine und schlaf noch ein bisschen.« Sie drückte ihr einen Kuss auf die Wange und legte sie wieder hin. Doch die Kleine rappelte sich auf und zog sich erneut am Gitter ihres Bettchens hoch. Stolz gluckste und lächelte sie. Der Anblick schnürte ihr die Kehle zu. Ihr Engel war kein Baby mehr. Die Erkenntnis überlief sie eiskalt. Warum war es nur so schnell gegangen? Die Kleine war noch nicht einmal zehn Monate alt. Doch da stand sie und konnte sich selbst aufrecht halten. Es würde nicht mehr lange dauern, und das Mädchen könnte laufen. Eine Träne lief über ihre Wange, als ihr klar wurde, dass sie das Kind wieder loslassen musste. Die Zeit war um und ihr Engel musste hinaus in die Welt. Sie hatte ihre Schuldigkeit getan.

…

Laura scrollte sich durch die Internetseiten von Nussbaums Sicherheitsunternehmen. Sie hatte ein eigenartiges Gefühl, als sie die dort angebotene Produktpalette studierte.

»Weißt du, Max, irgendwie verstehe ich die ganze Sache nicht. Nussbaum selbst hat angegeben, wie oft er auf Dienstreisen unterwegs ist. Da würde ich doch Frau und Kind besonders schützen, insbesondere wenn ich eine Firma besitze, die sich mit der modernsten Überwachungs- und Sicherheitstechnik befasst.« Laura kratzte sich nachdenklich am Kopf. Sie hatte im Internet recherchiert und herausgefunden, dass GPS-Sender für Kinder gar nicht so selten waren. In den USA wurden sie relativ häufig eingesetzt und in der Kleidung, in Uhren oder Armbändern versteckt. Sobald das Kind den heimatlichen Radius verließ, schlug der Alarm an, und die Eltern erhielten eine

Nachricht. Das GPS-Signal machte es möglich, das Kind bis auf fünfzig Meter genau zu orten.

»Ich glaube, wir sollten dieser Firma mal einen Besuch abstatten«, sagte Laura schließlich und stand auf.

»Was, jetzt?« Max machte keine Anstalten, Laura zu folgen. »Sollten wir nicht lieber die Übergabe mit den Entführern planen?« Max deutete auf einen Stadtplan an der Wand, auf dem ein rotes Kreuz den Bahnhof Friedrichstraße kennzeichnete.

»Ja, das machen wir. Ich habe den Sondierungstrupp unter der Leitung von Momberg schon losgeschickt. Die überprüfen das Gelände. Bis sie fertig sind, haben wir noch zwei Stunden Zeit.« Laura ging zum Stadtplan und tippte darauf. »Die gute Nachricht ist, dass Nussbaums Sicherheitsfirma keine zehn Minuten von hier entfernt liegt.«

Max zog erstaunt die Augenbrauen hoch. »Das hätte ich mir ja denken können.« Ein schelmisches Grinsen umspielte seine Mundwinkel, als er sein Handy schnappte und Laura in den Flur folgte. »Wo hast du nur immer diesen unerschöpflichen Elan her?«, neckte er Laura, als sie den Fahrstuhl zur Tiefgarage nahmen.

»Ich habe kein kleines Kind zu Hause, das mich nachts vom Schlafen abhält«, entgegnete Laura und stupste Max in die Seite. »Wie läuft es eigentlich mit Hannah?«

»Sie hat sich wieder eingekriegt, aber ich musste trotzdem versprechen, nicht so spät nach Hause zu kommen.« Max' Stimme klang auf einmal ernst. »Diese

Schwangerschaft bringt ihre Hormone jedenfalls mächtig durcheinander. Sobald ich auch nur einen falschen Zungenschlag wähle, tickt Hannah regelrecht aus. Ich weiß echt nicht mehr, wie ich mich verhalten soll. Dabei liebe ich sie doch. Aber mit Frauen ist es irgendwie immer so kompliziert.«

»Das renkt sich schon wieder ein. Du musst einfach nur ein bisschen Durchhaltevermögen an den Tag legen«, tröstete Laura ihn. »Ich finde Männer übrigens auch ziemlich kompliziert«, fügte sie hinzu und grinste, bis ihr plötzlich bewusst wurde, dass ihr Taylor Fields Gesicht beim letzten Satz durch den Kopf schwirrte. Die Fahrstuhltür ging auf und Laura schob den Gedanken beiseite. Sie stürmte zu ihrem Dienstwagen und startete den Motor so schnell, dass Max Mühe hatte, rechtzeitig in den Wagen zu springen.

»Du hast es aber eilig. Ich dachte, Momberg braucht noch zwei Stunden.«

»Stimmt«, erwiderte Laura und nahm den Fuß vom Gas. Thomas Momberg war bekannt für seine Gründlichkeit und er würde mit Sicherheit nicht früher fertig werden als geplant. Momberg kundschaftete mit seinen Mitarbeitern die Orte für Übergaben aus. Er war ein absoluter Spezialist, der gezielt und unauffällig vorging. Selbst wenn die Entführer den Übergabeort schon am Tag vorher inspizierten, würden sie Momberg und seine Leute nicht entdecken. Getarnt als Zivilisten, Straßenarbeiter oder Ähnliches fielen sie nicht weiter auf, lieferten aber dennoch mithilfe von versteckten Kameras und diversen Messgeräten detaillierte Informationen zur Beschaffenheit der Umgebung. Das konnte im Zweifel lebensrettend sein. Je sorgfältiger die Vorbereitungen, desto größer war die Chance, die Geldübergabe erfolgreich zu beenden. Momberg lotete jeden noch so versteckten Winkel aus, damit die Entführer kein Hintertürchen mehr offen hatten, auch wenn sie es glaubten. Manchmal war es sinnvoll, sie zunächst durch das Schlupfloch zu lassen, insbesondere wenn man an die Drahtzieher heranwollte.

Laura bog in eine Seitenstraße ab und warf einen Blick auf das Navigationssystem. Ihr Ziel war noch fünfhundert Meter entfernt und befand sich auf der linken Straßenseite. Sie fuhren mitten durch ein Gewerbegebiet, dessen Bürgersteige menschenleer waren. Trotzdem oder vielleicht auch gerade deshalb schützten die ansässigen Firmen ihre Grundstücke durch hohe Stacheldrahtzäune. Laura konnte sich des Gefühls nicht erwehren, sich in einem Hochsicherheitstrakt zu befinden. Wie passend für eine Überwachungs- und Sicherheitsfirma, dachte sie. Das Navigationssystem kündigte das Ziel an und Laura verlangsamte das Tempo. Dann bog sie ab und hielt vor einer Schranke. Ein Mann in dunkelgrüner Uniform trat aus dem kleinen Gebäude neben der Absperrung und grüßte höflich.

»Was kann ich für die Herrschaften tun. Haben Sie einen Termin?«

»Nicht direkt«, antwortete Laura und holte ihre Polizeimarke hervor. »Wir hätten gerne jemanden von der Geschäftsleitung gesprochen.«

Das Gesicht des Mannes versteinerte sich. Er machte einen Schritt rückwärts und zog ein Telefon aus der Tasche. Dann entfernte er sich und sprach in das Telefon, während er mit den Armen wild in der Luft gestikulierte.

»Die scheinen ja nicht gerade begeistert über unseren Besuch zu sein«, mutmaßte Max, der das Geschehen ganz genau beobachtete.

Der Wachmann beendete sein Gespräch und kam zurück. »Sie können vorfahren. Frau Brinkmann erwartet Sie am Empfang«, sagte er knapp und verschwand in seinem Wachhäuschen.

Die Schranke öffnete sich lautlos und Laura fuhr auf das Gelände. Ein dreistöckiger Betonfertigbau erwartete sie. Die quadratischen Fenster waren grau eingerahmt und verstärkten das fade Erscheinungsbild des schmucklosen Gebäudes. Es war ein typischer Bau aus den siebziger Jahren. Der Parkplatz des Bürohauses war gut gefüllt. Laura fuhr bis ganz nach vorne durch. Sobald sie den Motor ausgeschaltet hatte, stürmte eine Frau mit krausen Haaren und randloser Brille aus der gläsernen Eingangstür. Hektisch tippelte sie in ihren hochhackigen Schuhen auf Laura und Max zu.

»Guten Tag. Ich grüße Sie. Mein Name ist Martina Brinkmann. Ich führe sie direkt hinauf zu einem unserer Geschäftsführer. Heute ist nur Herr Völder im Haus. Die anderen beiden Manager sind unterwegs.«

Laura begrüßte die Frau knapp und bemerkte rote Flecken, die sich auf ihrem Hals gebildet hatten. Sie folgten Martina Brinkmann durch die Glastür. Laura registrierte dabei das Firmenlogo, das in fetten Buchstaben auf den Scheiben angebracht war. *BCC Security*.

Der Schriftzug und die Farben waren identisch mit denen des Internetauftritts, den sie heute Morgen durchgesehen hatte. Die Empfangsdame führte sie zu einem Fahrstuhl und drückte den Knopf.

»Das Büro von Herrn Völder befindet sich in der dritten Etage«, erklärte sie. Die schweren Edelstahltüren des Fahrstuhls öffneten sich und sie stiegen ein. Nach wenigen Sekunden ertönte ein Pling und die Türen gingen wieder auf. Eine hochmoderne Büroetage erwartete sie. Laura bemerkte die Kameras, die an der Decke angebracht waren. Martina Brinkmann öffnete eine massive Eichentür und ließ sie eintreten. Ein grau melierter Mittfünfziger im dunklen Maßanzug empfing sie.

»Völder, mein Name. Herzlich willkommen.« Der Geschäftsführer deutete auf eine moderne Ledercouch und bat Laura und Max, sich zu setzen. Ein leichter Schweißfilm auf seiner Stirn ließ seine Nervosität erkennen, die er hinter einer weltmännischen Fassade zu verstecken suchte. »Wie kann ich Ihnen weiterhelfen?«

Laura stellte sich und Max kurz vor und kam dann direkt zur Sache. »Wir untersuchen den Entführungsfall Henri Nussbaum und sind in diesem Zusammenhang auf ihre Firma gestoßen. Wir gehen davon aus, dass Sie das Kind überwacht haben, und möchten sämtliche Informationen dazu.«

In Völders Gesicht zuckte es merklich. »Ich verstehe nicht ganz, worauf Sie hinauswollen«, wich er aus.

»Nun«, erwiderte Laura gedehnt, ohne den Blick

von Völder abzuwenden. »Sie bieten doch diverse GPS-Tracking-Modelle an. Welches wurde denn für die Nussbaums verwendet?« Laura wollte Völder herausfordern. Aus ihrer Sicht war der Frontalangriff die einzige Möglichkeit, etwas aus dem schwer zu fassenden Geschäftsführer herauszubekommen.

Völders Kiefermuskeln spannten sich an. »Ich kann Ihnen darüber keine Auskunft geben.«

Max erhob sich von der Couch. Er gab mit seiner Körpergröße eine beeindruckende Gestalt ab.

»Herr Völder, ein kleiner Junge wird vermisst. Sie wissen, dass es sich um den Sohn eines Anteilseigners dieser Firma handelt. Wir sind in diesem Fall auf Ihre Mithilfe angewiesen und werden natürlich Ihre Angaben vertraulich behandeln.«

Völder nickte. »Ich verstehe das absolut. Aber meine Hände sind gebunden.«

»Können Sie uns denn wenigstens sagen, ob Sicherheitstechnik Ihrer Firma bei den Nussbaums zum Einsatz gekommen ist?«

Völder schwieg einen Moment, dann sagte er: »Ich kann Ihnen verraten, dass unsere Firma die Alarmanlage in das Haus der Nussbaums eingebaut hat. Wenn ich das richtig im Kopf habe, dann haben wir die Anlage vor Kurzem modernisiert.«

»Frau Nussbaum hat uns davon berichtet. Doch wie gesagt interessiert uns vielmehr, ob eines Ihrer Tracking-Systeme für das Baby genutzt wurde«, hakte Laura nach. Als Völder die Augenbrauen hochzog und schwieg, fuhr sie fort: »Herr Völder, wir können uns auch einen richterlichen Beschluss besorgen und die komplette Firma auf den Kopf stellen. Ich verstehe überhaupt nicht, warum Sie uns nicht helfen wollen. Liegt Ihnen denn das Wohl dieses Kindes nicht am Herzen?« Lauras Tonfall war scharf.

»Hören Sie. Natürlich ist das eine ganz schlimme Sache und wir alle wünschen den kleinen Henri so schnell wie möglich seiner Familie zurück. Aber ich habe keine weiteren Informationen für Sie. Wie gesagt, die Alarmanlage wurde von uns modernisiert, und mehr weiß ich einfach nicht. Ich kenne als Geschäftsführer nicht jeden Auftrag persönlich«, Völders Stimme klang versöhnlich. »Sprechen Sie doch bitte mit Herrn Nussbaum persönlich. Ich bin mir sicher, dass er Sie mit allem, was nötig ist, versorgt, damit sein Junge unbeschadet nach Hause zurückkommt.«

Laura kochte innerlich vor Wut. Dieser Mann wusste etwas, das spürte sie. Aber sie wusste auch, dass sie ohne richterlichen Beschluss nicht weiterkommen würden. Völder würde nicht reden, es sei denn, Nussbaum selbst würde es ihm erlauben. Unter diesen Umständen konnten sie auch direkt mit Nussbaum sprechen. Laura warf einen Blick auf die Uhr. Die Zeit wurde knapp.

»Wir werden wieder auf Sie zurückkommen. Ich hoffe für Sie, dass dem Jungen nichts zustößt.« Die letzten Worte konnte Laura sich nicht verkneifen. Völders Miene verschloss sich und er geleitete sie wortkarg aus seinem Büro.

Als sie im Auto saßen, schlug Laura wütend auf das Lenkrad.

»Verdammt. Ich verstehe das nicht. Was verheimlicht der Kerl vor uns?«

Max rieb sich nachdenklich das Kinn. »Vielleicht hast du ja recht. Hinter dieser Sache könnte eine riesengroße PR-Kampagne stecken. Ich verwette meinen Hintern, dass das Baby getrackt wurde. Alles andere würde keinen Sinn ergeben.«

»Ich werde Nussbaum nachher darauf ansprechen«, schnaubte Laura. »Jetzt sollten wir uns erst einmal anhören, was der Sondierungstrupp herausgefunden hat.« Laura gab Gas und fuhr in viel zu hohem Tempo auf die Schranke zu, die sich automatisch öffnete.

VII

Es war spät, sogar sehr spät. Ein schwacher Luftzug strich über den Bahnsteig. Normalerweise ließ Mama ihn nie so lange aufbleiben, doch der heutige Tag war eine Ausnahme. Eines der Mädchen war groß geworden und sollte in die Welt hinaus. Baby betrachtete das niedliche Ding mit den blauen Augen. Die Kleine ist so schön, fuhr es ihm durch den Kopf. Er hatte ihr heimlich den Namen Isabelle gegeben. Diesen Namen hatte er in einem seiner Schulbücher gelesen und er fand ihn einfach schön. Natürlich durfte Mama davon nichts wissen, aber ihm gefiel der Name.

»Keine Angst, Isabelle. Ich werde dich so hinlegen, dass es nicht lange dauert, bis dich jemand findet. Dann bist du frei.« Die letzten Worte waren mehr geflüstert. *Frei.* Er ließ sich das Wort auf der Zunge zergehen. Wie es wohl war, frei zu sein? Jeden Tag aus dem Haus zu gehen, ohne unsichtbar bleiben zu müssen. Oder einfach nur aus dem Fenster zu schauen und umherzulaufen, auch wenn Besuch da war. Erst gestern hatte er sich wieder auf dem Dachboden verstecken müssen, weil die Frau vom Jugendamt gekommen war. Sie hatte nach den drei Kindern gesehen, die bei Mama im Haus leben durften. Baby war neidisch auf die Kleinen, die das Jugendamt gebracht hatte. Sie hatten alle einen Namen und mussten nie verschwinden. Mama ging oft mit ihnen spazieren. Für Baby war das nicht so einfach. Sie wohnten zwar sehr abgelegen, aber trotzdem durfte er nicht gesehen werden. Niemand sollte denken, dass er in Mamas Haus lebte. Sonst würde etwas ganz Schreckliches passieren, hatte Mama ihm gesagt. Dann würden Männer kommen und ihn fortbringen. In ein Heim. Er würde keine Familie mehr haben und in seinem Alter auch keine neuen Eltern bekommen. Er wäre für immer alleine und verloren.

Baby blickte in Isabelles Gesicht, die ihre Augen jetzt fest geschlossen hatte. Er drückte ihr einen Kuss auf die Wange.

»Du hast es gut. Du wirst bald in einer netten Familie sein.«

Er malte sich aus, wie sie in einem großen Haus mit Geschwistern leben würde. Mit einer eigenen Schaukel im Garten, auf der sie jeden Tag saß und ausgelassen vor und zurück schwang. Baby sah Isabelle vor sich, wie sie immer größer und schöner wurde. Vielleicht würde er sie ja eines Tages wiederfinden, und dann könnten sie wieder zusammen sein. Wenn sie älter wurde, könnten sie sogar richtig miteinander spielen. Sie könnte dann auch sprechen und sie könnten sich unterhalten oder Geschichten erfinden. Baby seufzte. Er würde Isabelle vermissen. Sie war von Anfang an viel klüger gewesen als die anderen Babys. Ihre Augen waren blau und glasklar. Es funkelte etwas darin, das er nicht genau beschreiben konnte. Bestimmt war es ihre Klugheit.

Es hatte ihn überhaupt nicht gewundert, dass sie so früh stehen lernte. Mama hingegen war völlig überrascht gewesen. Mit kreidebleichem Gesicht und leeren Augen hatte sie ihm aufgetragen, Isabelle fortzubringen. Am liebsten würde er mit ihr zusammen hier auf dem Bahnsteig warten, bis sie jemandem auffielen. Aber er hatte Angst, dass Mama recht behielt. Auf keinen Fall wollte er in ein Kinderheim. Er hatte in einem Film gesehen, wie die Kinder dort hungerten und geschlagen wurden. Alles war düster und grau gewesen. Es schauderte ihn jetzt noch, wenn er daran dachte.

Mama liebte ihn. Das wusste er. Sie liebte ihn so sehr, dass sie ihn als Einzigen behalten hatte. Er war nicht wie all die anderen fortgeben worden, sobald er laufen gelernt hatte. Er war etwas Besonderes, Mamas Junge. Das sagte sie immer. Er war wie sie und war ihr wie aus dem Gesicht geschnitten. Nein, er wollte eigentlich doch nicht weg. Mama war gut zu ihm und er wollte sie nicht enttäuschen. Und sie wäre enttäuscht, wenn er einfach davonlaufen würde.

Baby blickte sich auf dem Bahnsteig um. Er war nicht zum ersten Mal hier und kannte jede Kamera. Geschickt wich er ihren Linsen aus und lief auf eine Säule zu, hinter der er erst einmal Luft holte. Seine Augen wanderten erneut zu Isabelle. Sie schlief ganz fest. Baby wiegte sie ein wenig in seinen Armen. Eine alte Frau mit grauen Haaren und Dutt blieb plötzlich neben ihm stehen.

»Hast du dich verlaufen, Junge?« Ihre Augen blieben kritisch an Isabelle kleben.

Baby spürte, wie die Röte in sein Gesicht schoss. Normalerweise beachtete ihn niemand. Warum musste die Alte ausgerechnet jetzt auftauchen und ihn stören?

»Meine Mutter kommt gleich. Sie ist da hinten.« Er drehte demonstrativ den Kopf und wies auf eine Menschenmasse, die sich schnatternd über den Bahnsteig bewegte. Diese Antwort hatte er auswendig gelernt. Mama war unheimlich stolz auf ihn, weil er die Worte so glaubhaft aussprach. Tatsächlich folgte die Alte seinem Blick. Zwischen den vielen Menschen schlängelten sich etliche Frauen hindurch, die als seine Mutter durchgehen könnten. Die alte Frau blieb unschlüssig stehen. Schließlich nickte sie und ging wortlos weiter.

Baby atmete auf. Das war knapp gewesen. Er wartete, bis die Alte an der Rolltreppe angelangt war und verschwand. Dann ging er weiter in Richtung der Schließfächer. Gleich daneben gab es eine Reihe von Bänken. Die ersten Plätze waren nicht videoüberwacht. Baby näherte sich vorsichtig. Ging man nur ein paar Zentimeter zu weit, geriet man in den Blickwinkel der Kamera. Mama hatte alles genau ausspioniert.

Baby gab Isabelle einen allerletzten Kuss und legte das schlafende Kind auf der Bank ab. Bevor er ging, blickte er sich noch einmal um. Niemand schien ihn zu bemerken. Menschen liefen hektisch an ihm vorbei, die Augen stur auf die Anzeigetafeln des Bahnhofs oder auf ihre Handys gerichtet. Er machte einen Schritt zur Seite und dann noch einen. Er verließ Isabelle ruhig und ohne Hast. Das hatte Mama ihm eingeprägt. Langsam und sicher, damit er niemandem auffiel. Erst als er sich mehr als zehn Meter entfernt hatte, wurde er schneller. Sein Herz raste vor Aufregung und er holte erst wieder Luft, als er an der breiten Treppe ankam, die ihn aus dem Bahnhof hinaus führen würde.

…

Am Morgen der Geldübergabe hatte Laura ein ungutes Gefühl. Der Bahnhof Friedrichstraße war um diese Uhrzeit völlig überfüllt. Die Entführer hatten sich einen Umschlagplatz ausgesucht, an dem sich etliche U-Bahn-, S-Bahn- und Fernbahnlinien kreuzten. Für sie war dies der perfekte Ort, um sich unerkannt aus dem Staub zu machen. So oder zumindest so ähnlich hatte es Momberg gestern geschildert. Es war unmöglich, das Gelände unter Kontrolle zu bringen, ohne Aufsehen zu erregen. Die Chance, die Geiselnehmer zu stellen, lag unter fünfzig Prozent. Also hatten sie die Mannstärke bis an den Anschlag nach oben geschraubt. Nussbaum, der stocksteif mit seinem Koffer über den Bahnsteig stakste, war regelrecht umzingelt von Polizisten in ziviler Kleidung. Der Bahnhof erstreckte sich über vier oder fünf Ebenen. Es gab mehrere Ein- und Ausgänge, die nicht alle videoüberwacht waren. Das Landeskriminalamt hatte überall Leute postiert, die unauffällig nach Verdächtigen Ausschau hielten. Heute Morgen war das Phantombild fertig geworden, das mithilfe der Kassiererin des Supermarktes erstellt worden war. Es zeigte eine Frau, deren Alter schwer zu definieren war. Sie musste zwischen fünfunddreißig und fünfundfünfzig Jahre alt sein. Die Haare waren schulterlang und dunkelbraun. Die Haut blass und die Lippen farblos. Tief liegende, kleine Augen und eine schmale, scharfe Nase ließen die Entführerin nicht sonderlich sympathisch erscheinen. Lauras Augen scannten die Umgebung und blieben an etlichen Frauen hängen, die jedoch nicht auf die Beschreibung passten.

»Hey, Kern. Es sind schon fünfzehn Minuten vergangen. Sollen wir abblasen?« Die Stimme knatterte in Lauras Ohrhörer und sie schüttelte unmerklich den Kopf. »Nein. Wir warten.«

Der Mann ging ihr langsam auf die Nerven. Ihr Chef, Joachim Beckstein, hatte ihn unbedingt bei diesem Einsatz dabei haben wollen. Er war ein erfahrener Spezialist aus dem SEK, dem Sondereinsatzkommando, aber seine Ungeduld fand Laura wenig überzeugend. Es wäre nicht die erste Geldübergabe, bei der die Entführer das Opfer zunächst warten ließen. Eine Frau im Kapuzen-Shirt huschte an Laura vorbei und sie hielt die Luft an.

»Zwölf Uhr Richtung Hauptanzeigetafel. Verdächtige mit Kapuze.«

Max meldete sich. Er hatte die Frau im Visier. Sie ging genau auf Nussbaum zu, der immer noch stocksteif von einem Fuß auf den anderen trat. Offenbar war er doch nicht so nervenstark, wie Laura angenommen hatte.

»Nicht umdrehen, Herr Nussbaum. Verdächtige Person nähert sich genau von hinten.«

Ein kaum merklicher Ruck ging durch Nussbaums Körper, aber er gehorchte Lauras Anweisung. Immerhin zeigte er sich kooperativ. Gestern Abend hatte er

Laura noch eine Riesenszene hingelegt, weil sie ohne Rücksprache mit ihm an seinen Sicherheitschef herangetreten war. Laura hatte direkt gefragt, ob der kleine Henri mithilfe eines GPS-Trackers geortet werden könnte. Doch Nussbaum hatte den Einsatz jeglicher Technik bei seinem Kind vehement abgestritten. Trotzdem glaubte Laura ihm kein Wort. Sie hatte Sophie Nussbaums Gesicht gesehen und wusste genau, dass Matthias Nussbaum log. Die Körperhaltung seiner Frau sprach Bände. Laura konnte sich keinen Reim auf das Verhalten des Mannes machen. Er hatte ihr weismachen wollen, dass es tödlich für sein Geschäft sei, wenn sich die Polizei einmischte. Laura und Max sollten die Finger aus seinen beruflichen Angelegenheiten lassen und sich stattdessen auf die Entführung seines Sohnes konzentrieren. Nur Max' beruhigende Hand auf Lauras Schulter hatte sie davon abgehalten, Matthias Nussbaum weiter in die Enge zu treiben. Am liebsten hätte sie ihn auf der Stelle zu einer Befragung ins Polizeirevier vorgeladen, wenn da nicht Beckstein, ihr Chef, und die Innensenatorin wären. Sie musste erst handfeste Beweise finden, aber dann würde sie diesem Lügner auf die Spur kommen. Das nahm sie sich fest vor.

Laura spürte, dass Nussbaum angeschlagen war. So wie er sich verhielt, schien er wenigstens nicht direkt in Henris Entführung verwickelt zu sein. Laura hoffte es zumindest. Eine Horde Schulkinder strömte auf den Bahnsteig flankiert von aufgeregten Lehrern und Eltern, die versuchten, die kichernde Menge in den Griff zu bekommen. Die Kinder sausten zwischen die wartenden Fahrgäste und stifteten ein unbeschreibliches Durcheinander. Ein Wirbelsturm war nichts gegen die trampelnden kleinen Füße, die blitzschnell, mal hierhin, mal dorthin über den Bahnsteig stoben. Ein Lehrer versuchte wild gestikulierend, die Schüler unter einer Anzeigetafel zum Stehen zu bringen, doch er wurde schlicht von der wirbelnden Menge überrannt. Mit hochrotem Kopf kämpfte er darum, Ruhe in das Chaos zu bringen, und lief einer Gruppe Jungen hinterher, die schon fast das Ende des Bahnsteigs erreicht hatte. Ein paar Mädchen blieben brav unter der Anzeigetafel stehen, spannten jedoch ein Gummiband auf und begannen, kreischend darauf herumzuhüpfen. Das Geschnatter der hohen Stimmen brachte die Luft im Bahnhof zum Vibrieren. In Lauras Ohrhörer knisterte es. Jemand sprach, doch sie konnte kein Wort verstehen. Ihre Augen durchsuchten das Chaos nach Verdächtigen, aber es war völlig hoffnungslos. Sie konnte nicht einmal mehr Max ausmachen, der keine dreißig Meter von ihr entfernt postiert war. Und das, obwohl es bei seiner Körpergröße ein Leichtes sein sollte, ihn zu erkennen. Laura stellte sich unruhig auf die Zehenspitzen und begann, den Lärm und das Chaos auszublenden.

Abermals knackte es in ihrem Kopfhörer. Sie schlug mit der flachen Hand dagegen und endlich konnte sie die Stimme verstehen.

»… ich wiederhole. Sichtkontakt zum Boten verloren.«

Laura lauschte fassungslos. Hektisch suchte sie den Bahnsteig ab. Dann verließ sie ihren Posten und rannte in die tobende Kindermenge hinein, zerteilte sie wie Wellen auf einem tosenden Meer und ließ das Kreischen hinter sich. Vor dem dunklen Gleistunnel blieb sie keuchend stehen. Ein eisernes Ungeheuer mit leuchtenden Augen ratterte auf sie zu. Der nächste Zug fuhr in den Bahnhof ein. Laura machte kehrt. Ungläubig rannte sie zurück und screente erneut die Menschenmenge auf dem Bahnsteig. Dabei prallte sie versehentlich mit einem Kind zusammen und fiel unsanft auf die Knie. Der Junge lachte, rappelte sich auf und stob davon. Laura fluchte. Sie ignorierte den stechenden Schmerz unter der Kniescheibe und kam auf die Füße. Humpelnd kämpfte sie sich weiter durch die Menge. Der Mann in ihrem Ohr wiederholte seine Worte und trieb sie an. Verdammt, das konnte doch nicht wahr sein. Eine weitere Bahn schoss heran und bremste quietschend. Die Türen öffneten sich und eine wabernde Masse aus Passagieren stürmte aus den Waggons hinaus und an Laura vorbei. Ein dicker Mann rempelte sie an. Eine Frau stieß ihr den Ellenbogen in die Seite und entschuldigte sich flüchtig. Laura stand mitten auf dem überfüllten Bahnsteig – in dem hektischen Gewirr aus Menschen, die hinaus ins Freie stürmten oder sich ihren Weg zu einem der Züge bahnten, die unablässig hielten und sich entleerten, um anschließend neu gefüllt wieder loszufahren. Wieder hörte sie die Stimme im Ohr. Diesmal ließ der gehetzte Tonfall Verzweiflung erkennen. Laura spürte, wie ihr Puls in schwindelerregende Höhen schoss. Es war zu spät. Sie hatten versagt. Sie riss sich den Ohrhörer heraus und rannte zurück zum Ausgangspunkt. Die

Kinder waren verschwunden, genau wie Nussbaum. Verdammt, dachte sie entsetzt. Die Sache war komplett aus dem Ruder gelaufen. Nussbaum war weg, geradezu wie vom Erdboden verschluckt!

…

Sie stand vor dem leeren Bett und dachte an das kleine Mädchen. An die großen blauen Augen und das niedliche Gesicht. Noch immer sah sie ihr Lächeln vor sich, das sie empfing, wenn sie morgens zu dem Bettchen gekommen war, um die Kleine zu wickeln und zu füttern. Sie erinnerte sich noch genau an den Tag, an dem das Mädchen den Weg in ihre Arme gefunden hatte. Es war ein düsterer Herbsttag gewesen. Viel zu dunkel und auch viel zu kalt für den Monat September. Sie war durch das nasse Gras gelaufen, darauf bedacht, nicht allzu tief in die triefende Erde einzusinken. Vorsichtig hatte sie einen Fuß vor den anderen gesetzt und war ganz versunken in diese Tätigkeit gewesen, bis sie das junge Paar entdeckte. Trotz der Kälte hatten sie es sich auf einer Parkbank bequem gemacht. Zuerst fand sie die Situation unheimlich romantisch. Wie sie dort saßen, Seite an Seite. Vor ihnen der Kinderwagen, in dem das Ergebnis ihrer Liebe lag.

Beinahe wäre sie weitergegangen, wenn da nicht etwas gewesen wäre, das sie zögern ließ. Manchmal war das Schicksal wie der Flügelschlag eines Schmetterlings. Nur wenige Sekunden entschieden über die

Bestimmung eines Menschen, über Leben oder Tod. Und so war es auch an diesem Tag gewesen. Plötzlich hatte sie die Missstimmung gespürt, die eisige Kälte, die zwischen den beiden herrschte. Sie schlich näher an das Paar heran und bemerkte das bitterböse Schweigen, das wie ein Gewitter über dieser Familie hing. Das war kein guter Platz für ein Baby. Außerdem war es noch so klein, dass es intensiver Aufmerksamkeit bedurfte. Nur eine Stunde ohne Aufsicht konnte für ein so winziges Wesen das Schlimmste bedeuten. Sie traute den Eltern, die offenbar völlig zerstritten waren, diese Aufgabe nicht zu. Plötzlich war sie fest entschlossen, das kleine Ding zu retten, ihm Harmonie und Liebe zu schenken. Es über die kritische Zeit zu bringen. Ignoranz und Unachtsamkeit wurden bestraft. Das wusste sie aus eigener Erfahrung. Sie kauerte zwischen den Bäumen, mitten im Gestrüpp und lauerte auf einen günstigen Moment. Sie achtete nicht mehr auf den feuchten Boden und ignorierte das Regenwasser, das langsam das Leder ihrer Schuhe durchweichte. Sie hatte eine Mission.

Ihre Geduld wurde auf eine harte Probe gestellt. Das Paar wollte einfach nicht von dieser Bank verschwinden. Die beiden saßen wie festgenagelt auf der hölzernen Sitzfläche und schwiegen endlos vor sich hin. Doch sie ließ sich etwas einfallen. Darin war sie schon immer gut gewesen. Sie konnte sich noch genau an das befriedigende Gefühl erinnern, als ihr Plan aufging. Es ging alles blitzschnell und am Ende hielt sie das kleine, süße Mädchen in ihren Armen und weinte vor Glück. Und jetzt? Jetzt stand sie vor dem leeren

Gitterbettchen und weinte abermals. Diesmal jedoch aus Kummer über den unvermeidlichen Verlust. Manchmal verstand sie sich selbst nicht. Eigentlich sollte sie fröhlich sein. Schließlich hatte sie es geschafft. Die Kleine hatte es gut gehabt bei ihr und jetzt war sie einfach groß genug. Sie hatte dem Mädchen über die kritische Zeit hinweggeholfen und jetzt bestand keine Gefahr mehr.

»Mama!«

Babys Jungenstimme riss sie aus den Gedanken. Schnell wischte sie die Tränen von den Wangen und blickte ihren großen Jungen an, der sich zu ihr in den Luftschutzkeller geschlichen hatte.

»Baby. Was machst du hier?«, ihre Stimme klang heiser und ihr Junge kniff eine Sekunde lang die Augen zusammen.

»Ich bin fertig mit den Matheaufgaben. Nur bei einer Sache bin ich nicht weitergekommen. Du musst mir helfen, Mama.« Baby kam auf sie zu und legte seinen Kopf an ihre Brust. Seine Berührung löste einen warmen Schauer auf ihrer Haut aus. Wie sie diesen Jungen doch liebte.

»Komm, mein Liebling«, hauchte sie in sein Ohr. »Wir gehen nach oben und ich sehe mir das einmal an.«

...

»Schickt die verdammten Hubschrauber los!« Laura

stürmte die Bahnhofstreppe hinauf, als wäre der Teufel persönlich hinter ihr her. Sie konnte noch nicht aufgeben. Nussbaum durfte einfach nicht verschwunden sein.

»Und richtet Straßensperren im Umkreis von zwanzig Kilometern ein. Ich will, dass niemand ungesehen rein- oder rauskommt.«

Sie wusste, dass die Straßensperren zwecklos waren, aber sie musste irgendetwas tun. Aktiv sein und handeln, das war ihre Devise. Auf keinen Fall konnte sie sich ohnmächtig ihrem Schicksal ergeben. ›Failure is not an option‹, schoss es ihr durch den Kopf. Diesen Satz hatten sie ihr Hunderte Male vorgepredigt, als sie ihre Spezialausbildung in den USA durchlief. Scheitern ist keine Option. Sie wiederholte den Satz stumm, wie ein Mantra, und riss die Tür des Einsatzwagens auf.

»Wo warst du?«, herrschte Max sie an. Sein Kopf war knallrot.

»Ich habe noch einmal alles abgesucht. Aber Nussbaum ist spurlos verschwunden. Wie konnte das nur passieren?«

»Ich habe ja gestern schon gesagt, dass dieser Bahnhof nicht kontrollierbar ist«, meldete sich Momberg zu Wort. »Keine einzige der verdammten Kameras hat etwas aufgezeichnet. Es ist, als ob der Kerl sich sprichwörtlich in Luft aufgelöst hat.«

»Aber irgendwo muss er doch sein.« Max klickte hektisch mit der Computermaus und starrte auf die Überwachungsbilder. »Genau hier ist er aus dem Bild gelaufen.« Er hielt das Video an und tippte auf den Monitor.

»Mist. Ich kann nichts sehen«, sagte Laura. Sie kniff die Augen zusammen. Nussbaum stand in seiner stocksteifen Haltung unter der Anzeigetafel und schlenderte dann langsam aus dem Bild, bis er einfach verschwand.

»Er sieht aus wie ein gottverdammter Spaziergänger. Warum hat er die vorgesehene Position verlassen?«, fluchte Momberg.

Laura kroch fast in den Monitor hinein. Irgendetwas musste seine Aufmerksamkeit erregt haben.

»Warum nur mussten auch diese Schulklassen dazwischenplatzen«, schimpfte Max und spulte die Aufnahme noch einmal zurück.

»Das hilft uns nicht weiter«, sagte Laura. »Kannst du mal die Überwachung vom Ende des ersten Bahnsteigs zeigen? Es sieht doch so aus, als sei Nussbaum in diese Richtung gelaufen.«

Ein Knattern ertönte aus einem der vielen Lautsprecher, die an der Decke des Einsatzwagens montiert waren. »Verdächtiges Fahrzeug verlässt den Parkplatz für Mitarbeiter in südlicher Richtung.«

Laura schoss von ihrem Sitz hoch und griff zum Funkgerät. »Verstanden. Beschreiben Sie den Wagen.«

»Weißer Lieferwagen, unbeschriftet. Typ *Mercedes Sprinter*. Zwei Personen sind eingestiegen, ein Mann und eine Frau. Der Mann wirkte verletzt und ist gehumpelt. Es könnte Nussbaum sein. Ich konnte ihn aber nicht genau erkennen.«

Lauras Gedanken überschlugen sich. Sollte eine einzelne Frau Nussbaum überwältigt und in diesen Transporter gezerrt haben? Das konnte nicht sein.

»Okay. Behalten Sie mit ihrem Team das Bahnhofsgelände im Auge. Alpha 2 soll die Verfolgung übernehmen.«

Alpha 2 war ein Hubschrauber, der gerade auf dem Weg zu ihnen war. Laura wollte auf keinen Fall die unmittelbare Umgebung aus dem Blick verlieren. Ihr Instinkt sagte ihr, dass Nussbaum sich noch auf dem Bahnhofsgelände befand.

»Ich kann Nussbaum nirgends entdecken.« Max' Stimme lenkte Lauras Aufmerksamkeit wieder auf den Monitor.

»Aber er muss doch irgendwo hingelaufen sein. Versuchen wir es mit dem zweiten Bahnsteig.«

»Was macht das Sondierungsteam? Haben die den Bahnhof vollständig durchkämmt?«

Momberg nickte. »Nichts. Nicht die geringste Spur. Meine Leute durchsuchen gerade alles noch einmal.« Er zuckte hilflos mit den Schultern. »Ich befürchte, er ist uns durch die Lappen gegangen.«

»Das kann nicht sein!« Laura biss sich heftig auf die Unterlippe. Verdammt. Wie konnte das nur passieren? Sie hatten ein dichtes Netz an Einsatzkräften im und um den Bahnhof postiert. Da konnten Nussbaum und sein Entführer doch nicht ungesehen durchgeschlüpft sein.

Max spielte die nächste Videoaufnahme ab. Nichts. Sie wiederholten die Prozedur mit jedem Bahnsteig, aber Nussbaum blieb verschwunden. Die letzte Aufnahme, die sie von ihm hatten, stammte von der Kamera über der großen Anzeigetafel. Nussbaum spazierte aus ihrem Blickfeld und das war es. Danach tauchte er auf keiner einzigen Aufnahme mehr auf. Das Schlimmste war, dass er auch auf sämtliche Kontaktversuche über Funk nicht reagierte. Dasselbe galt für sein Handy. Seine Rufnummer und das GPS-Signal waren tot. Entweder hatte er das Telefon ausgeschaltet oder den Bahnhof noch nicht verlassen. Auf der untersten Ebene gab es keinen Empfang und für Technikteam bestand nicht die geringste Chance, Nussbaum dort zu orten.

»Beckstein wird uns in der Luft zerreißen«, jammerte Max, als kein Videomaterial mehr übrig war. Im selben Augenblick tönte eine Stimme aus dem Radio, die Laura innehalten ließ.

»Drehen Sie das lauter«, forderte sie den Fahrer des Einsatzwagens auf.

Der Mann schaute Laura irritiert an, tat aber, was sie verlangte.

»Heute Morgen fand ein Gipfeltreffen der Regierungen beider Länder statt, die …« Die weibliche Stimme berichtete von einem Krisengespräch im Nahen Osten und ging anschließend zu den Sportergebnissen über. Laura hatte die Augen weit aufgerissen, sagte aber kein Wort. Max' Gesichtsfarbe wurde noch eine Nuance röter. Dann schlug er die Hände vor den Mund.

»Die haben uns komplett verarscht«, stellte er fest und donnerte mit der Faust so hart auf den Tisch, dass der Monitor bebte. Durch Lauras Magen wälzte sich eine Welle von Übelkeit. Sie konnte einfach nicht glauben, was sie da gerade entdeckt hatte. Die Stimme aus dem Radio, die zu einer bekannten Nachrichtensprecherin gehörte, war dieselbe Stimme, die nur kurz zuvor Matthias Nussbaum wegen der Lösegeldforderung kontaktiert hatte. Laura spielte den Telefonmitschnitt noch einmal ab. Es gab keinen Zweifel.

»Ruf Ben Schumacher an. Er soll das verifizieren«, sagte Laura zu Max. Aus dem Lautsprecher über ihren Köpfen dröhnte die Stimme des Piloten von Alpha 2: »Verfolgung abgebrochen. Wiederhole: Verfolgung abgebrochen.«

»Kern hier. Verstanden. Berichten Sie.«

»Verdächtiges Fahrzeug wurde von einer Straßensperre angehalten und kontrolliert. Es handelt sich um Mitarbeiter des Bahnbetriebes. Wie sollen wir weiter vorgehen?«

Laura blickte auf die Uhr. Seit Nussbaums Verschwinden war fast eine Stunde vergangen. Der Hubschraubereinsatz hatte keinen Sinn mehr. Wenn die Entführer Nussbaum in ihrer Gewalt hatten, dann waren sie längst mit ihm über alle Berge. Laura konnte nur beten, dass sie ihm nichts antaten und möglichst bald Kontakt mit seiner Frau aufnahmen.

»Mission abbrechen«, erwiderte sie knapp und unterbrach die Funkverbindung.

...

Sophie Nussbaum faltete die schlanken Hände wie zum Gebet. Ihr Gesicht war leichenblass und eingefallen.

»Hatte Ihr Mann in letzter Zeit Probleme, Streitigkeiten oder gab es irgendwelche Auffälligkeiten?« Lauras Stimme klang ruhig. Sie gab sich alle Mühe, zuversichtlich zu wirken. Matthias Nussbaum war immer noch nicht wieder aufgetaucht. Das Bahnhofsgelände stand weiterhin unter Beobachtung und sie hatten eine bundesweite Fahndung nach ihm herausgegeben. Joachim Beckstein hatte beinahe einen Tobsuchtsanfall bekommen, als Laura und Max ihn über die aktuelle Entwicklung ins Bild gesetzt hatten. Im Grunde standen sie wieder bei null und mussten ganz von vorne anfangen. Laura konnte sich nicht erinnern, jemals in einem so verzwickten Fall ermittelt zu haben. Nichts passte richtig. Zuerst das verschwundene Kind, dann die viel zu späte Kontaktaufnahme der Entführer und die wenig kooperative Haltung Nussbaums – alles zusammen machte diesen Fall zu einem wahren Desaster. Laura fühlte sich gefangen in einem Gebilde aus losen Enden, die sie einfach nicht ordnen konnte. Sie hatte immer noch keinen Zusammenhang ausgemacht. Der rote Faden lag verborgen im Dunkeln und Lauras Ermittlungen liefen bisher ins Leere. Also hatte sie beschlossen, noch einmal dort zu beginnen, wo alles angefangen hatte. Bei Sophie Nussbaum.

Max saß neben ihr und wippte die ganze Zeit unruhig mit dem Fuß auf und ab. Der Tag war weit vorangeschritten und seine Nervosität wuchs minütlich. Sicher saß seine Frau ihm wieder im Nacken und wollte, dass er pünktlich nach Hause kam. Doch diesmal konnte Laura keine Rücksicht darauf nehmen. Dieser Fall mit zwei Entführungen hatte eine Dimension angenommen, bei der es keinen Feierabend mehr geben konnte. Spätestens, wenn die Innensenatorin, Marion Schnitzer, von der Misere erfuhr, würden sie keine ruhige Minute mehr haben. Da war sich Laura völlig sicher. Außerdem würde diese alte Schreckschraube sie mit Genuss absägen und diesen Triumph wollte Laura ihr keinesfalls gönnen.

»Matthias war die ganze letzte Woche unterwegs. Auch davor hatten wir nicht besonders viel Zeit füreinander. Er ist immer freundlich zu seinen Geschäftspartnern. Ich kenne einfach niemanden, der ihm feindlich gesonnen wäre.«

»Mit welchem seiner Geschäftspartner hatte er denn in den vergangenen Tagen am meisten Kontakt?«, hakte Max nach.

»Nun, ich denke, mit Johann Völder. Das ist einer der Geschäftsführer von BCC Security, einer Sicherheitsfirma, in die Matthias vor ein paar Jahren eingestiegen ist.«

Laura nickte. Sophie sprach die Wahrheit. Sie hatte sich Nussbaums Anrufliste besorgt und mehrere kurze Telefonate zwischen den beiden in den letzten Tagen registriert.

»Haben Sie mitbekommen, worüber sie miteinander gesprochen haben?«, bohrte Max weiter.

Sophie Nussbaum schüttelte den Kopf und Laura fluchte innerlich. Plötzlich spürte sie, wie ihre Blase drückte. Sie hatte keine Erinnerung, wann sie zuletzt auf der Toilette war. Die Aufregung und das Adrenalin hatten dieses Bedürfnis die ganze Zeit unterdrückt. Doch jetzt wurde der Drang beinahe unerträglich.

»Entschuldigung«, unterbrach Laura. »Könnte ich einmal Ihre Toilette benutzen?«

»Natürlich. Gehen Sie am besten in die obere Etage, gleich die erste Tür links. Die Toilette im Erdgeschoss ist defekt.«

Laura erhob sich und verließ den Raum. In der Eingangshalle stieg sie die Treppe hinauf und bemerkte dabei eine geöffnete Tür, hinter der sich offensichtlich die Kellertreppe befand. Nachdem sie die Toilette aufgesucht hatte, machte sie nicht im Erdgeschoss halt, sondern lugte durch die offene Tür. Irgendetwas dort unten in der Dunkelheit zog sie magisch an. Ohne weiter nachzudenken, knipste Laura das Licht an und stieg die Stufen hinab. Je tiefer sie kam, desto stickiger wurde die Luft. Hier unten war nichts mehr übrig von dem herrschaftlichen Ambiente der Obergeschosse. Der nackte Beton an den Wänden und der hässliche graue Linoleumboden wirkten wenig einladend. Laura beschloss, sich ein wenig umzusehen. Sie lief durch einen langen Flur mit mehreren Türen rechts und links. Am Ende des Flurs gab es eine weitere Treppe, die wieder nach oben führte. Laura nahm die ersten Stufen und sah, dass sie einen Zugang zum parkähnlichen Garten erreicht hatte. Vielleicht war das der Nebeneingang für den Gärtner und den Hausmeister. Neben der Tür lag ein Fußabtreter, auf dem Gummistiefel standen. Der Größe nach zu urteilen, gehörten sie einem Mann.

Laura drückte die Klinge hinunter, doch die Tür war verschlossen. Sie warf einen Blick durch die Glasscheibe nach draußen und erhaschte einen Blick auf die gepflegte Terrasse des Anwesens. Laura machte kehrt und lief zurück durch den Flur. Eine Nische, die sie auf dem Hinweg übersehen hatte, sprang ihr ins Auge. Sie trat näher und schob sich durch einen schmalen Durchlass in einen kleinen Abstellraum hinein. Der Raum schien unbenutzt und leer. Sie schaltete das Licht an und sah einen grauen Vorhang, der den hinteren Bereich der Kammer abtrennte. Neugierig zog sie den groben Stoff zur Seite. Ihr Blick traf auf einen himmelblauen Gegenstand, der dahinter zum Vorschein kam, und Lauras Gehirn brauchte einige Sekunden, um ihn zu identifizieren. Eigentlich war es der Schock, der das Begreifen so verlangsamte. Laura streckte die Hand aus und tastete nach dem hellblauen Stoff, als wollte sie überprüfen, ob dieses Ding tatsächlich echt war. Als ihre Finger das glatte Material berührten, zuckte sie erschrocken zurück. Sie konnte es nicht glauben, doch vor ihrer Nase stand ein Kinderwagen – ein himmelblauer Kinderwagen oder noch besser: Henris Kinderwagen. Ungläubig starrte Laura das Gefährt an. Es war leer. Sie begutachtete die Räder des Wagens, an denen Schmutzreste und kleinere Steinchen klebten. Er ist also benutzt worden, konstatierte Laura. Sie fragte sich, ob die Nussbaums zwei Kinderwagen besaßen. Doch je länger sie darüber nachdachte, desto weniger fiel ihr ein Grund dafür ein. Was wollte die Familie mit zwei Kinderwagen? Krampfhaft überlegte sie, was sie jetzt tun sollte. Der Kinderwagen musste auf alle Fälle von der Spurensicherung untersucht werden. Vielleicht würden sie ein paar wichtige Hinweise entdecken. Ob Sophie Nussbaum wusste, dass sich der Wagen im Keller ihres Hauses befand? Lauras Gedanken rasten. Sie dachte über die möglichen Optionen nach. Sollte sie Sophie mit ihrem Fund konfrontieren oder lieber erst einmal abwarten, bis Matthias Nussbaum wieder aufgetaucht war? Laura war unschlüssig. Jede Vorgehensweise hatte Vor- und Nachteile.

Fest stand jedenfalls, dass Matthias Nussbaum etwas vor ihnen verheimlichte. Plötzlich fragte Laura sich, ob das Kind vielleicht gar nicht entführt worden war. Vielleicht war ihm etwas zugestoßen, und die Familie versuchte, den Unfall zu vertuschen. Oder Laura hatte mit ihrer ersten Eingebung recht, und Nussbaum täuschte eine Entführung vor, um eine Werbekampagne für seine Sicherheitsfirma zu inszenieren. Doch irgendwie passte das alles nicht ganz zusammen. Außerdem war der Mann ja selbst verschwunden. Wenn es nur um eine PR-Aktion ginge, ergab die eigene Entführung überhaupt keinen Sinn. Ein Blick auf die Uhr zeigte Laura, dass sie bereits vor sieben Minuten in Richtung Toilette gegangen war. Sophie Nussbaum musste jeden Augenblick misstrauisch werden. Trotzdem machte Laura mit ihrem Smartphone schnell noch ein paar Fotos vom Kinderwagen und kontrollierte in Windeseile die übrigen Räume des Kellers. Eine grauenvolle Sekunde lang glaubte sie, Henri Nussbaum gefunden zu haben. Genau am anderen Ende des Kellers war die Waschküche, die allerdings nicht den Eindruck erweckte, genutzt zu werden. Wäscheleinen hingen leer unter der Kellerdecke und auf der Waschmaschine fand sich eine dicke Staubschicht. Vor dem Gerät lag ein schlaffes, lebloses Bündel, bei dessen Anblick Lauras Herzschlag auf der Stelle ausgesetzt hatte. Hatte sie etwa das vermisste Kind gefunden? Mit zitternden Händen hob sie das oberste Handtuch ein Stück an. Darunter kam eine weitere Stoffschicht zum Vorschein. Laura lüftete das nächste Handtuch. Darunter lag der nackte Kellerboden und Laura seufzte erleichtert. Mit rasendem Herzen schlich sie die Treppe hinauf, zurück in die Eingangshalle. Erleichtert stellte sie fest, dass Sophie Nussbaum völlig in das Gespräch mit Max vertieft war. Niemand hatte sie vermisst. Sie setzte sich zu den beiden und versuchte, ihren Puls zu beruhigen.

»Gibt es eigentlich einen Nebeneingang zu diesem Haus?«, fragte Laura, darauf bedacht, sich ihre Erregung nicht anmerken zu lassen. Sie spürte Max' fragenden Blick auf sich, ignorierte ihn jedoch.

»Ja, im Untergeschoss befindet sich der Eingang für den Hausmeister. Ich möchte nicht, dass er jedes Mal durch das Haus läuft. Er schleppt meist ziemlich viel Dreck mit sich herum. Zumindest behauptet das unsere Haushälterin.«

»Und sind Sie oft im Untergeschoss?«, hakte Laura nach und hoffte, Sophie Nussbaum damit irgendeine aufschlussreiche Reaktion zu entlocken.

Doch die hob noch nicht einmal den Blick und antwortete mit monotoner Stimme: »Eher selten. Ich finde es dort unten irgendwie unheimlich. Die Wände sind noch nicht einmal verputzt und außerdem lagere ich meine persönlichen Sachen auf dem Dachboden. Dort ist es nicht so feucht. Das Haus stand vor ein paar Jahren unter Wasser, weil ein Rohr gebrochen war, und die Feuchtigkeit hat sich seitdem dort unten im Keller festgesetzt.« Sophie Nussbaum legte die Arme um sich, als fröstelte sie tatsächlich bei dem Gedanken an die feuchtkalten Kellerräume.

»In Ordnung«, erwiderte Laura. »Frau Nussbaum, Ihr Sohn ist jetzt seit vier Tagen und drei Nächten verschwunden. Wäre es möglich, mir Zugang zum Büro Ihres Mannes zu verschaffen? Wenn ich erst auf einen richterlichen Beschluss warte, dann verlieren wir weitere vierundzwanzig Stunden, und das halte ich in Anbetracht der Lage für viel zu lang.«

Sophie Nussbaum zögerte. »Ich weiß nicht genau. Matthias wäre bestimmt sauer auf mich.« Sie hob den Blick und sah Laura durchdringend an. »Andererseits, vielleicht finden Sie ja tatsächlich etwas und können meine beiden Männer wieder nach Hause bringen.« Ihre Stimme zitterte bei den letzten Worten.

»Wir werden Sie finden«, sagte Laura mit Überzeugung, obwohl es in ihrem Inneren anders aussah. Sie kannte die Statistiken, und ein Kind, das mehr als zwei Nächte vermisst war, kam selten lebend wieder nach Hause. Trotzdem, es war viel zu früh, um aufzugeben, und dieser Fall entsprach auch nicht dem üblichen Muster. Diese Tatsache gab Raum für Hoffnung.

Sophie Nussbaum stellte Laura den Schlüssel und die Zutrittskarte für das Büro ihres Mannes zur Verfügung.

»Sein Computerpasswort kenne ich nicht.«

»Wir werden erst einmal die Unterlagen in seinem Büro prüfen. Um den PC kümmern wir uns anschließend. Wenn Ihnen noch etwas einfällt, dann wissen Sie ja, wie Sie uns erreichen.«

Laura erhob sich und ging zur Tür. Max tat es ihr gleich. Am Ausgang drehte Laura sich noch einmal um und gab Sophie Nussbaum zum Abschied die Hand.

»Eine Sache wollte ich noch loswerden«, erklärte Sophie, bevor sie die Tür schloss. »Ich wollte nicht, dass Matthias seine Überwachungstechniken an unserem Kind ausprobiert. Ich glaube nicht, dass er sich getraut hat, Henri zu kontrollieren. Wir hatten Streit deswegen, weil er es eigentlich vorhatte.«

Laura starrte Sophie an. Einen Moment lang überlegte sie, sie über den Kinderwagen im Keller in Kenntnis zu setzen. Doch dann nickte sie nur stumm und sie ließen die verzweifelte Frau alleine in ihrer großen Villa zurück.

»Wo warst du so lange?«, fragte Max, sobald Laura den Motor gestartet hatte.

»Die Tür zum Keller stand offen und ich habe mich ein wenig umgesehen. Du wirst nicht glauben, was ich entdeckt habe.« Sie machte eine bedeutungsvolle Pause.

»Jetzt sag schon. Was hast du gesehen?« Max konnte seine Ungeduld kaum verbergen.

»Einen himmelblauen Kinderwagen, versteckt in einer Abstellkammer hinter einem Vorhang.«

»Was? Warum um Himmels willen sagst du das erst jetzt? Hätten wir nicht sofort eingreifen müssen?«

Laura zuckte mit den Achseln. »Das hatte ich auch zuerst im Sinn. Aber dann habe ich gedacht, dass wir uns vielleicht einen Vorteil verschaffen, wenn wir diese

Entdeckung erst einmal für uns behalten.«

Max runzelte die Stirn. »Was für ein Vorteil soll das sein?«

»Wenn die ganze Entführung nur vorgetäuscht ist, dann wäre es doch besser, die Eltern in dem Glauben zu lassen, dass alles nach Plan verläuft.«

»Aber Laura, sieh dir Sophie Nussbaum doch einmal an. Sie ist völlig fertig mit der Welt. Du glaubst nicht ernsthaft, dass sie uns das vorspielt!«

»Ja, und Matthias Nussbaum ist mir dagegen ein wenig zu cool gewesen. Und was den Kinderwagen angeht, da stimmt irgendetwas nicht.«

»Du meine Güte, Laura. Du bringst uns noch in totale Schwierigkeiten«, zeterte Max. Doch dann fügte er nachdenklich hinzu: »Vielleicht hast du tatsächlich recht. Wenn wir die Frau jetzt mit dem Kinderwagen konfrontieren und sie oder ihr Mann etwas mit der Entführung von Henri zu tun haben, geben wir ihnen so die Gelegenheit, die Sache zu vertuschen. Wir sollten die Villa überwachen lassen.«

Laura drückte Max ihr Smartphone in die Hand. »Ich habe ein paar Fotos geschossen.«

Während Max schweigend die Bilder aus dem Kellerverschlag begutachtete, gab Laura Gas. Beckstein hatte das ganze Team zu einer abendlichen Lagebesprechung einbestellt, an der auch die Innensenatorin teilnehmen würde. Sie erreichten auf die Minute genau die Tiefgarage der Dienststelle und Laura drückte hektisch den Knopf neben dem Aufzug. Sicher waren sie wieder einmal die Letzten, die zur Besprechung erschienen. Schon jetzt sah sie die geringschätzigen

Blicke von Marion Schnitzer im Geiste vor sich.

Doch sie hatte sich geirrt. Die Innensenatorin war noch nicht eingetroffen. Dankbar ließ sich Laura auf ihren Platz sinken.

»Die Innensenatorin kommt in fünf Minuten. Kern, gibt es durchschlagende Neuigkeiten?«

Laura schüttelte den Kopf. »Nein. Die Fahndung nach Matthias Nussbaum läuft, aber ohne Erfolg. Wir haben Sophie Nussbaum noch einmal befragt. Nach ihren Angaben hatte ihr Mann in den letzten Tagen intensiven Kontakt zum Chef seiner Sicherheitsfirma. Dort werden wir weiter ansetzen. Außerdem haben wir die Erlaubnis, uns unmittelbar in Matthias Nussbaums Büro umzuschauen. Leider haben wir auch in Bezug auf den kleinen Henri bisher keine erfreulichen Neuigkeiten. Die Suchtrupps haben das komplette Gelände des Supermarktes und der umliegenden Straßen durchkämmt. Spürhunde wurden eingesetzt und sämtliche Gebäude im Umfeld durchsucht. Nichts. Auch die Befragung der Mitarbeiter des Supermarktes sowie der wichtigsten Zulieferer hat zu keinem brauchbaren Ergebnis geführt. Henris Foto ist mittlerweile in allen regionalen Zeitungen erschienen, doch auch bei der extra für diesen Fall eingerichteten Polizeihotline ist bisher kein verwertbarer Hinweis eingegangen.«

Beckstein nickte.

»Wir würden gerne die Villa der Eltern überwachen«, fuhr Laura fort und erntete sofort Becksteins scharfen Blick.

»Das hatten wir doch schon besprochen. Keine Behelligung ohne Beweise.« Becksteins Antwort duldete keinen Widerspruch. Laura senkte trotzig den Kopf und schwieg. Sie würde die Überwachung auf eigene Faust durchführen und Beckstein die gewünschten Beweise beschaffen.

»Hat die Befragung der Hausangestellten irgendetwas ergeben?« Seine Augen wanderten zu einem jungen Kollegen.

»Nein. Wir haben das komplette Umfeld überprüft und konnten keine Auffälligkeiten feststellen. Die Haushälterin war zum Zeitpunkt der Entführung nachweislich in der Villa der Nussbaums tätig. Der Hausmeister ebenfalls und der Gärtner lag mit einem Leistenbruch im Krankenhaus.«

Die Tür öffnete sich und die Innensenatorin stürmte herein. Noch bevor Beckstein sie begrüßen konnte, hob sie abwehrend die Hand.

»Nein. Schon gut. Machen Sie einfach weiter.« Sie nahm gegenüber von Laura Platz. Die grauen Haare waren zu einem strengen Dutt hochgesteckt. Das Gesicht wirkte verschlossen. Trotz der fortgeschrittenen Stunde sah sie aus wie aus dem Ei gepellt. Ihre weiße Bluse wies nicht eine einzige Falte auf. Die Frisur war makellos in Schuss. Jedes Haar lag genau dort, wo es hingehörte. Das würde Laura mit ihren blonden Locken nie schaffen. Die Natur erkämpfte sich ihre Freiheit und zu dieser Tageszeit kräuselte sich Lauras Haar in alle erdenklichen Richtungen.

Die einzige Gemeinsamkeit, die sie mit der Innensenatorin aufwies, war die hochgeschlossene Bluse. Nur dass Laura diese Art von Kleidung aus einem Grund trug, den die Senatorin ganz sicher nicht mit ihr teilte. Laura versteckte unter dem Oberteil ihre Vergangenheit. Die Tatsache, dass auch sie einmal ein Opfer gewesen war. Ein kleines Mädchen, das die ganze Wucht des Bösen zu spüren bekommen hatte und fortan wusste, was es bedeutete, zu überleben. Ein Kind, das sich ganz plötzlich der Endlichkeit seiner Existenz bewusst geworden war. Das war etwas, was niemand schon in diesem jungen Alter begreifen sollte. Eine Erkenntnis, die ihr die Unschuld geraubt hatte und das kindliche Gefühl der unerschütterlichen Sicherheit, das seitdem für immer zerstört war. Laura hatte dem Monster in die Augen gesehen und eine stumpfe Leere erblickt, die weder Gnade noch Mitleid kannte. Sie hatte die Gier nach Macht und Schmerz gespürt. Das nackte Böse, das sich Opfer aussuchte, um sie zu quälen und zu töten.

»Wissen wir inzwischen mehr über die Telefonstimme der Entführerin?« Becksteins Stimme holte Laura zurück an den Besprechungstisch und fegte ihre grausamen Gedanken beiseite.

Ben Schumacher meldete sich zu Wort: »Ich habe die Stimmen abgeglichen und kann zu fünfundneunzig Prozent bestätigen, dass die Stimme der lokalen Nachrichtensprecherin Nadine Sommerfeld gehört. Das Tape wurde professionell geschnitten. Da waren Fachleute am Werk.«

Becksteins scharfer Blick bohrte sich in Schumachers Gesicht. »Können wir mit dem Anruf jetzt irgendetwas anfangen?«

Schumachers Mundwinkel zuckten. »Nein. Ich befürchte, die Aufnahme bringt uns keinen Schritt weiter. Der Anruf war für die Rückverfolgung zu kurz und die fingierte Stimme bringt uns nur zu dieser Sprecherin. Ich habe sie überprüfen lassen, aber sie hatte zu der Zeit eine Livesendung und kann deshalb nicht die Anruferin sein. So ein Band kann jeder Laie mit der entsprechenden Ausrüstung zusammenschneiden. Alles, was ich sagen kann, ist, dass die Entführer sich mit der Materie auskennen.«

Joachim Beckstein rieb sich müde das Kinn. Entgegen seiner sonstigen Art blieb er erschreckend ruhig, wie Laura verblüfft feststellte. Eigentlich hätte er an diesem Punkt rot anlaufen und wütend durch den Raum brüllen müssen. Stattdessen wirkte er kraftlos, ja fast so, als stünde er kurz davor, aufzugeben. Laura betrachtete den Mann, der seit Jahren ihr Vorgesetzter war, und der sich durch Beharrlichkeit und Willenskraft auszeichnete. Die letzten Stunden hatten ihm wirklich zugesetzt. Sein Hemd war, ganz im Gegensatz zur Bluse der Innensenatorin, völlig zerknittert. Ein Fettfleck prangte auf der Brusttasche und sein zu dicker Bauch wölbte sich über dem straffen Gürtel hervor. Normalerweise war Joachim Beckstein darauf bedacht, die Gewichtszunahme, die sein gesunder Appetit mit sich brachte, zu kaschieren. Doch das alles schien ihm momentan völlig egal zu sein.

»Wir haben es hier mit einem sehr komplexen und schwierigen Fall zu tun, Frau Schnitzer«, übernahm er wieder das Wort und richtete seine Augen auf die strenge Frau, die in strammer Haltung auf ihrem Stuhl saß und das Geschehen mit Adleraugen verfolgte. »Die Entführer haben sich einen perfekten und unkontrollierbaren Übergabeort ausgesucht. Ohne Aufsehen zu erregen war eine sichere Lösung dieser Situation einfach nicht möglich.«

»Ja, ja. Ich weiß. Das haben Sie mir am Abend vorher schon gesagt«, brauste die Innensenatorin auf. »Ich kann mir trotzdem nicht erklären, dass das Landeskriminalamt mit all seinen Leuten nicht in der Lage war, wenigstens Matthias Nussbaum vor Schaden zu bewahren. Sie sind doch die Profis, die den ganzen Tag nichts anderes trainieren, als genau solche Situationen in den Griff zu bekommen.«

»Wenn ich kurz etwas sagen darf«, fuhr Thomas Momberg dazwischen. »Ich bin der Leiter des Sondierungstrupps und mache das seit über zehn Jahren. Das Gelände war nicht kontrollierbar und auf Ihren ausdrücklichen Wunsch hin haben wir die Überwachung nur mit verdecktem Polizeieinsatz durchgeführt. Es war von Anfang an eine aussichtslose Situation. Hätten wir mehr Zeit für die Vorbereitung gehabt, wäre es vielleicht anders gelaufen. Aber so war noch nicht einmal die Videoüberwachung flächendeckend.«

»Ja, ja.« Die Innensenatorin winkte ab. »Das haben wir alles schon Hunderte Male durchgekaut. Ich habe ein Riesenproblem am Hals wenn publik wird, dass Matthias Nussbaum ebenfalls entführt wurde. Ich habe die Presse gebeten, absolutes Stillschweigen zu bewahren. Trotzdem kann ich Nussbaums Verschwinden nicht ewig vertuschen. Er kann sich schließlich nicht in Luft aufgelöst haben.«

Die letzten Worte trafen den Nagel auf den Kopf. Besser hätte es niemand auf den Punkt bringen können. Der Besprechungsraum war auf einmal von Schweigen erfüllt. Betroffene Mienen und eine gewisse Hilflosigkeit unterkühlten die Atmosphäre. Die Ansprache der Innensenatorin hing wie ein Fallbeil über der Versammlung.

Laura überlegte, ob sie zu ihrer Ehrenrettung von dem gefundenen Kinderwagen berichten sollte, aber Max' Blick brachte sie prompt zur Vernunft. Er kannte sie nur allzu gut.

»Hören Sie, Frau Schnitzer«, übernahm wieder Joachim Beckstein. »Der Bahnhof wird weiterhin observiert. Dasselbe gilt für alle Züge, die in den Bahnhof ein- und ausfahren. Die Entführer können Nussbaum nicht über einen der normalen Wege, das heißt offizielle Ein- und Ausgänge, einen Fahrstuhl oder die Bahn, verlassen haben. Ich versichere Ihnen, dass diese Punkte von uns lückenlos überwacht werden. Nussbaum muss also entweder durch einen U-Bahn-Schacht oder irgendwelche Nebentunnel hinausgelangt sein. Wenn dies nicht der Fall ist, dann gibt es nur eine einzige Möglichkeit.«

»Und die wäre?« Schnitzers Augen waren zu schmalen Schlitzen zusammengezogen.

Beckstein holte sichtlich Luft. »Nussbaum befindet sich immer noch im Bahnhof.«

»Ach was. Wollen Sie mich auf den Arm nehmen? Sie glauben doch nicht, dass sich einer der erfolgreichsten Berliner Unternehmer mit internationalem Renommee dort versteckt, während sein Sohn von kriminellen Gangstern festgehalten wird.«

»Das habe ich nicht gesagt«, erwiderte Beckstein

souverän. »Er wird sich bestimmt nicht freiwillig dort befinden. Aber unsere Aufgabe ist es, alle Möglichkeiten in Betracht zu ziehen.«

»Also gut«, lenkte die Innensenatorin mit Blick auf ihre Armbanduhr ein. »Ich muss weiter. Halten Sie mich auf dem Laufenden und bringen Sie endlich Ergebnisse. Ich möchte, dass Sie dieses Kind finden. Und zwar unversehrt.« Ihr Blick ruhte bei den letzten Worten auf Laura, die als Gegenreaktion trotzig das Kinn vorschob. Sie würde sich von dieser Frau nicht einschüchtern lassen.

Die Innensenatorin verließ eilig den Raum und die Versammlung löste sich auf.

»Ich muss jetzt nach Hause zu Hannah«, gestand Max, als sie am Fahrstuhl angekommen waren.

»Aber wir wollten doch in Nussbaums Büro. Hör mal, Max …«

Weiter kam Laura nicht, denn die Fahrstuhltür öffnete sich und Taylor Fields ernste Augen trafen ihren Blick. Laura schloss abrupt den Mund und starrte Field überrascht an.

»Helfen Sie wieder aus?«, zischte Max, der die Sprache offenbar schneller wiedergefunden hatte als Laura.

Fields Augen lösten sich ganz langsam von ihr und wanderten zu Max. »Nein, diesmal bin ich in eigener Sache unterwegs«, erwiderte er gelassen. »Welche Etage darf es denn sein?«, fragte Field und richtete seine Aufmerksamkeit erneut auf Laura, die ihn immer noch anblickte, als hätte sie soeben einen Geist gesehen.

»Also …?« Field wiederholte seine Frage.

»Tiefgarage«, erwiderte Laura endlich und fügte schnell »minus eins« hinzu, als Field die rechte Augenbraue hochzog. Die Tiefgarage hatte insgesamt drei Geschosse. Field drückte die entsprechende Taste und trat einen Schritt zurück.

»Also, in eigener Sache unterwegs, ja? Habt ihr den Kerl denn endlich geschnappt?«, fragte Max, als die Fahrstuhltüren sich schlossen.

»Leider nein. Aber wir sind auf eine vielversprechende Spur gestoßen.« Field lehnte sich lässig gegen die Fahrstuhlwand. Er war gut einen halben Kopf größer als Max und hatte im Gegensatz zu ihm volles, schwarzes Haar. Seine dunklen Augen blickten ernst, und es war genau dieser Ausdruck, der Laura irgendwie anzog.

»Wir hängen ganz schön in der Luft«, platzte sie auf einmal heraus. Sie hatte das Bedürfnis, mit Field zu sprechen. Er hatte, was Nussbaum anging, denselben Gedanken gehabt wie sie, und Laura hatte Lust, sich mit ihm auszutauschen und seine Meinung zu diesem Fall zu hören.

Field runzelte die Stirn und fixierte Laura mit seinem Blick. Unwillkürlich griff sie an ihren Kragen, unterließ es jedoch, nach den Narben zu tasten. Sie hatte Angst, dass Field ihr Unbehagen spürte und ahnte, dass sie unter ihrer hochgeschlossenen Bluse etwas verbarg. Der Fahrstuhl hielt an, und Max zog Laura hinaus, noch bevor das Gespräch in Gang kommen konnte.

»Viel Glück«, rief Field ihnen hinterher, und schon schlossen sich die Fahrstuhltüren wieder.

»Was ist denn mit dir los?«, fauchte Max ungehalten.

Laura funkelte ihn an und öffnete die Türen des Dienstwagens. Ein doppelter Piepton hallte durch die Tiefgarage.

»Dasselbe könnte ich dich fragen. Wir sind Partner und müssen diesen Fall lösen. Hast du das schon vergessen? Du bist doch derjenige, der sich ständig nach Hause verdrückt.«

Max schwieg und pochte mit den Fingern auf das Armaturenbrett.

»Ich fahre jetzt noch in Nussbaums Büro. Was ist mit dir?« Laura hasste es, wenn Max sich zurückzog und nichts mehr sagte. Die Stille, die im Auto hing, machte sie schier wahnsinnig.

»Also, was ist?«

Max hieb immer noch stumm auf das schwarze Plastik ein. Der Dienstwagen hatte die Tiefgarage bereits verlassen und Laura bog auf die große Hauptstraße in Richtung Stadtmitte ein. Dort hatte Nussbaum prominent sein Bürogebäude errichtet, unweit des Alexanderplatzes. Endlich fand Max seine Sprache wieder.

»Tut mir leid, Laura. Aber ich muss wirklich nach Hause. Hannah bringt mich um, wenn ich wieder so spät komme, und es ist schon nach zwanzig Uhr.«

Jetzt war es Laura, die schwieg. Sie verstand Max einfach nicht. Wo war nur sein Ehrgeiz geblieben? Der Wille, diesem kleinen Jungen und seinem Vater zu helfen? Er konnte sich doch von Hannah nicht derartig herumkommandieren lassen. Am liebsten hätte sie

Max angeschrien. Doch instinktiv wusste sie, dass er sich dann nur noch mehr zurückziehen würde. Also biss Laura eisern die Zähne zusammen und versuchte, ihr Temperament zu zügeln.

»Also gut. Ich begleite dich, aber in zwei Stunden muss ich nach Hause. Hannah wird mich dafür steinigen.«

»Das finde ich super.« Laura war froh, dass Max zur Vernunft kam.

»Aber ich kann diesen Field nicht leiden. Er sieht dich immer so komisch an und du benimmst dich wie ein irrer Teenager in seiner Nähe.«

Laura schluckte. Was war nur plötzlich in Max gefahren? Wieso beschimpfte er sie wegen eines Mannes, dem sie nur zwei Mal begegnet waren? Sie trat auf die Bremse, weil unvermittelt eine rote Ampel vor ihnen auftauchte.

»Wie meinst du das?«, fragte sie zögerlich. »Ich finde Taylor Field eigentlich ganz nett.«

»Er ist Amerikaner«, erklärte Max gedehnt und sah Laura dabei bedeutungsvoll an. Sie kniff die Augen zusammen.

»Ja und?«

Max stöhnte. »Du willst mich einfach nicht verstehen, Laura. Ich will doch nur dein Bestes, und ich finde, du solltest dich von diesem Typen fernhalten.«

Jetzt lachte Laura laut auf. »Also Max. Mal ehrlich. Wir sind Field genau zwei Mal über den Weg gelaufen. Er arbeitet für Christoph Althaus, Becksteins Erzfeind. Ich denke nicht, dass wir in Zukunft viel mit ihm zu tun haben werden.«

Was eigentlich schade ist, gestand sich Laura im selben Augenblick. Wieder sah sie seine großen, ernsten Augen vor sich. Diesen Blick, der ganz tief in sie hineinschaute, der ihr Innerstes zu erkennen schien.

»Okay. Ich wollte es auch einfach nur mal gesagt haben«, erwiderte Max kleinlaut. »Du musst da vorne rechts abbiegen. Dort liegt Nussbaums Tiefgarage.«

Laura hatte das Schild glatt übersehen und wechselte auf die rechte Abbiegerspur. Das Gebäude war aus hellem Sandstein errichtet, wirkte durch die großen Fensterflächen jedoch trotzdem sehr modern. Laura fuhr bis vor die Schranke der Tiefgarage und hielt an.

»Eine Sache muss ich noch erledigen«, erklärte sie und tippte auf das Adressbuch der Autofreisprechanlage. »Ich habe da einen alten Bekannten. Er schuldet mir noch einen Gefallen und könnte vorerst die Überwachung von Nussbaums Villa übernehmen.« Laura drückte auf die Telefonnummer, die im Display erschien, und lauschte dem Freizeichen. Endlich hob jemand ab.

Die Schranke öffnete sich und Laura fuhr weiter. Sie ahnte, dass es eine lange Nacht werden würde.

VIII

Nussbaums Büro befand sich in der obersten Etage und war fast rundum verglast. Egal, in welche Himmelsrichtung Laura schaute, immer bot sich ein atemberaubender Blick auf Berlin. Insgeheim freute Laura sich jetzt schon auf den Sonnenuntergang. Danach würde ein Lichtermeer hinter diesen Glasscheiben erscheinen, das dem Sternenhimmel Konkurrenz machen konnte. Das Büro war modern und eher karg eingerichtet. Ein dunkelgrauer Teppichboden und lackweiße Möbel brachten eine gewisse Kühle in den ansonsten wunderschönen Raum. Wäre es Lauras Büro gewesen, hätte sie mit knalligen Farben gearbeitet. Aber als LKA-Beamtin kamen derartige Räumlichkeiten für sie sowieso nicht infrage, selbst wenn sie ganz an der Spitze sitzen würde. Sie müsste schon den Beruf wechseln, um in den Genuss von solchem Luxus zu kommen.

Max machte sich direkt an einer gläsernen Vitrine zu schaffen und durchforstete diverse Ordner. Laura hingegen ging zu Nussbaums Schreibtisch und betrachtete zunächst die Familienfotos. Der Anblick des entführten Henri versetzte ihr einen Stich. Der Kleine war wirklich ein sehr hübsches Baby. Das war auch kein Wunder bei einer Mutter, die wie ein Model aussah. Der Tisch wirkte aufgeräumt, genau wie der Rest des Büros. Auf der rechten Seite befanden sich mehrere Schubladen, die Laura nach und nach sichtete.

Sie entdeckte ein paar Präsentationsmappen, in denen auf Hochglanzpapier das Geschäftsmodell von Matthias Nussbaums Imperium dargestellt wurde. Im Grunde ähnelte sein Business der Tätigkeit von großen amerikanischen Heuschrecken, die über Unternehmen herfielen, die sich in Schieflage befanden, um sie anschließend zu filetieren und teuer an neue Investoren zu verkaufen. Es gab nur wenige Zukäufe, die länger als fünf Jahre in Nussbaums Besitz blieben. Dazu gehörte auch die Sicherheitsfirma BCC Security.

Max' Handy klingelte zum dritten Mal.

»O nein. Laura, es tut mir leid. Aber es ist schon fast zehn und ich muss jetzt wirklich nach Hause.« Max hob ab und redete beschwichtigend auf Hannah ein, deren Stimme Laura noch aus drei Metern Entfernung durchs Telefon hören konnte. Eigentlich hatte Max recht. Bisher hatten sie nichts Auffälliges entdecken können. Ohne das Passwort für Nussbaums Computer würde es wahrscheinlich auch dabei bleiben. Laura bräuchte definitiv einen richterlichen Beschluss, um Einsicht in Nussbaums PC zu bekommen. Den würde ihr Beckstein nach der heutigen Aussage aber ganz sicher nicht organisieren.

»Willst du den Dienstwagen nehmen? Ich rufe mir nachher ein Taxi«, bot sie Max an.

Er griff hektisch nach den Autoschlüsseln. Seine Miene sprach Bände und Laura beneidete ihn keineswegs um seine Situation. Zwar hatte sie sich des Öfteren vorgestellt, wie es wäre, einen festen Lebenspartner und vielleicht sogar eine Familie zu haben, aber wenn sie Max betrachtete, schien ihr diese Option gar nicht mehr so erstrebenswert. Einen anderen Menschen ganz eng in das eigene Leben zu lassen, barg verschiedene Risiken. Man konnte dem anderen nie hinter die Stirn schauen. Die meisten Emotionen, die man mit dem Geliebten verband, beruhten auf der eigenen Vorstellungskraft und den Wünschen, die man auf diese Person projizierte. Nicht umsonst gab es das Sprichwort ›Liebe macht blind‹. Denn man sah dem Gegenüber nicht wirklich ins Herz, sondern liebte oft nur die Vorstellung von einem Traummann, den man sich im Laufe des Lebens in der Fantasie erschaffen hatte. Die Augen gingen einem oft erst auf, wenn es längst zu spät war. Dann stellte man plötzlich fest, dass der andere gar nicht so tolerant oder sensibel war, wie man immer geglaubt hatte. Stattdessen hatte man einfach nur die ganze Zeit die Augen vor der Realität verschlossen und immer nur die Dinge bewusst wahrgenommen, die in das eigene Wunschbild passten. Zwar hatte Laura nicht allzu viele Erfahrungen mit langfristigen Beziehungen vorzuweisen, aber die kurzen Episoden hatten sie trotzdem vorsichtig werden lassen. Spätestens seit der Sache mit Max hatte sie niemanden mehr in ihr Herz gelassen.

Ihr fiel ein, wie heftig Max auf Taylor Field reagiert hatte, und plötzlich fragte sie sich, ob er vielleicht eifersüchtig war. Schließlich war aus ihnen wegen Hannah nichts geworden. An Gefühlen hatte es nicht gemangelt. Laura sah Max hinterher und registrierte seinen Blick, als er sich an der Tür noch einmal umdrehte. Vieles lag darin: die Entschuldigung dafür, dass er sie alleine ließ, aber auch noch etwas anderes.

Ein Funke, der sie beide verband. Der seit dem ersten Tag bestanden hatte und dessen Licht nie ausgegangen war. Sie lächelte und Max grinste zurück.

»Bis morgen, Laura. Und mach nicht mehr so lange.« Dann verschwand er durch die Tür.

Laura ging auf die Fensterfront hinter Nussbaums Schreibtisch zu und blickte auf die Stadt. Die Sonne war bereits untergegangen und unter Laura blitzten die Lichter der Autos, Straßenlaternen und Lampen in den Häusern auf. Der Anblick war wunderschön und sie genoss dieses Bild für eine Weile. Berlin sah so friedlich aus. Kaum einer der Bewohner ahnte, dass die Stadt einige dunkle Gestalten beherbergte. Die Kriminalitätsrate nahm zwar stetig ab. Aber dennoch liefen dort unten im Dunkel Kreaturen umher, die nach dem nächsten Opfer Ausschau hielten. Sie waren auf der Suche nach einem neuen Kick, der durch ihre Blutbahnen schoss und ihnen ein Gefühl von Macht und Befriedigung verschaffte. Das Böse versteckte sich hinter freundlichen Blicken und kam erst dann zum Vorschein, wenn das Opfer in die Falle getappt war. Schnell drehte Laura sich vom Fenster weg. Sie war nicht hierhergekommen, um über das Böse nachzudenken. Sie war vielmehr hier, weil sie zwei Menschen finden musste. Noch einmal ließ sie die bisherigen Ermittlungen im Geiste Revue passieren. Währenddessen lief Laura in Nussbaums Büro auf und ab. Max hatte die Tür offen gelassen, und sie blieb genau an der Stelle stehen, wo er sich noch einmal zu ihr umgedreht hatte.

An Nussbaums Büro schloss sich das viel kleinere

Zimmer seiner Sekretärin an. Auch dieser Raum war makellos aufgeräumt und wirkte professionell sortiert. Auf dem Schreibtisch stand ein Bild, das eine Frau mittleren Alters mit Ehemann und zwei Kindern zeigte. Es war eine sympathische Familie. Gleich daneben waren verschiedene Schriftstücke in Edelstahlkörben abgelegt. ›Posteingang‹ und ›Postausgang‹ stand in fetten Buchstaben darauf. Neugierig griff Laura in den Stapel und nahm die oberste Hälfte der Papiere heraus. Auf den ersten Blick konnte sie nichts Auffälliges entdecken, doch dann blieben ihre Augen an einem Namen hängen, der ihr mehr als bekannt vorkam – Johann Völder.

Eilig überflog sie die Unterlagen und stieß überrascht die Luft aus. Noch einmal las sie den letzten Schriftverkehr und ließ sich ungläubig auf den Drehstuhl sinken. Dann griff sie zu ihrem Handy und wählte Max' Nummer. Schon nach wenigen Sekunden hatte sie ihn in der Leitung.

»Ich glaube, ich habe etwas Wichtiges herausgefunden«, legte sie los. »Matthias Nussbaum hat Johann Völder rausgeschmissen, und zwar einen Tag nachdem sein Sohn entführt wurde.«

»Das gibt es doch gar nicht. Wir haben doch noch mit ihm gesprochen.«

»Richtig. Er hat eine Kündigungsfrist von sechs Monaten und außerdem hat er vor Gericht eine Kündigungsschutzklage eingereicht«, erwiderte Laura.

»Steht denn ein Grund für die Kündigung drin?«, fragte Max.

»Nein. Ich glaube aber, dass sie mit Henris Verschwinden zusammenhängt.« Zumindest sagte das Lauras Bauchgefühl. Zeitlich passte dieses Argument jedenfalls perfekt. Warum sonst sollte Nussbaum seinen Geschäftsführer unmittelbar nach der Entführung feuern? Doch nur, weil die Sicherheitstechnik versagt hatte. Laura spann den Faden in Gedanken weiter. Hatte sie deshalb vielleicht den Kinderwagen versteckt im Keller der Nussbaums gefunden? Weil der GPS-Sender zwar den Wagen, jedoch nicht das Kind aufgespürt hatte? Aber warum schwieg Nussbaum hierüber? Er hätte die Polizei doch einweihen müssen.

»Wir sollten uns Völder gleich morgen früh schnappen«, erwiderte Max. »Hör mal, ich muss jetzt aufhören. Gönn dir noch ein bisschen Ruhe und fahre nach Hause.« Dann legte er auf.

Laura durchwühlte noch die restliche Ablage. Sie begutachtete alte Rechnungen, Kundenaufträge und Investitionsvorschläge. Nichts davon war mit der Entführung von Henri oder dem Verschwinden seines Vaters in Verbindung zu bringen. Sie grübelte noch eine Weile darüber und griff dann nach ihrem Handy, um sich ein Taxi zu rufen. Im selben Moment vibrierte das Telefon und kündigte eine SMS an.

›Auch noch in die Arbeit vertieft? Ich habe Hunger. Wie wäre es mit einem Snack im SevensUP? LG T. Field‹

Laura las die Nachricht und ließ vor Schreck das Handy auf den Tisch fallen. Sie brauchte mehrere Sekunden. Dann nahm sie das Telefon auf und überflog die Wörter noch einmal. Was sollte sie jetzt tun? Sie sah Taylors dunkle, ernste Augen vor sich und fühlte sich plötzlich beschwingt. Wie zur Bestätigung knurrte ihr Magen. Lauras ganzer Körper war mit einem Mal Feuer und Flamme, doch ihr Verstand betrachtete die Angelegenheit distanziert. Wie kam Taylor überhaupt an ihre Nummer? Wahrscheinlich war es das Beste, die Nachricht einfach zu ignorieren. Aber hatte sie sich nicht noch vor ein paar Stunden gewünscht, sich mit ihm über den Entführungsfall auszutauschen? Warum sollte sie seine Einladung ablehnen? Es wäre doch eine günstige Gelegenheit.

Lauras Gedanken huschten aufgeregt durch ihren Geist, und sie wusste nicht so recht, was sie tun sollte. Noch ehe sie eine Entscheidung treffen konnte, klingelte ihr Telefon und ließ sie zusammenfahren. Auf dem Display leuchtete dieselbe Nummer auf, von der sie eben noch Taylors Nachricht erhalten hatte. Mit zittrigen Fingern hob Laura ab.

»Laura Kern«, sagte sie so souverän wie möglich.

»Taylor Field«, erwiderte eine tiefe Stimme am anderen Ende der Leitung, und Laura glaubte, eine Spur von Ironie zu hören. Taylor Field stellte seine Frage kein zweites Mal, stattdessen kam er direkt zur Sache.

»Wo kann ich Sie abholen? Sind Sie noch bei diesem Nussbaum im Büro?« Augenblicklich musste Laura sein hervorragendes Gedächtnis bewundern. Obwohl sie eigentlich empört über seine direkte Art sein sollte, gab sie ihm die Adresse durch und legte auf.

Field brauchte keine zehn Minuten. Ihr Handy klingelte erneut, und Laura bestieg mit pochendem Herzen den Fahrstuhl, der sie von der Büroetage

Nussbaums hinunter zum Haupteingang des Gebäudes beförderte. Field hatte den Wagen auf dem Bürgersteig geparkt und lugte durch die verglaste Eingangstür. Laura bemühte sich, seine Optik nicht zu analysieren. Trotzdem entging ihr nicht, wie attraktiv Taylor Field in seinen verwaschenen Jeans und der Lederjacke aussah. Sie huschte über den hochglanzpolierten Marmor durch die Empfangshalle und schloss die Tür auf.

»Ich wollte Sie nicht überrumpeln, aber ich habe Ihren Disput mit Ihrem Partner im Fahrstuhl mitbekommen und dachte mir, dass Sie nach diesem langen Tag bestimmt hungrig sind. Kennen Sie das SevensUP?«, eröffnete Field das Gespräch und nahm Laura damit jeglichen Wind aus den Segeln. Er führte sie zu seinem Wagen und öffnete die Beifahrertür für Laura.

»Ja«, erwiderte Laura. »Ich liebe die Burger. Es sind die besten in Berlin.«

Field grinste über beide Wangen und schlug die Tür zu.

»Das freut mich.«

…

Kurze Zeit darauf verschlang Laura gierig einen Burger mit doppelter Fleischeinlage und Gorgonzolakäse. Es war eine außergewöhnliche Mischung aus Fast Food und Luxusessen. Laura genoss jeden Bissen. Als sie einigermaßen satt war, fragte sie: »Woher haben Sie eigentlich meine Handynummer?«

Field zog amüsiert eine Augenbraue hoch. »Aus dem Telefonspeicher der Polizei«, antwortete er. Laura biss sich auf die Unterlippe. Field hatte recht. Jede Festnetz- und Handynummer war zentral abgespeichert. Wenn sie wollte, könnte sie den Leiter des Landeskriminalamts nachts um zwei aus dem Bett klingeln. Was für eine dämliche Frage, musste sie für sich feststellen. Sie beschloss, schleunigst das Thema zu wechseln und auf sicheres Terrain zurückzukehren.

»Haben Sie Fortschritte bei Ihrer vielversprechenden Spur gemacht?«

Fields Augen verdunkelten sich und er schüttelte den Kopf. »Leider nein. Ich wollte einen neuen Mord mit der bisherigen Serie in Verbindung bringen, musste aber leider feststellen, dass diesmal nicht der sogenannte Pärchenmörder seine Finger im Spiel hatte.« Er wischte sich einen Tropfen Barbecuesoße vom Kinn und sprach weiter: »Es ist wie verhext. Immer wenn ich glaube, den Durchbruch geschafft zu haben, kommt wieder etwas Unerwartetes dazwischen. Der Täter hat bisher zweimal zugeschlagen, jedes Mal nach exakt demselben Schema. Er ist extrem gründlich und vorsichtig. Wir haben weder Fingerabdrücke noch Haare oder wenigstens Hautpartikel sicherstellen können.«

Er nahm einen Schluck Bier und rieb sich nachdenklich das Kinn.

»Wie läuft es bei Ihnen? Die Innensenatorin sitzt Ihnen im Nacken, richtig?«

Laura nickte. »Ja. Sie macht ganz schön Druck. Selbst Beckstein kuscht vor ihr.«

»Dieser Nussbaum ist ziemlich gut im Geschäft, habe ich gehört.«

»Ja, und er hat sehr gute Verbindungen. Man munkelt, dass er ein persönlicher Freund des Polizeipräsidenten ist.«

»Verstehe. Kein Wunder, dass die Senatorin persönlich auf der Matte steht.«

»Sind Sie eigentlich waschechter Amerikaner?« Laura interessierte plötzlich, woher ihr Gegenüber stammte.

Field schüttelte den Kopf. »Halb und halb. Mein Vater ist Deutscher und meine Mutter Amerikanerin. Wir sind vor fünfzehn Jahren nach Deutschland gekommen.« Er tupfte sich den Mund mit einer Serviette ab und fuhr fort: »Mein Akzent hat mich wohl verraten?« Jetzt grinste Field und Laura musste unwillkürlich ebenfalls lächeln. Dann wurden seine Augen wieder ernst.

»Sie haben noch keine vielversprechende Spur von dem kleinen Jungen?«

Jetzt war es Laura, die den Kopf schüttelte und Field grob den Stand der Ermittlungen skizzierte. Er hörte aufmerksam zu. Dann sagte er: »Scheint auch nicht dem üblichen Muster zu folgen. Die Kontaktaufnahme der Geiselnehmer erfolgt doch normalerweise relativ schnell.«

»Das stimmt. Trotzdem tappen wir nach wie vor im Dunkeln. Die Entführer haben sich Nussbaum geschnappt und sich seitdem noch nicht wieder mit einer neuen Forderung gemeldet.«

Laura tat das Gespräch mit Field richtig gut. Er

teilte ihre Meinung in vielen Dingen und bestärkte sie darin, Johann Völder dichter auf den Pelz zu rücken. Wahrscheinlich konnte dieser Mann ein wichtiges Puzzleteilchen zur Lösung des Falls liefern. Auch Lauras Befürchtungen, was das Überleben des kleinen Jungen anging, teilte Taylor Field. Laura dachte an grausame Entführungsfälle, bei denen die Opfer erst Jahre später wie aus dem Nichts wieder auftauchten. Ihr kam der Fall einer Zehnjährigen in den Sinn, die eine halbe Ewigkeit im Kellergeschoss unweit ihres Elternhauses gefangen gehalten worden war. Als sie freikam, war sie schon fast erwachsen. Bei einem sechs Monate alten Kind war es so gut wie unmöglich, dass es je wieder nach Hause zurückkehrte. Selbst wenn es irgendwann einmal freikam, so fehlte ihm doch jegliche Erinnerung an seine eigentliche Vergangenheit. Der Junge könnte Sophie Nussbaum gegenübersitzen und hätte keine Ahnung, dass sie seine Mutter ist. Wenn Laura nicht endlich auf eine vielsagende Spur stieß, dann sah es verdammt schlecht für die Zukunft des Kleinen aus, sofern er überhaupt noch am Leben war.

Laura schaute auf die Uhr und stellte überrascht fest, wie spät es bereits war.

»Ich denke, ich muss mich jetzt auf den Weg machen. Morgen wartet eine Menge Arbeit auf mich.«

»Ich fahre dich, wenn ich darf«, erwiderte Taylor und streifte sie kurz an der Schulter. Seine Berührung war Laura so vertraut als würde sie diesen Mann bereits wesentlich länger kennen. Sie fand es nur natürlich, dass sie im Laufe des Gesprächs beinahe automatisch zum Du übergegangen waren und die lästigen deutschen Höflichkeitsformen, wie Taylor sie nannte, hinter sich gelassen hatten.

Er brachte sie bis vor die Haustür und warf ihr einen letzten Blick zu, der Laura noch bis in ihre Träume verfolgte. Sie mochte seine Art, die ihr das Gefühl gab, ernst genommen zu werden. Erst als sie im Bett lag, fuhr sie mit der Hand über die Narben unter ihrem Schlüsselbein. Sie hatte diese Angewohnheit den ganzen Abend unterdrückt. Sie wollte nicht, dass Taylor die ramponierte Haut jemals zu Gesicht bekam. Trotzdem fragte sie sich, ob er sich daran stören und sie hässlich finden würde oder ob seine Augen direkt in ihr Herz blickten.

...

Baby hatte schlecht geträumt. Er wälzte sich im Bett herum und war froh, aus dem Albtraum erwacht zu sein. Bleierne Müdigkeit umfing ihn, und er hatte große Schwierigkeiten, wach zu bleiben. Immer wieder driftete er ab und schreckte hoch, sobald der dunkle Traum erneut die Finger nach ihm ausstreckte. Er richtete sich ein wenig im Bett auf und gab darauf acht, unter der Bettdecke zu bleiben. Die weichen Daunen gaben ihm ein Gefühl von Sicherheit. Er bildete sich ein, dass sie einen undurchdringbaren Panzer formten, der alles Böse von ihm abhielt. Die vielen Schatten in seinem Zimmer huschten um das Bett und sprangen darüber, ohne sein Schutzschild zu bezwingen. Baby hatte nicht besonders oft Albträume, aber wenn, dann war es wirklich schlimm. Als er noch kleiner war, hatte er nach Mama gerufen. Sie war immer an sein Bett gekommen, hatte ihm heiße Schokolade gemacht und war so lange bei ihm geblieben, bis er wieder eingeschlafen war.

Doch seit Baby sich vorgenommen hatte, Schauspieler zu werden, wollte er nicht mehr nach Mama rufen. Er war schließlich schon groß, ein richtiger Junge. Außerdem wollte er genauso mutig sein wie der Ritter aus seinem Lieblingsfilm. Vor ihm bewegte sich ein Schatten und einen Moment lang zitterte Baby erschrocken. Sein Mund öffnete sich zu einem Schrei, doch als er erkannte, dass das Monster nichts weiter als sein großer Teddybär war, unterdrückte er den Hilferuf. Angst hatte man nur vor den Dingen, die man nicht erklären konnte. Das sagte Mama immer. Jetzt, wo er den flauschigen Bären in der Dunkelheit erkannt hatte, war ihm klar, dass sie recht hatte.

Mama war heute den ganzen Tag traurig gewesen. Wahrscheinlich hatte er deshalb schlecht geschlafen. Die kleine Isabelle fehlte Mama. Außerdem war das Jugendamt zu Besuch gewesen und wollte eines der Kinder schon am nächsten Tag an Adoptiveltern übergeben. Das Kind war noch viel zu klein, um es wegzugeben, und Mama hatte herzzerreißend geweint, als die Frau vom Jugendamt wieder gegangen war. Sie hatte das Kind den Rest des Tages mit sich herumgetragen, so als wenn sie es dadurch behalten könnte. Aber selbst Baby wusste, dass das nicht möglich war. Er hatte schon etliche Male erlebt, wie das Jugendamt die

Kinder zurückholte.

Es war ein Schlag für Mama, gleich zwei Kinder auf einmal zu verlieren, und Baby hatte lange darüber nachgedacht, wie er ihr helfen konnte. Zwar hatte er schlecht geträumt, aber der Besuch auf dem Bahnhof hatte ihn auf eine Idee gebracht. Er wusste, was er tun konnte, damit Mama wieder glücklich wurde. Er zog die Bettdecke dichter ans Kinn. Obwohl er wusste, dass auf dem Stuhl vor seinem Bett nur der Teddybär saß, hätte er schwören können, dass dieser sich gerade bewegt hatte. Baby starrte auf den Schatten, bis seine Augen vor Anstrengung brannten. Die Angst brachte sein Herz zum Klopfen. Doch er wollte immer noch nicht nach Mama rufen. Seine Hand tastete nach der Nachttischlampe. Als der warme Lichtstrahl die dunklen Schatten verscheuchte, kuschelte er sich fest in seine Decke und ließ einen neuen Traum zu, der ihn dieses Mal sanft bis in die Helligkeit des neuen Tages trug.

...

Laura genoss den heißen Kaffee, den Max ihr als Wiedergutmachung für seinen frühen Abschied gebracht hatte. Sein reumütiger Blick brachte sie zum Lachen.

»Warst du gestern noch lange in Nussbaums Büro?«, fragte er, während er sich am Whiteboard zu schaffen machte. An der überdimensionalen magnetischen Wand klebten sämtliche Hinweise, die sie zu

Henri Nussbaums Entführung gesammelt hatten. Schwarze und rote Linien kennzeichneten Zusammenhänge. Max war gerade dabei, die Daten von Matthias Nussbaum einzutragen. Dazu zählten neben den üblichen Personalien auch das Datum und die Uhrzeit seines Verschwindens. Gleich daneben hing eine Liste mit den Namen aller Polizeibeamten, die beim Einsatz am Bahnhof anwesend waren.

»Nein. Ich habe nur noch ein wenig in den Unterlagen von Nussbaums Sekretärin geblättert. Es war ja schon spät, als ich dich angerufen habe.« Laura wusste in diesem Moment selbst nicht, warum sie das nächtliche Essen mit Taylor Field verschwieg. Vielleicht lag es an Max' heftiger Reaktion auf diesen Mann oder auch nur daran, dass sie dieses Treffen wie ein kleines Geheimnis sah, das nur ihr allein gehörte.

»Hat die Überwachung der Villa schon irgendetwas ergeben?«, wollte Max wissen.

»Nein. Keine Auffälligkeiten. Sophie Nussbaum hat das Haus bisher nicht verlassen.« Laura dachte an den Kinderwagen, den sie im Kellergeschoss gefunden hatte. Ihr Telefon klingelte schrill und riss sie aus den Gedanken.

»Kern«, grüßte sie mit fester Stimme, denn die Nummer ihres Chefs erschien auf dem Display.

»Matthias Nussbaum wurde gefunden. Er ist in ein Krankenhaus eingeliefert worden. Fahren Sie dorthin und versuchen Sie, etwas aus ihm herauszubekommen.« Joachim Becksteins Stimme klang aufgeregt.

»Was, sie haben Nussbaum gefunden? Wo denn?«, hakte Laura überrascht nach und zog damit sofort

Max' Aufmerksamkeit auf sich. Er ließ den Stift sinken, mit dem er gerade noch auf dem Whiteboard geschrieben hatte, und kam neugierig näher. Laura stellte das Telefon auf laut, damit Max mithören konnte.

»Ein Bahnarbeiter hat ihn heute Morgen entdeckt. Er ist in einen Schacht gefallen und hat das Bewusstsein verloren. Die Identifikation hat eine Weile gedauert, weil sich die Ärzte zuerst um Nussbaums Gesundheitszustand gekümmert haben. Er hatte seine Brieftasche dabei und auch den Koffer mit dem Geld, das für die Auslösung seines Sohnes gedacht war.«

Laura war baff und ließ Becksteins Worte auf sich wirken. Wie zum Teufel war er in diesen Schacht gefallen und warum hatten sie ihn nicht entdeckt? Sie hatten doch alles mehrfach abgesucht. Wie konnte es sein, dass Nussbaum fast einen ganzen Tag unbemerkt und verletzt dort gelegen hatte?

»Aber wie kann das sein? Unsere Leute haben doch wiederholt den ganzen Bahnhof auf den Kopf gestellt?«, fragte Max und kam Laura damit zuvor.

»Das kann ich Ihnen nicht sagen. Ich habe auch gerade erst davon erfahren. Machen Sie sich auf den Weg und klären Sie die Sache auf. Ich unterrichte die Innensenatorin und Sophie Nussbaum.« Beckstein legte auf.

Eine halbe Stunde später kamen Laura und Max im Krankenhaus an. Eine missmutige Frau an der Anmeldung erklärte Ihnen, dass Matthias Nussbaum auf der dritten Etage lag. Sie nahmen den Fahrstuhl und gelangten in wenigen Minuten zu der Station, auf der Nussbaum behandelt wurde. Die Gänge waren menschenleer. Vor ihnen lag ein langer Flur mit grauem Linoleumboden und trostlosen weißen Wänden ohne ein einziges Bild. Eine Vielzahl von Türen ging rechts und links des Flurs ab. Sie waren alle geschlossen. Laura schritt voran und entdeckte ganz am Ende einen Raum, dessen Tür ein Fenster besaß. Sie schaute hindurch und sah zwei Schwestern, die an einem Tisch saßen und gerade Kaffeepause machten. Laura klopfte an. Die Pummeligere der beiden erhob sich und öffnete die Tür.

»Wir haben keine Besuchszeit«, sagte sie mürrisch, ohne zu grüßen.

Laura zückte ihre Polizeimarke und hielt sie der Schwester vor die Nase. »Wir möchten mit Matthias Nussbaum sprechen.«

Die Frau drehte sich zu ihrer Kollegin um. »Weißt du was von einem Nussbaum?«

»Ja, kam heute Morgen.« Die andere Schwester schob sich ein Stück Kuchen in den Mund und erhob sich. Kauend kam sie auf Laura zu und sagte: »Mit dem können Sie aber nicht sprechen. Der liegt im Koma. Hat Ihnen der Arzt das nicht gesagt?«

Jetzt mischte Max sich ein. »Können wir den behandelnden Arzt sprechen? Es ist dringend.«

Die Pummelige griff zum Telefon und wählte eine Nummer.

»Warten Sie am besten dort vorne im Flur, wo die Stühle stehen«, sagte sie, als sie fertig telefoniert hatte. »Dr. Schönhuber ist auf dem Weg.«

»Danke.«

Sie nahmen auf den Stühlen Platz und warteten

eine Weile, ohne dass irgendetwas passierte. Laura wippte ungeduldig mit den Füßen auf und ab.

»Das ist eine reine Zeitverschwendung hier«, murrte sie. »Und außerdem hasse ich Krankenhäuser.« Ihr Finger glitt bei diesen Worten über die Narben unter ihrem Kragen. Laura hatte unzählige Transplantationen hinter sich, in denen die Ärzte versucht hatten, die zerstörte Hautpartie oberhalb ihrer Brust wiederherzustellen. Eine Infektion hatte die ganze Arbeit wieder zunichtegemacht, und Laura konnte sich noch genau an die Schmerzen erinnern, die sie durchleiden musste. Seitdem mied sie Krankenhäuser wie der Teufel das Weihwasser. Alleine der Geruch löste ein ungutes Gefühl in ihrer Magengegend aus und der Anblick eines Arztes versetzte sie jedes Mal fast in Panik.

»Der Arzt kommt bestimmt gleich«, erwiderte Max und ergriff ihre Hand. Er kannte Lauras Vergangenheit. »Danach schnappen wir uns Johann Völder. Ich will wissen, warum Nussbaum ihn rausgeworfen hat.«

Die Fahrstuhltür ging auf und Laura hob erwartungsvoll den Blick. Doch statt des Arztes betrat Sophie Nussbaum die Krankenhausstation. Sie wirkte wie ein Gespenst mit den verweinten Augen und dem blassen Teint, der ihre Haut beinahe durchsichtig erscheinen ließ.

»Haben Sie ihn schon gesehen?«, fragte sie, als sie Laura und Max entdeckte.

Laura erhob sich kopfschüttelnd. »Nein, wir warten auf den Arzt. Setzen Sie sich doch zu uns.«

»Danke«, hauchte Sophie und nahm Platz.

Stumm warteten sie eine Weile, bis Laura endgültig

der Geduldsfaden riss.

»Ich gehe noch einmal zu den Schwestern und frage, was da so lange dauert«, sagte sie und wollte sich gerade auf den Weg machen, als das Pling des Fahrstuhls einen neuen Besucher ankündigte.

»Endlich.« Laura machte auf der Stelle kehrt und lief auf den Mann im weißen Kittel zu. »Sind Sie Dr. Schönhuber?«, fragte sie ohne Umschweife.

Der Mann mit grau meliertem Haar und randloser Brille blieb stehen und musterte Laura.

»Und Sie sind die Dame von der Polizei?«

Laura nickte. »Landeskriminalamt. Mein Name ist Laura Kern.« Sie streckte dem Arzt die Hand zur Begrüßung hin und stellte ihren Partner Max und Sophie Nussbaum vor.

Dr. Schönhuber machte große Augen. »Landeskriminalamt?«, fragte er. »Soweit ich weiß, gibt es dort eine Spezialeinheit der Polizei, die für Geiselnahmen zuständig ist. War Herr Nussbaum denn Opfer einer Entführung?«

»Nein, offenbar nicht. Aber sein sechs Monate alter Sohn wurde entführt, und das ist auch der Grund, warum wir hier sind. Wir müssen dringend mit ihm sprechen.«

»Nun, ich fürchte, daraus wird zunächst nichts. Der Patient hat eine schwere Kopfverletzung erlitten und wurde bereits bewusstlos zu uns gebracht. Wir haben seine Körpertemperatur gesenkt und werden ihn die nächsten Tage in einem Zustand des künstlichen Komas halten müssen. Der Druck auf sein Gehirn muss so gering wie möglich gehalten werden, wenn wir dauerhafte Schädigungen verhindern wollen.«

»Wird er denn wieder gesund?«, schluchzte Sophie Nussbaum und starrte den Arzt aus tränenerfüllten Augen an.

»Die Kernspintomografie hat uns optimistisch gemacht. Bisher gehen wir davon aus, dass er völlig genesen wird. Aber eine Garantie kann ich Ihnen leider nicht geben. Wir können das erst abschließend beurteilen, wenn er wach ist.«

Sophie Nussbaum stieß erleichtert den Atem aus und griff sich an die Brust.

»Wollen Sie Ihren Mann sehen?«, fragte Dr. Schönhuber und legte tröstend eine Hand auf ihre Schulter.

Sie nickte. »Ja, unbedingt.«

Schönhuber warf Laura und Max einen fragenden Blick zu.

»Nein, danke. Bitte rufen Sie mich doch an, sobald Matthias Nussbaum ansprechbar ist. Es ist wirklich sehr wichtig«, erwiderte Laura und drückte Dr. Schönhuber ihre Visitenkarte in die Hand.

Als Laura mit Max den Fahrstuhl bestieg, stöhnte sie. »Diesen Ausflug hätten wir uns glatt sparen können.«

»Stimmt. Aber wenigstens wissen wir jetzt, dass Nussbaum offenbar nicht entführt wurde. Sonst hätte der Geldkoffer nicht neben ihm gelegen«, entgegnete Max.

»Wir sollten mit dem Bahnarbeiter sprechen, der ihn gefunden hat. Ich will wissen, wie er überhaupt in diesen verdammten Schacht fallen konnte, ohne dass es jemand von uns mitbekommen hat.«

Max nickte. »Ich frage mich auch, warum die Entführer sich bisher nicht wieder gemeldet haben.«

Laura schwieg. Sie wagte gar nicht, darüber nachzudenken. Es war ein schlechtes Zeichen. Natürlich konnte das Ausbleiben eines neuerlichen Erpressungsanrufes alles Mögliche bedeuten. Aber eine dieser Varianten war eben auch, dass die Entführer den Polizeieinsatz bemerkt hatten und deshalb nicht aufgetaucht waren. Was das für den kleinen Henri heißen mochte, wagte Laura sich nicht auszumalen. Eine wesentlich bessere Ausgangssituation wäre es, wenn der Erpresseranruf überhaupt nicht echt gewesen wäre. Schließlich hatten sie kein Lebenszeichen als Beweis für Henris Unversehrtheit erhalten. Vielleicht hatten sie im letzten Moment kalte Füße bekommen und sich zurückgezogen.

Obwohl Laura wusste, dass sie auch bei der letzteren Variante völlig ohne einen weiteren Ansatzpunkt für die Ermittlungen dastanden, hoffte sie innerlich, dass diese zutraf. So gab es wenigstens noch Hoffnung, den kleinen Henri lebend wiederzufinden. Immerhin hatte Laura den Kinderwagen entdeckt und Johann Völder konnte vielleicht auch noch hilfreiche Angaben machen. Den Geschäftsführer von BCC Security würden sie sich am Nachmittag zur Brust nehmen.

»Ich hoffe nur, dass wir den Jungen finden«, sagte sie. Die Fahrstuhltür öffnete sich quietschend und sie verließen stumm das Krankenhaus.

Dreißig Minuten später erreichten sie den Bahnhof Friedrichstraße, der mindestens genauso überfüllt war wie am Tag von Matthias Nussbaums Verschwinden. Ein Polizist führte sie durch eine unscheinbare Tür in einen kleinen, fensterlosen Raum. Ein junger Mann mit rabenschwarzem Haar und Vollbart hatte bereits Platz genommen. Laura grüßte freundlich.

»Guten Tag, ich bin Laura Kern und das ist mein Partner Max Hartung. Sind Sie der Mann, der Matthias Nussbaum im Schacht gefunden hat?«

»Ja, mein Name ist Aslan Öztürk. Ich habe ihn im Schacht zweiundfünfzig gefunden.« Seine Stimme bebte plötzlich. »Mann, zuerst dachte ich, der ist tot. Ich habe ja schon viel erlebt, aber so was Krasses ist mir noch nie passiert.«

»Können Sie uns diesen Schacht einmal zeigen? Wir müssen herausfinden, wie er dort hineinfallen konnte.«

Der Mann erhob sich und führte sie durch die Bahnhofshalle über die Treppen hinunter zu den Gleisen der U-Bahn. Er marschierte zielstrebig an einem der Gleise entlang. Eine heranrasende Bahn presste muffige Luft in den Bahnhof und fuhr unmittelbar an Öztürk vorbei ein. Der ließ sich von dem quietschenden Eisenmonster wenig beeindrucken. Erst jetzt entdeckte Laura die Tür am Ende des Bahnsteigs. Die hatte sie bisher völlig übersehen.

»Verdammt, Max. Siehst du die Tür auch?«

Max kniff die Augen zusammen und blies die Backen auf. »Ja, aber die sehe ich zum ersten Mal. Die hätte dem Sondierungstrupp doch auffallen müssen. Ich frage direkt mal nach.«

Er zückte sein Handy und telefonierte, während

Laura dem Arbeiter durch die Tür folgte. Ihre Augen mussten sich erst an das Dunkel dahinter gewöhnen. Öztürk machte eine Taschenlampe an, deren schwaches Licht den schmutzigen Beton anstrahlte. Die Luft war kalt und feucht. Sie senkte sich wie ein schimmliger Schleier auf Lauras Schleimhäute. Abrupt legte sie die Hand über Nase und Mund. Der Raum war klein, nur wenige Quadratmeter groß. In der Mitte klaffte eine Öffnung. Der Bahnarbeiter leuchtete hinein.

»Hier ist es. Ist nicht besonders tief, aber wenn man im Dunkeln hineinstolpert, tut es sicherlich weh.«

Ein lauter Knall ließ Laura zusammenzucken. Sie fuhr herum und blickte auf die undurchdringliche Wand.

»Das war nur die Tür«, beruhigte Öztürk sie. »Sie ist kaputt.«

Lauras Herz raste. Erneut fragte sie sich, wie Nussbaum in diesen Raum geraten war.

»Stand die Tür gestern offen oder war sie verschlossen?«, fragte Laura.

»Wir haben gestern am frühen Morgen den Auftrag zur Reparatur erhalten. Das macht eigentlich ein Kollege von mir, aber weil ich heute sowieso mit der Wartung der Schachtanlage dran war, wollte ich mir das gleich mit ansehen.«

»Wer hat denn die kaputte Tür gemeldet?«, wollte Laura wissen. Sie standen beide noch immer in dem stickigen, feuchtkalten Raum, in dem der einzige Lichtschimmer von Öztürks Taschenlampe ausging. Doch Laura störte das im Augenblick gar nicht mehr. In ihrem Kopf formte sich langsam ein Bild, das ihr zeigte, was mit Nussbaum geschehen sein könnte.

»Niemand. Die Tür hat einen Sensor. Wenn sie nicht verschlossen ist, bekommen wir ein Signal auf den Computer.«

»Und um wie viel Uhr genau haben Sie das Signal erhalten?«

»Das kann ich Ihnen genau sagen. Es war um fünf Uhr morgens. Ich habe die Meldung direkt um acht Uhr gesehen, als ich zur Arbeit gekommen bin.«

Die Tür stand also die ganze Zeit offen, schlussfolgerte Laura in Gedanken. Nussbaum musste irgendetwas gesehen haben, das seine Aufmerksamkeit erregt hatte. Er musste etwas an dieser Tür bemerkt haben und war dann dorthin gelaufen. Als er den dunklen Raum betrat, war er wahrscheinlich blindlings in den Schacht gestürzt. Es waren maximal drei Schritte bis zum Schacht, und wenn man nicht achtgab, nahm das Unglück seinen Lauf. Der Schacht erklärte auch, warum Nussbaums Handy außer Gefecht gesetzt war und er nicht mehr geortet werden konnte.

»Warum ist der Schacht eigentlich nicht gesichert? Wäre es nicht besser, eine Abdeckung über die Öffnung zu legen?«

Von außen hämmerte es gegen die Tür. Wie durch eine dicke Watteschicht hörte Laura die Stimme ihres Partners. Max öffnete die Tür. Laura kniff die Augen zusammen und holte tief Luft. Selbst der muffige Bahnhofsgeruch war eine Erfrischung im Vergleich zu dem Gestank, der sich in dem dunklen Raum ausgebreitet hatte. Sie hatte genug von der Enge dieses Ortes und trat hinaus.

»Solange die Tür verschlossen ist, ist es kein Problem. Aber Sie haben recht, normalerweise ist der Schacht durch ein Gitter geschützt. Das alte Gitter war durchgerostet und sollte ausgetauscht werden. Es gibt Lieferschwierigkeiten und deshalb dauert es noch«, erklärte Aslan Öztürk, der ebenfalls herausgekommen war und zur Demonstration die Tür zuknallte. Das Metall schlug gegen den Rahmen, erzitterte und öffnete sich dann wieder einen Spaltbreit.

»Das heißt also, absolut jeder hatte seit gestern Morgen um fünf Uhr Zugang zu diesem Schacht?«, fragte Max, der die Situation sofort erfasst hatte.

Der junge Mann zuckte mit den Achseln und nickte.

»Momberg hat mir übrigens bestätigt, dass der Sondierungstrupp diese Tür nicht bemerkt hat.« Max trat näher heran und drückte mit der flachen Hand gegen die Tür. »Es wundert mich eigentlich auch nicht. Wenn man nicht direkt davor steht, sieht man den Spalt nicht und denkt, sie ist verschlossen. Sieh dich mal um, Laura, es gibt etliche von solchen Türen auf diesem Bahnhof.«

Laura ignorierte ihn und sah stattdessen nach oben. Max folgte ihrem Blick. Sie streckte den Arm aus und zeigte auf ein Objekt, das am oberen Teil einer Säule befestigt war.

»Was ist das dort? Eine Kamera?«

…

Die Idee hatte sich in seinem Kopf festgesetzt und er hatte sie in den letzten Stunden verfeinert. Zuerst hatte er an den Bahnhof gedacht, doch dann war ihm noch ein viel besserer Einfall gekommen. Baby durfte nicht oft das Haus verlassen, vielleicht zwei oder drei Mal in der Woche. Aber in letzter Zeit war Mama großzügiger geworden. Wenn er sie um etwas bat, bekam er jetzt oft, was er wollte, und so war es heute überhaupt kein Problem gewesen, nach draußen zu kommen. Baby kannte den Weg. Er war ihn schon oft gegangen. Es war ein strahlender Sommertag. Er blieb unter einem der vielen Lindenbäume am Straßenrand stehen, legte den Kopf in den Nacken und blickte in den blauen Himmel, an dem kaum ein Wölkchen zu sehen war. Es war so heiß, dass die Luft vor seinen Augen flimmerte. Ein sanfter Windhauch bewegte die Blätter des großen Baumes, fast wie von Zauberhand. Baby starrte fasziniert nach oben und stellte sich für einen Moment vor, dass er der Zauberer war, der die Blätter bewegte. Er hob die Arme empor und sprach eine Zauberformel, die er aus dem Fernsehen kannte. Schwups. Der Baum folgte seinen Befehlen und die Blätter rauschten hoch über seinem Kopf.

Erfreut über den Erfolg versuchte er es noch einmal. Abermals folgten die Blätter der Richtung, die er vorgab. Baby lachte und hüpfte begeistert um den dicken Baumstamm. Er war ein richtiger Zauberer. Kurz überlegte er, ob er wirklich Schauspieler werden wollte. Zaubern war auch sehr cool. Vielleicht sogar cooler, als vor der Kamera zu stehen und auswendig gelernte Sätze zu sprechen. Worte, die Gefühle ausdrückten, die man in jenem Moment gar nicht empfand. Andererseits war es sehr hilfreich, wenn man diese Fähigkeit beherrschte. Er hatte es sich anfangs nicht getraut. Aber als er es bei Mama ausprobiert hatte, funktionierte es perfekt. Baby hatte sich sogar eine einzelne Träne herausgepresst, und Mama hatte auf der Stelle vergessen, warum sie mit ihm geschimpft hatte. Zugegeben, er hatte es noch nicht oft ausprobiert, aber wenn, dann hatte es hervorragend geklappt. Seine Tränen ließen Mama dahinschmelzen. Das konnte er in ihren Augen sehen, die vor Liebe funkelten, sobald sie glaubte, dass er litt.

Wieder schaute Baby zu den Blättern hinauf und gab ihnen erneut den Befehl, zu rauschen. Der Baum gehorchte. Heute war ein guter Tag, das konnte Baby genau spüren. Er lief weiter. Schließlich hatte er eine Mission zu erfüllen. Mama war so traurig, dass sich seine Kehle zusammenschnürte, wenn er nur daran dachte. Er wollte, dass sie wieder fröhlich war, und er wusste genau, wie er es anstellen musste. Schon von Weitem sah er die riesigen Glastüren, die sich von alleine öffneten, sobald man sich ihnen näherte. Auf dem Parkplatz war fast keine Lücke mehr zu sehen. Eine bunte Kolonne von Autos schob sich suchend durch die engen Reihen. Ein Auto hupte mehrmals und eine wütende Männerstimme hallte über den heißen Asphalt. Baby blieb in angcmessener Entfernung stehen. Aus Indianerfilmen wusste er, dass er sich langsam anpirschen musste. Baby ließ sich zwischen zwei Blumenkübeln nieder und wartete. Seine wachen Augen registrierten jede Bewegung auf dem Parkplatz und an den großen Glastüren.

Ein Junge in seinem Alter hüpfte an der Hand eines freundlichen Mannes über den Parkplatz, und unwillkürlich fragte er sich, ob er auch einen Vater hatte und ob dieser genauso freundlich war. Er hatte Mama vor langer Zeit danach gefragt. Sie hatte ihm erzählt, dass sein Vater ein Tyrann gewesen sei und Baby froh sein könne, ihn nicht zu kennen. Aber er war nicht glücklich darüber. Tief in seinem Herzen sehnte er sich nach diesem Mann. Mama nahm sich zwar viel Zeit, um ihm Dinge beizubringen, aber spielen wollte sie nicht mit ihm. Baby wusste, dass ein richtiger Vater oft mit ihm spielen würde. Sie könnten im Garten Fußball spielen oder um die Wette laufen. Baby besaß auch ein Schwert. Sie könnten *Krieg der Sterne* spielen, oder er könnte genauso an der Hand seines Vaters über die Straße hüpfen wie der Junge dort vorne. Er blickte ihm noch eine Weile hinterher. Auch als sich die Glastüren längst hinter Vater und Sohn geschlossen hatten.

Eine Frau mit Kinderwagen tauchte von links auf und ließ Babys Herz auf der Stelle höher schlagen. Er streckte sich und sah genauer hin. Enttäuscht stellte er fest, dass es ein blauer Wagen war. Einen Jungen wollte er nicht. Es musste ein Mädchen sein wie Isabelle. Baby wollte außerdem, dass die neue Kleine genauso hübsch war und große blaue Augen hatte. Er lehnte sich zurück und konzentrierte sich auf die ankommenden Autos. Ein quietschgelber Kleinwagen parkte nur ein paar Meter von ihm entfernt. Eine verschwitzte Frau stieg aus und strich sich wirre Haarsträhnen aus dem Gesicht. Dann ging sie um das Auto herum und öffnete die Kofferraumklappe. Baby sah roten Stoff aufblitzen, und noch bevor die Frau den Kinderwagen aus dem Auto gehievt und zusammengebaut hatte, wusste er, dass er kurz vor dem Ziel stand.

Sein Herz machte einen Satz, als er das niedliche, rosa verpackte Mädchen sah, dessen blonder Haarflaum sich unter einer weißen Sommermütze hervor kringelte. Baby wartete geduldig ab, bis die Frau das Kind in den Wagen gelegt hatte. Dann folgte er ihr im Abstand von fünfzig Metern. Er hatte noch nie ein Kind nach Hause geholt. Aber Mama hatte ihm schon oft erzählt, wie sie es angestellt hatte. Babys Herz klopfte bis zum Hals und seine Knie waren weich. Er lief durch die offene Glastür und zitterte, als der Eingang sich lautlos hinter ihm schloss. Der Supermarkt war voller Menschen, die geschäftig zwischen den Regalreihen umherliefen. Baby folgte der Frau mit dem roten Kinderwagen zunächst in die Gemüseabteilung. Mehr als einmal ließ die Frau den Wagen unbeaufsichtigt, weil sie Tomaten oder Bananen auf die Waage legte und etikettierte.

Einmal war Baby versucht, den Wagen zu stehlen. Doch er war so nervös, dass er keinen Schritt vorwärts machen konnte. Seine Hände schwitzten wie verrückt. Er ließ die Gelegenheit verstreichen und folgte der Frau in die Fleischabteilung. Hier hatte er gar keine Chance, weil sie den Kinderwagen nicht ein einziges Mal losließ. Er verfluchte sich für die verlorene Gelegenheit. Was, wenn die Frau von der Fleischtheke direkt zur Kasse ging? Dann wäre alles umsonst gewesen. Zitternd beobachtete Baby, wie die Frau Wurst und Braten unter dem Kinderwagen verstaute. Dann marschierte sie los und zu seinem Entsetzen direkt in Richtung der Kassen. Völlig entmutigt schlich er hinter ihr her.

Eine hohe Frauenstimme hallte plötzlich durch den Gang und die Frau mit dem Kinderwagen blieb abrupt stehen. Sie drehte sich um und für einen schrecklichen Moment fühlte Baby sich ertappt. Er hatte das Gefühl, dass sie ihn direkt anstarrte. Schnell senkte er den Blick und versuchte, sich irgendwie unsichtbar zu machen. Doch die Frau kam jetzt mit zügigen Schritten auf ihn zu. Entsetzt wich Baby zur Seite und rammte einen Einkaufswagen, der sich gerade an ihm vorbeischieben wollte. Er taumelte zur Seite und zog den Kopf ein. Noch ehe er die Situation richtig begriff, umarmten sich die beiden Frauen und begrüßten sich erfreut. Mit rasendem Herzen stellte er fest, dass sie ihn überhaupt nicht bemerkt hatten. Der Kinderwagen stand zwei Meter von der Mutter entfernt. Das war zu knapp. Baby trollte sich erst einmal und beruhigte im benachbarten Gang seinen Atem. Dann ging er um das Regal herum und näherte sich von der anderen Seite.

Die beiden Frauen wirkten wie beste Freundinnen, vollkommen ins Gespräch vertieft. Sie gackerten und kicherten, ohne auf den Kinderwagen zu achten. Baby lief an dem Wagen vorbei und stupste ihn an. Der Wagen war nicht festgestellt und rollte leichtgängig ein Stück fort. Niemand hatte es registriert. Er wiederholte den Versuch. Das Baby in dem Wagen gab keinen

Mucks von sich. Als sich dann auch noch ein korpulenter Mann durch die Reihe quetschte, und der Kinderwagen für einige Sekunden aus dem Sichtfeld seiner Mutter geriet, ergriff er die Chance.

Baby stürmte mit dem Wagen los wie ein gehetztes Tier. Erst zwei Gänge weiter besann er sich auf Mamas Worte: ›Bleib unauffällig und unsichtbar!‹ Er zügelte seine Schritte und suchte Schutz hinter einem Pärchen, das einen leeren Einkaufswagen vor sich herschob. Die junge Frau meckerte über etwas. Offenbar hatten sie ein bestimmtes Produkt nicht gefunden. Das Paar schritt auf die Information zu und zeigte auf den leeren Einkaufswagen. Die mollige Frau hinter dem Tresen drückte einen Knopf und die Verriegelung der Schranke sprang surrend auf. Diesmal ergriff Baby die Chance sofort und lief dem Paar einfach hinterher, als würde er dazugehören. Die Mitarbeiterin des Supermarktes hatte den Blick längst wieder auf ihre Unterlagen gesenkt und das Paar bemerkte ihn nicht einmal. Erst hinter den Glastüren entfernte er sich lautlos und verschwand mit seiner Beute hinter einem Gebüsch. Er holte das kleine Mädchen aus seinem Wagen und presste es an sich. Es lächelte ihn an, und in diesem Augenblick wusste er, dass er das Richtige getan hatte. Mit stolz geschwellter Brust und überglücklich machte er sich auf den Weg zu Mama. Sie würde ihn lieben für das, was er für sie getan hatte.

IX

Laura starrte ungläubig auf die Kamera, deren Objektiv genau auf die unscheinbare graue Tür gerichtet war, hinter der sich der Schacht verbarg.

»Hat Momberg diese Kamera etwa auch übersehen?«, fragte sie fassungslos an Max gerichtet. Dieser hatte sein Handy schon wieder am Ohr und versuchte, den Leiter der Sondierungstruppe erneut ans Telefon zu bekommen. Laura wartete das Gespräch gespannt ab.

»Die Kamera ist außer Betrieb«, erklärte Max anschließend und blickte misstrauisch nach oben. »Vielleicht sollten wir das aber vorsichtshalber noch einmal prüfen lassen.«

Laura nickte. Zumindest lieferte Mombergs Aussage eine schlüssige Erklärung dafür, dass sie Nussbaum aus den Augen verloren hatten. Wieder gingen ihre Gedanken zurück zur verpatzten Geldübergabe. Was hatte Nussbaums Aufmerksamkeit erregt?, fragte sie sich zum hundertsten Mal. Laura positionierte sich unter der großen Anzeigetafel, genau an der Stelle, an der sie Matthias Nussbaum zuletzt gesehen hatte. Sie schloss die Augen und beschwor die Bilder des Vortages herauf. Es war spät. Fast fünfzehn Minuten über der angekündigten Zeit. Nussbaum stand da und blickte starr auf das Geschehen. Seine Augen suchten nach einer Person, wahrscheinlich einer Frau, die den Koffer mit Geld im Austausch gegen seinen Sohn haben wollte. Nervös und steif wippte er auf den Zehen auf und ab. Laura flüsterte etwas in sein Ohr. Er kratzte sich hinter dem Ohrhörer. Schon wollte er sich umblicken, gehorchte jedoch Lauras Anweisungen und tat es nicht. Die vermeintliche Entführerin war unmittelbar hinter ihm. Sie näherte sich ihm Schritt für Schritt. Er straffte sich, so als wollte er das unangenehme Gefühl, den Feind im Rücken zu haben, abschütteln.

Dann stürmten Dutzende Schulkinder den Bahnhof. In Scharen rannten sie rechts und links an ihm vorbei. Lehrer brüllten, versuchten, die Menge zu beherrschen. Das Stimmengewirr schwoll zu unerträglicher Lautstärke an und genau in jenem Augenblick sah er etwas. Laura holte tief Luft und öffnete die Lider. Sie stellte sich vor, mit Nussbaums Augen zu sehen. Sie musste erkennen, was er bemerkt hatte. Sie wollte den Grund wissen, der ihn von seiner Position weglockte. Laura blickte zum Ende des Bahngleises. Menschen wuselten herum wie Ameisen. Sie verdeckten die Tür, hinter der sich der Schacht befand. Eine Frau mit Kinderwagen schob sich an dem unscheinbaren Eingang vorbei. Laura ließ die Umgebung auf sich wirken, in der Hoffnung, irgendeinen Hinweis aufzufangen. Irgendetwas, was sie weiterbringen konnte. Der nächste Zug sauste heran und das Gewimmel auf dem Bahnsteig wurde noch dichter.

Wieder entdeckte Laura einen Kinderwagen, der genau denselben Weg nahm wie sein Vorgänger. Diesmal folgte sie der Frau, deren Blick unverwandt auf das Kind gerichtet war. Die Mutter beugte sich über ihr

Kind. Ohne stehen zu bleiben, marschierte sie zielgerichtet weiter. Nach wenigen Metern verschwand sie hinter einer grauen Tür, die sich nicht von jener unterschied, die zum Schachtraum führte. Laura kratzte sich grübelnd hinterm Ohr. Ihre Augen blieben an dem Schild über der Tür hängen. In diesem Augenblick wusste sie, was Nussbaum gesehen hatte.

»Sieh mal, Max, dort ist ein Wickelraum.«

Max folgte Lauras Blick und zuckte mit den Achseln.

»Ich habe jetzt schon zwei Frauen hineingehen sehen. Bestimmt hat Matthias Nussbaum eine Frau mit Kinderwagen gesehen und geglaubt, dass es sich um Henri handeln könnte. Das wäre doch ein wichtiger Grund, um einfach die Position zu verlassen, oder?«

»Ich weiß nicht«, erwiderte Max. »Warum ist er dann in den Raum mit dem Schacht gegangen? Zwischen beiden Türen liegen fast fünfzehn Meter Abstand. Oder glaubst du, dass ihn jemand dort hineingelockt hat?«

Laura sann über Max' Worte nach. »Daran hatte ich noch gar nicht gedacht.« Sie seufzte. »Es war nur so ein Gefühl, das ich gerade hatte. Aber sicher hast du recht. Warum er in den Raum mit dem Schacht gegangen ist, kann ich nicht erklären. Höchstens, warum er überhaupt seine Position verlassen hat.«

Lauras Handy vibrierte und unterbrach ihre Überlegungen. Sie schaute auf das Display und spürte augenblicklich eine Hitzewelle, die sie überlief. Taylor Field hatte ihr eine Nachricht gesendet.

›Gestern Abend war sehr schön. Würde mich über

eine Wiederholung freuen. Wie wäre es gleich heute? LG Taylor.‹

Laura bemerkte Max' prüfenden Blick auf sich ruhen und steckte nervös das Handy zurück in die Tasche. Sie hatte keine Lust, Max einzuweihen. Sie würde sich später eine Antwort überlegen. Unwillkürlich huschte ein Lächeln über ihre Lippen. Die Vorstellung, Taylor Field wiederzusehen, gefiel ihr irgendwie.

»Vielleicht hat er sich auch einfach nur geirrt und ist deshalb durch die falsche Tür gegangen. Es war schließlich ein ziemliches Durcheinander«, gab Laura zu bedenken und ignorierte Max' Blick, der sie nahezu durchlöcherte und nach einer Erklärung verlangte. Glücklicherweise schwieg er und verzichtete darauf, sie in die Enge zu drängen.

»Ich schlage vor, dass wir uns jetzt den Geschäftsführer von BCC Security vornehmen«, sagte er schließlich und zog Laura aus dem Bahnhof.

...

»Oh, du dummer, dummer Junge«, schimpfte Mama und fuchtelte mit dem Zeigefinger vor Babys Gesicht herum.

»Wie konntest du das nur tun?« Tränen liefen über ihr Gesicht und sie wischte sie achtlos mit dem Handrücken weg.

Baby wusste nicht, was er sagen sollte. Er war so stolz gewesen und hatte geglaubt, Mama würde sich freuen. Doch jetzt schimpfte und weinte sie gleichzeitig. Baby war völlig verwirrt. Er konnte sich Mamas Reaktion überhaupt nicht erklären. Das kleine Mädchen fing an zu weinen und Mama nahm es sofort in den Arm.

»Sie ist wirklich eine Schönheit«, flüsterte sie. Ein ein Lächeln huschte über ihr Gesicht.

Jetzt verstand Baby gar nichts mehr. Erst Wut, dann Traurigkeit und zum Schluss dieses Lächeln. Was war nur mit Mama los?

»Ich habe sie nur für dich besorgt, Mama«, sagte er heiser und warf ihr einen flehenden Blick zu. Er wollte nicht, dass sie böse auf ihn war.

Mamas Augen hefteten sich auf ihn und funkelten ihn an. Er biss sich auf die Unterlippe und senkte den Blick.

»Schon gut, Baby«, ihre Hand legte sich auf sein Haar und streichelte es. »Ich weiß, dass du das für mich getan hast.«

Ein kleiner Funke von Freude durchzuckte ihn und sein Mund formte sich zu einem Lächeln. »Du bist nicht mehr böse auf mich?«, fragte er, immer noch unsicher ob ihres merkwürdigen Verhaltens in den letzten Minuten.

»Nein. Aber ich hoffe, du hast keine Spuren hinterlassen. Sonst bekommen wir vielleicht Ärger, und du willst doch nicht, dass du fortmusst.«

Fort? Wie meinte Mama das? Was hatte das kleine Mädchen mit ihm zu tun? Wenn jemand es wiederhaben wollte, dann musste *er* doch nicht fortgehen? Mamas Worte waren ihm ein Rätsel. Fragend schaute er sie an.

»Baby, mach dir keine Sorgen. Wenn dich niemand gesehen hat und du auch keine Spuren hinterlassen hast, dann wird nichts geschehen. Dann können wir die Kleine behalten.«

Baby beruhigte sich ein bisschen und überlegte, was für Spuren er hinterlassen haben könnte. Er spulte die Szene vor dem Supermarkt aus dem Gedächtnis ab. Er hatte zwischen Blumenkübeln auf dem Parkplatz gelauert. Der gesamte Platz war mit Betonplatten ausgelegt. Auf dem staubigen Untergrund hatte er bestimmt keine Fußspuren hinterlassen. Baby spulte die Erinnerung weiter ab wie einen Videofilm und durchleuchtete Szene für Szene. Nein, er war sich ganz sicher. Es gab keine Spuren. Da war nur etwas in seinem Hinterkopf, das er nicht greifen konnte. Etwas, das wie eine Warnung dumpf gegen seine Schädeldecke pochte. So als hämmerte jemand gegen eine Tür, weil er eine dringende Nachricht mitteilen musste. Doch Baby konnte den Gedanken nicht fassen. Das schreiende Mädchen tat sein Übriges dazu. Die Erinnerung verschwamm vor seinem Auge.

»Kommst du mit? Wir müssen die Babys versorgen«, forderte ihn Mama auf. Er nickte und lief ihr versonnen hinterher. Im Flur schob er den Teppich weg und öffnete für Mama die Klappe, damit sie sich mit dem neuen Baby nicht bücken musste. Sie stieg die Stufen zum Keller hinab, der so riesig war, dass er unterirdisch sogar einen Großteil des Gartens einnahm. Der Begriff Keller war für das Zuhause der Babys untertrieben. Es handelte sich um eine von

Licht durchflutete Halle mit Betten und bunten Bildern an den Wänden. Die Helligkeit kam durch Lichtschächte, die Mama hatte einbauen lassen. Der ganze Keller stammte noch aus dem Zweiten Weltkrieg und war einmal ein Luftschutzraum gewesen. Baby versuchte, sich vorzustellen, wie die Bomben auf das Haus und den Garten fielen, aber nicht durch die dicken Betonmauern dringen konnten. Er hatte einen Film über Hitler gesehen und die Decken und Balken in den Bunkern hatten genauso ausgesehen. Mamas verstorbener Mann war auf die Idee mit den Lichtschächten gekommen. Zu diesem Zeitpunkt hatte Mama noch keine Babys. So hatte sie es ihm erzählt. Mamas Mann hatte den Keller zunächst in ein Architekturbüro umgebaut. Die alten Modelle standen immer noch in einer Ecke und manchmal spielte Baby mit ihnen.

Er hatte sogar darüber nachgedacht, auch Architekt zu werden. Es machte ihm Spaß, Dinge zu bauen. Aber Mama hatte es ihm ausgeredet. Nachdem Mamas Mann gestorben war, hatte sie den Keller zum Kinderzimmer umfunktioniert. Baby war das erste Kind gewesen. Er blieb an der Fotowand stehen und betrachtete sein eigenes kleines Gesicht, in dem er sich selbst kaum wiedererkennen konnte. Mama machte von jedem Kind ein Foto und klebte es an die Wand. Viel Platz gab es nicht mehr.

Mama legte das neue Baby in Isabelles Bettchen. Die Kleine krähte noch eine Weile, aber als Mama ihr warme Milch gab, wurde sie schlagartig ruhig. Gierig sog sie an der Flasche und schlief ein, noch bevor die Milch alle war. Baby versorgte zwei der anderen Babys.

Obwohl er sie sehr mochte, vermisste er immer noch die kleine Isabelle. Er hoffte, dass sie bereits gefunden worden war.

Als er sich vor dem Schlafengehen die Zähne putzte, fiel ihm etwas Wichtiges ein. Hektisch durchsuchte er die Hosentaschen nach seinem Notizbuch. Er hatte es von Mama zum Geburtstag geschenkt bekommen. Es hatte einen Darth-Vader-Einband und war sein ganzer Stolz. Jeden Abend vor dem Einschlafen übte er seinen Vorstellungstext für die Schauspielschule, in die er später einmal gehen wollte. Doch das Buch steckte nicht in den Hosentaschen. Es war auch nicht in der kleinen Ledertasche, die er manchmal bei sich trug. Baby suchte sein Zimmer komplett nach dem Buch ab, doch es war verschwunden. Auch in seinen Jackentaschen herrschte nichts als gähnende Leere. Wie sollte er ohne sein Buch den Text weiter auswendig lernen? Er hatte sich so viel Mühe gegeben und extra schöngeschrieben. Verzweifelt durchwühlte er seine Sachen ein weiteres Mal, jedoch ohne Erfolg. Erst als er erschöpft auf sein Bett sank, fiel ihm plötzlich ein, was passiert sein könnte. Er hatte zwischen den Blumenkübeln auf dem Parkplatz gehockt. Vielleicht war es dabei aus der Tasche gerutscht? Das war ihm schon mal passiert. Die Hosentaschen waren nicht besonders groß, und wenn er in die Hocke ging, schoben sich die Gegenstände darin nach oben, bis sie hinausfielen. Mit hämmerndem Herzen versuchte Baby, sich an den Moment zu erinnern, als er sich aus der Hocke erhoben hatte. War das Buch in diesem Augenblick herausgefallen und lag dort noch immer?

Mit Schrecken fiel ihm ein, dass er Mama versprochen hatte, keine Spuren zu hinterlassen. Ganz deutlich sah er die allererste Seite seines Notizbuches vor sich. Er wusste genau, was dort stand. Ja, er konnte beinahe noch den Stift in seiner rechten Hand spüren, mit dem er seinen Namen und die Adresse eingetragen hatte. Der Name war nicht weiter schlimm. Niemand wusste, dass er ›Baby‹ genannt wurde, aber die Adresse war eindeutig. Baby wurde flau im Magen. Wenn Mama herausfand, dass er sein Buch auf dem Parkplatz verloren hatte, würde sie sehr enttäuscht von ihm sein. Was, wenn er wirklich fortmusste, sobald sie ihn bei Mama entdeckten?

»Bist du fertig, Baby? Zeit zum Schlafengehen.«

Mamas Stimme ließ ihn erstarren. Er griff nach der Zahnbürste und putzte sich die Zähne so kräftig, dass sein Zahnfleisch zu bluten begann. Mama stand in der Tür und lächelte ihn an. Sie ahnte nichts von seinen Sorgen. Er erinnerte sich daran, dass er Schauspieler werden wollte. Mama durfte nichts merken. Er würde alles wieder in Ordnung bringen. Während sich das rote Blut mit dem Weiß der Zahnpasta vermischte und in rosafarbenen Tropfen auf dem Waschbeckenrand landete, formte sich in Babys Kopf ein Plan. Sein Herz raste bis zum Anschlag, als er sich ins Bett legte und Mama ihm eine Gutenachtgeschichte vorlas. Zum ersten Mal in seinem Leben hörte er ihr überhaupt nicht zu. Stattdessen schlich er sich in Gedanken aus dem Haus, sobald Mama eingeschlafen war. Er musste zurück zu diesem Parkplatz und das Buch wiederfinden, bevor etwas Schlimmes passierte. Niemand würde etwas merken, auch Mama nicht. Als die Geschichte zu Ende war, stellte er sich schlafend. Mama gab ihm einen Kuss und löschte das Licht. Mit einem flauen Gefühl im Magen lag Baby im Bett und wartete, bis seine Zeit kam.

...

Früher am Nachmittag

Der Besuch bei BCC Security war das reinste Déjà-vu. Auch heute war das Gewerbegebiet menschenleer. Die Sonne spiegelte sich auf dem nackten Asphalt und die Hitze brachte die Staubmassen auf dem Bürgersteig in Bewegung. Wie Rauchschwaden waberte der Dreck durch die Luft und Laura drückte unwillkürlich den Umluftschalter ihres Dienstwagens. Die Stacheldrahtzäune kamen ihr heute höher vor als bei ihrem letzten Besuch, und wieder drängte sich Laura das Gefühl auf, gefangen zu sein. Irgendwie war sie das auch. Seit Tagen ermittelten sie in diesem Entführungsfall und liefen immer nur im Kreis. Es war fast so, als ob eine unsichtbare Mauer sie daran hinderte, den entscheidenden Schritt in die richtige Richtung zu tun.

Die Schranke zum Gelände der Sicherheitsfirma tauchte auf und Laura trat auf die Bremse. Ein Wachmann in dunkelgrüner Uniform – diesmal ein anderer – trat hervor und fragte stirnrunzelnd nach ihrem Anliegen.

Heute musste Laura nur ihren Namen nennen. Offenbar wusste der Mann über ihr Kommen Bescheid. Er warf einen prüfenden Blick in den Wagen, verharrte mit den Augen für den Bruchteil einer Sekunde auf Max, der fast die ganze Fahrt über nachdenklich geschwiegen hatte, und öffnete dann wortlos die Schranke.

Martina Brinkmann erwartete sie bereits ungeduldig an der gläsernen Eingangstür.

»Herr Völder wird Sie sofort in Empfang nehmen«, sagte sie mit einem nervösen Lächeln auf den Lippen. Sie führte Max und Laura ohne Umschweife zum Fahrstuhl, der sie in die dritte Etage zu Völders Büro bringen würde.

Johann Völder kam ihnen schon entgegen, als sich die Fahrstuhltür öffnete. Sein eleganter Maßanzug war heute von silbernen Nadelstreifen durchsetzt. Seine Miene war freundlich und nichts deutete darauf hin, dass er ein Geschäftsführer in gekündigter Stellung war.

»Wie geht es Matthias Nussbaum?«, fragte er, bevor sie zum eigentlichen Thema kamen, und er klang irritierenderweise ehrlich interessiert am Gesundheitszustand des Mannes, der ihm gerade den Job aufgekündigt hatte. »Ich habe versucht, seine Frau zu erreichen, aber es ist mir bisher nicht gelungen. Kommen Sie herein und setzen Sie sich. Möchten Sie Kaffee oder ein Glas Wasser?«

»Es geht ihm den Umständen entsprechend gut. Danke. Ich nehme Wasser«, erwiderte Max, ohne näher darauf einzugehen, dass Nussbaum im Koma lag. Sie hatten Völder vorher lediglich mitgeteilt, dass sich Matthias Nussbaum im Krankenhaus befand und sie deshalb mit ihm sprechen müssten.

»Für mich bitte auch ein Wasser«, sagte Laura, während sie dem Geschäftsführer zur Begrüßung die Hand schüttelte. »Herr Völder, der Grund, warum wir hier sind, ist die Kündigung, die Sie von Matthias Nussbaum vor einigen Tagen erhalten haben«, erklärte Laura und blickte den Geschäftsführer durchdringend an. Sie kam gerne sofort auf den Punkt und war gespannt auf die erste Reaktion ihres Gegenübers. Es war oft die Wahrheit, die sich in den ersten Sekunden nach einer solchen Eröffnung in den Gesichtern zeigte. Lauras Ziel war es, Völder aus der Reserve zu locken und ihn endlich zum Reden zu bringen. Ein untrügliches Gefühl sagte ihr, dass er etwas über den Kinderwagen wusste, der in Nussbaums Kellergeschoss versteckt war.

Völders Gesichtsfarbe wechselte abrupt ins Dunkelrot. Er kniff die Augen zusammen und schwieg eine Weile, bevor er fragte: »Woher wissen Sie das?«

Laura zuckte mit den Achseln. »Das tut doch nichts zur Sache. Wir fanden nur den Umstand sehr merkwürdig, dass Nussbaum Ihnen genau einen Tag nach dem Verschwinden seines Sohnes gekündigt hat. Finden Sie das nicht auch?«

»Sie glauben doch nicht etwa, dass ich hinter der Entführung stecke. Das ist vollkommen absurd.« Völder hatte den ersten Schrecken überwunden und ging zum Gegenangriff über.

Laura nahm es gelassen und wiederholte ihre Frage. Sie mussten Völder zum Reden bringen, wenn Sie weiterkommen wollten.

»Wir hatten Differenzen«, erklärte Völder schließlich.

»Differenzen? Welcher Art waren denn diese Differenzen?«, klinkte sich Max ein.

»Nun, darüber haben wir Verschwiegenheit vereinbart.« Völder hatte seine Stimme wieder komplett im Griff und klang auffallend distanziert.

»Sie haben sich bisher nicht besonders kooperativ gezeigt. Finden Sie, dass das in der derzeitigen Situation angebracht ist?« Laura funkelte Völder wütend an. Dieser Mann war einfach nicht zu greifen, und sie musste sich zwingen, ihn nicht anzubrüllen und dabei mit den Fäusten auf seine Brust zu trommeln. Sie wollte ihn schütteln und die Wahrheit aus ihm herausholen. Doch Völders Miene wirkte vollkommen verschlossen.

»Mein Gott, Herr Völder. Es geht um das Leben eines kleinen Jungen. Kratzt Sie das denn gar nicht?«

In Völders Gesicht zuckte es kurz. Er senkte den Blick und ging zu seinem Schreibtisch. »Ich habe Ihnen nichts mehr zu sagen. Dieses Gespräch ist für mich beendet«, entgegnete er kalt und begann auf der Tastatur seines Computers zu tippen.

Laura starrte ihn einen Moment lang fassungslos an.

»Wir werden uns einen Durchsuchungsbefehl besorgen, und wenn wir dann einen wesentlichen Hinweis finden, sind Sie dran«, fuhr Max dazwischen. Seine Stimme überschlug sich fast bei den letzten Worten. Er war genauso wütend wie Laura. Max wandte sich zum Ausgang und riss die Tür auf. Sie krachte laut gegen die Wand.

»Wir alle drei wissen, dass Sie keinen Durchsuchungsbefehl bekommen werden. Nussbaum hat doch längst alle politischen Strippen gezogen, um Sie so weit wie irgend möglich von seinem Business fernzuhalten«, erwiderte Völder ruhig.

Jetzt riss Laura der Geduldsfaden. Sie hatte endgültig genug von diesem arroganten Mistkerl. Ruhig schob sie Max zu Tür hinaus und gab ihm mit einem Blick zu verstehen, dass sie Völder alleine sprechen wollte. Sie schloss die Tür und ging mit mühsam unterdrückter Wut auf den Geschäftsführer zu.

»Wir haben es hier aber nicht mit Politik, sondern mit einem unschuldigen Baby zu tun, das wir vielleicht nie wiederfinden werden, wenn wir nicht jeder Spur folgen«, erklärte sie und beugte sich verzweifelt über den Schreibtisch. Als sie keine Veränderung in Völders Augen sah, zog sie ein Foto des kleinen Henri Nussbaum aus der Tasche und hielt es ihm vor die Nase.

»Ist Ihre Tochter nicht ungefähr im selben Alter?«

Endlich huschte eine Gefühlsregung über Völders Gesicht.

»Ja, fast. Mia ist schon ein Jahr alt.« Er seufzte und warf Laura einen langen, abschätzenden Blick zu.

»Wissen Sie, ich habe auch eine Familie zu ernähren und kann es mir nicht leisten, die Abfindung zu verlieren. Es ist eine erhebliche Summe, für die ich Stillschweigen über die Kündigung und ihren Grund bewahre.«

»Hören Sie, Herr Völder. Ich verstehe, dass Nussbaum ein schwieriger Mensch ist, der unheimlichen Druck aufbauen kann. Alles, was Sie mir erzählen, bleibt unter uns. Wir brauchen Ihre Unterstützung. Bitte helfen Sie uns, Henri Nussbaum rechtzeitig zu finden.« Laura blickte Völder fest in die Augen. Sein rechter Mundwinkel zuckte.

»Hören Sie, ich würde Ihnen sehr gerne helfen. Das meine ich wirklich ernst. Aber ich kann Ihnen leider nichts sagen.« Seine Augen wanderten bei diesem Satz zu einem Blatt Papier, das genau vor ihm auf dem Schreibtisch lag. »Ich muss mich kurz entschuldigen und die Hände waschen«, sagte er dann und erhob sich überraschend. »Das ist die ganze Aufregung, wenn Sie verstehen.«

Laura verstand. Sie nickte stumm und wartete, bis Völder das Büro verlassen hatte. Dann lief sie hastig um den Schreibtisch herum und sah sich das Dokument an. Noch bevor Sie die Zeilen zu Ende gelesen hatte, zückte sie das Handy und fotografierte das Papier ab. Ihre Finger zitterten, als sie das Handy zurück in die Tasche schob. Nervös leckte sie sich über die Lippen und versuchte, den Inhalt des Textes zu begreifen. Es war ein Datenprotokoll zu zwei GPS-Sendern. Offenbar hatte Nussbaum den Kinderwagen tatsächlich tracken lassen. Doch der Versuch war fehlgeschlagen. Der Wagen wurde anscheinend ein paar Stunden nach Henris Entführung entdeckt, allerdings leer. Auf dem Papier waren die Positionsdaten des Fundortes angegeben. Es handelte sich um Längen- und Breitengrade, mit denen Laura zunächst nichts anfangen konnte. Ein Satz prägte sich ihr sofort ein: ›GPS-Signal in der Kleidung ausgefallen.‹ Laura holte tief Luft. Was um Himmels willen hatte das zu bedeuten?

Sie kam nicht mehr dazu, eine Antwort zu finden. Völder betrat das Büro.

»Entschuldigen Sie mich für die kurze Unterbrechung. Aber es war wirklich dringend. Wo waren wir stehen geblieben?« Völders Stimmlage war so ruhig, dass sich die Situation für Laura völlig irreal anfühlte. Warum hatte er ihr diese Information gegeben? Hätte er ihr nicht einfach die Wahrheit erzählen können? Sie hatte ihm doch versprochen, es für sich zu behalten. Lauras Blick blieb an einem schwarzen Gegenstand hängen, der klein und unscheinbar neben dem Telefon auf dem Schreibtisch angebracht war. Sie brauchte keine drei Sekunden, um zu begreifen, worum es sich handelte. Jetzt verstand sie Völders Verhalten. Das Büro wurde abgehört.

»Wir waren bei dem Durchsuchungsbeschluss. Da Sie offensichtlich nicht freiwillig mit uns zusammenarbeiten, werden wir versuchen, einen Beschluss zu erwirken. Ich wünsche Ihnen noch einen schönen Tag, Herr Völder.« Sie streckte ihm die Hand zum Abschied entgegen und hielt sie einen winzigen Moment länger als nötig. Völder nickte und erwiderte den Druck. Mehr konnte er Laura nicht entgegenkommen. Das hatte sie verstanden. Laura verließ das Büro und ging zum Fahrstuhl, wo Max auf sie wartete.

»Und?«, fragte er neugierig. »Hast du was aus ihm herausbekommen?«

Laura schüttelte den Kopf. Sie wollte noch nicht mit Max reden, weil sie sich nicht sicher war, welche Bereiche des Bürogebäudes überwacht wurden. Sie würde Max im Auto von ihrer Entdeckung erzählen. Der Fahrstuhl brachte sie hinunter ins Erdgeschoss, wo sie sich knapp bei der Empfangsdame verabschiedeten. Dann gingen sie eilig zurück zum Dienstwagen. Erst als die Wagentür zuschlug und sie das Firmengelände verlassen hatten, zog Laura das Handy aus der Tasche und zeigte Max das Foto, der es grinsend entgegennahm.

»Machst du das jetzt immer so? Durchwühlst fremde Häuser oder Büros und machst illegale Beweisfotos?«

Laura boxte ihn in die Seite. »Verdammt, Max, jetzt sieh es dir schon an.«

»Okay, ich mach ja schon. Lass mich am Leben, Laura«, erwiderte Max immer noch grinsend. Er vergrößerte das Foto auf dem Display, sodass er die Schrift entziffern konnte. Nach einer Weile pfiff er anerkennend durch die Zähne.

»Und das hat Völder dir gegeben?«

»Na ja, nicht direkt«, erwiderte Laura achselzuckend. »Er hat meine Aufmerksamkeit auf dieses Blatt gelenkt und sich dann auf die Toilette verzogen. Ich denke, er wollte, dass ich es sehe. Nussbaum muss ihn mächtig unter Druck gesetzt haben, denn auf der Tonspur hat er kein Wort gesagt.«

Max runzelte die Stirn. »Wenn ich das richtig verstehe, dann war der Kinderwagen tatsächlich mit einem Tracker ausgerüstet. Aber Nussbaum hat den

Wagen nur leer, ohne seinen Sohn, vorgefunden. Und es gab noch einen zweiten Sender in der Kleidung des Jungen, der aber nicht funktioniert hat. Meinst du, Völder ist deswegen gefeuert worden?«

Laura nickte. »Ich könnte es mir gut vorstellen. Das wäre doch eine Reaktion, die zu Nussbaum passt. Ich wäre auch ausgerastet, wenn die Technik versagt und das Leben meines Kindes davon abhängt. Mich würde interessieren, ob Sophie Nussbaum wirklich nichts davon wusste.«

»Gute Frage. Aber ich glaube nicht. Sie wirkt absolut ehrlich auf mich«, sagte Max und trommelte dabei mit den Fingern auf das Armaturenbrett. »Ich schlage es wirklich nur äußerst ungern vor, aber vielleicht sollten wir versuchen, anhand der Daten auf dem Protokoll den Sender im Kleidungsstück zu orten. Ben Schuhmacher ist doch ein fähiger Kopf. Möglicherweise kann er etwas ausrichten.«

»Wenn nicht er, dann unter Umständen Markus Tiede von der zentralen Kommunikationsüberwachung. In jedem Fall müssen wir herausfinden, wo der Kinderwagen gefunden wurde. Ich kann mit den Ortsangaben leider überhaupt nichts anfangen. Aber dann hätten wir endlich eine Spur, die wir weiterverfolgen können.«

...

Eine halbe Stunde später blickten Max und Laura verstört auf die Überwachungsaufnahmen des Supermarktes. Sie hatten es gar nicht erst zurück ins Büro geschafft. Ein Anruf von Joachim Beckstein, der sie über eine neue Entführung informierte, hatte sie direkt in den Supermarkt katapultiert, in dem auch Henri Nussbaum entführt wurde. Die verweinte Mutter und ihre ebenso fassungslose Freundin hatten sie nach intensiver Befragung im Büro des Supermarktleiters zurückgelassen. Sie wollten zunächst die Überwachungsvideos checken. Irgendwie war Laura froh, nun in dem stickigen fensterlosen Sicherheitsraum zu sitzen. Die verzweifelten Gesichter der beiden Frauen hatten sie verdammt mitgenommen. Sie konnte die flehenden Blicke kaum ertragen, die ihr einen Felsbrocken an Verantwortung auf die Schulter luden, und das, wo sie doch noch immer auf der Suche nach dem kleinen Henri waren. Eine zweite Entführung war das Letzte, was sie zu diesem Zeitpunkt gebrauchen konnten. Endlich waren sie auf eine mögliche Spur gestoßen und schon schoss das nächste Unglück wie ein Tornado dazwischen. Lauras Gedanken kreisten immer noch um den Kinderwagen. Sie hatte das Foto von dem Datenprotokoll an Ben Schumacher weitergeleitet und rechnete damit, dass er sich jeden Moment bei ihr melden würde.

Das Abspielgerät des Supermarktes war von schlechter Qualität, doch wegen der Dringlichkeit hatten sie beschlossen, den ersten Check vor Ort durchzuführen. Diesmal war ein kleines Mädchen im Alter von gerade einmal vier Monaten Opfer der Entführung geworden. Die Schilderungen der Mutter glichen denen von Sophie Nussbaum. Auch sie war kurzfristig abgelenkt gewesen und hatte nicht auf das Kind geachtet. Zwar handelte es sich nach Angaben der Mutter und ihrer Freundin lediglich um wenige Sekunden, doch die hatten offenbar ausgereicht. Die Aussagen waren sehr ungenau. Die Mutter der kleinen Emma stand völlig unter Schock. Sie konnte sich weder an den genauen Zeitpunkt noch an Personen erinnern, die während des Vorfalls in der Nähe gewesen waren. Einzig und allein die Regalreihe war genau abzugrenzen. Die Freundin der Mutter, deren Wangen vor Schuldgefühlen rot glühten, hatte ausgesagt, dass das Mädchen um sechzehn Uhr verschwunden sein musste. Doch an weitere Details konnte auch sie sich kaum erinnern.

Laura spulte das Videoband auf den angegebenen Zeitpunkt vor. Ihre Augen klebten an den völlig überfüllten Supermarktkassen.

»Ich kann mir gar nicht vorstellen, dass die Entführerin so dreist ist und innerhalb weniger Tage zwei Kinder aus demselben Supermarkt raubt«, murmelte Max und kroch näher an den kleinen Bildschirm heran.

»Ich auch nicht. Vor allem verstehe ich nicht, warum ein weiteres Kind entführt wird, noch bevor die Geldübergabe abgeschlossen ist. Ich hoffe, das ist kein schlechtes Zeichen für Henri«, erwiderte Laura, deren Magen sich mittlerweile anfühlte, als wäre er mit einem Haufen Steine gefüllt. Sie hatte ein verdammt schlechtes Gefühl, was den kleinen Jungen anging, verdrängte es aber. Die Vorstellung, dass Henri tot sein könnte und sie versagt hatte, versetzte sie beinahe in Panik. Laura richtete ihre Augen starr auf das Video und versuchte, jeden dieser grausigen Gedanken aus ihrem Kopf zu verbannen. Sie musste sich konzentrieren. Es gab immer einen Ausweg, selbst wenn es noch so unwahrscheinlich war. Daran musste sie einfach glauben, zumal sie es selbst einmal hautnah erlebt hatte. Auch sie war längst tot geglaubt gewesen und hatte es trotzdem aus der Hölle zurück zu den Lebenden geschafft. Die Narben trug sie seitdem deutlich sichtbar auf ihrer Haut, aber sie hatte das Böse besiegt, und das war alles, was zählte. Auch jetzt war es noch nicht vorbei.

Das Videoband zeigte fünf Minuten nach sechzehn Uhr an und ein dunkelroter Kinderwagen fuhr ins Bild. Laura hielt den Atem an. Eine Frau schob den Wagen. Ihr Äußeres wies keine Ähnlichkeiten mit der Entführerin von Henri auf. Statt eines Kapuzen-Shirts trug sie ein buntes Sommerkleid und High Heels. Die junge Mutter war nicht älter als fünfundzwanzig. Sie zahlte in aller Seelenruhe an der Kasse und liebkoste immer wieder das Kind im Wagen.

»Können wir mit diesem Ding irgendwie heranzoomen?«, fragte Max und fummelte an den Knöpfen des altmodischen Abspielgerätes herum. Endlich hatte er die richtige Taste gefunden und das Bild wurde größer.

»Halt genau auf das Kind«, sagte Laura und kniff die Augen zusammen. Nein. Das Mädchen im Wagen hatte lockige Haare und war wesentlich älter als vier Monate. Laura hielt die Fotografie der entführten Emma neben den Bildschirm.

»Das ist sie nicht«, flüsterte Laura heiser mit einem

Hauch Mutlosigkeit in der Stimme. Das Klingeln ihres Handys unterbrach sie. Als sie Ben Schumachers Nummer sah, hob sie ab. Der Leiter des Kriminallabors kam direkt zur Sache.

»Die Koordinaten, die ihr mir geschickt habt, befinden sich direkt neben dem Supermarkt. Es ist eine kleine Seitenstraße, gleich links neben dem Parkplatz. An dem ausgefallenen GPS-Sender bin ich dran, das kann allerdings noch dauern. Vielleicht klappt es auch gar nicht. Aber ich wollte dir auf alle Fälle schon einmal den Ort durchgeben, an dem Henris Kinderwagen gefunden wurde. Ich schicke dir den genauen Standort auf dein Handy, dann kannst du bis auf einen Meter genau dorthin navigieren.«

»Danke«, erwiderte Laura. »Das schauen wir uns direkt an.«

Max sah sie fragend an.

»Henris Kinderwagen wurde gleich neben dem Supermarktparkplatz gefunden. Sobald wir das Videoband durchgesehen haben, schauen wir uns das mal an. Ben schickt mir gleich die Koordinaten.«

»Das heißt, Henri wurde direkt an Ort und Stelle aus seinem Wagen genommen«, schloss Max aus Lauras Worten.

Sie nickte. »Ja, scheint so. Das ist nicht gerade hilfreich für unsere Suche.«

Laura seufzte und ließ das Video weiterlaufen. Endlich tauchte ein anderer dunkelroter Kinderwagen auf.

»Dieses Modell scheint ja im Trend zu liegen«, brummte Max, als er das baugleiche Fabrikat sah.

Wieder kniff Laura die Augen zusammen. Der Wagen fuhr dicht hinter einem jungen Paar her, und im ersten Augenblick wollte Laura schon vorspulen, doch dann entdeckte sie den Jungen, der den Wagen lenkte und eine Erinnerung flammte unwillkürlich in ihr auf.

»Diesen Jungen kenne ich doch«, sagte sie und kroch so dicht an den Bildschirm, dass sie beinahe mit der Nasenspitze auf das Glas stieß.

»Echt?«, erwiderte Max. »Woher kennst du ihn denn? Ich habe diesen Jungen noch nie gesehen.«

»Ich weiß es auch nicht genau. Aber ich erinnere mich an dieses Gesicht …« Laura hielt inne und knetete nachdenklich die Finger. Woher nur kannte sie diesen Jungen? Sie ging im Geist alle Kinder durch, die in ihrem Häuserblock wohnten. Danach überlegte sie, ob sie dem Jungen schon einmal auf ihrer Joggingstrecke begegnet war. Doch es wollte ihr einfach nicht einfallen.

Der Junge war vielleicht zehn Jahre alt und folgte dem jungen Pärchen. Sie sahen aus wie eine Familie, aber irgendetwas passte nicht. Max fasste Lauras Zweifel in Worte.

»Die sind doch noch gar nicht so alt. Schau mal, Laura. Die Frau ist höchstens zwanzig. Da kann sie doch unmöglich ein so großes Kind haben.«

Laura hielt das Video an und starrte auf die drei Menschen und den dunkelroten Kinderwagen. Sie zoomte das Bild näher heran und ließ das Video weiterlaufen. Der Mann und die Frau schoben einen leeren Einkaufswagen bis an die Information des Supermarktes. Die mollige Mitarbeiterin hinter dem Tresen schaute kurz auf und öffnete dann die Schranke des Ausgangs. Sobald sie den Türöffner betätigt hatte, konzentrierte sie sich wieder auf die Unterlagen, die vor ihr lagen, und tippte irgendetwas in den Computer. Das Paar lief weiter und der Junge folgte ihm im Abstand von wenigen Zentimetern. Er blieb dicht hinter den beiden, auch als sie durch die gläsernen Türen des Supermarktes auf den Parkplatz hinaustraten.

Dann geschah etwas, das ganz eindeutig zeigte, dass der Junge nicht zu dem Pärchen gehörte. Er wandte sich abrupt ab und ging linker Hand an der Fensterfront des Supermarktes entlang, bis er aus dem Blickfeld der Kamera verschwand. Das Paar hingegen lief weiter geradeaus, ohne sich ein einziges Mal umzusehen. Vermutlich steuerten sie genau auf ihr Auto zu.

»Das gibt es doch nicht«, rief Max fassungslos aus. »Haben wir es hier etwa mit einem Minderjährigen zu tun, der kleine Kinder entführt?«

»Oder mit einem Jungen, der zu dieser Tat angestiftet wurde?«, ergänzte Laura.

»Meine Güte, Laura. Vielleicht ist das eine ganze Bande, die die Kinder nach Osteuropa verschleppt.«

Laura stockte der Atem. »Du meinst, ein Kinderhändlerring?«

In ihrem Kopf überschlugen sich die Gedanken. Diese Möglichkeit war ihr bisher überhaupt nicht in den Sinn gekommen. Konnte das stimmen?

»Es würde zumindest das Verhalten des Zehnjährigen erklären. Von alleine kommt ein Junge doch nicht auf die Idee, ein Baby zu entführen.« Max klopfte mit den Fingern auf die Schreibtischplatte, während er mit der anderen Hand das Video immer wieder vor- und zurückspulte.

»Es ist wirklich ein Fluch, dass dieser verdammte Supermarkt nur im Kassenbereich Videokameras hat. Wir können nicht einmal richtig sehen, wohin der Junge mit dem Baby verschwindet.« Max klang verärgert.

»Wir sollten die Mutter fragen, ob ihr dieser Junge schon einmal aufgefallen ist. Dann überlegen wir, wie wir weiter vorgehen«, erwiderte Laura. Ihre Gedanken kreisten unablässig um den Kinderhändlerring und um den Jungen. Sie hatte dieses Gesicht schon einmal gesehen. Aber wo?

»Holst du die beiden Frauen? Ich muss noch einmal telefonieren«, sagte Laura gedankenverloren zu Max. Dann wählte sie die Nummer eines Arbeitskollegen, der erst vor drei Jahren einen internationalen Kinderhändlerring entlarvt hatte. Der Fall hatte großes Aufsehen erregt, weil sogar ein Berliner Lehrer in die Sache verwickelt war. Allerdings wurden die Kinder aus Südamerika nach Deutschland geschleust, um sie anschließend an Pädophile zu verkaufen. Die meisten dieser Kinder waren um die zehn Jahre alt. Laura wollte wissen, wie dieser Kollege ihren Fall beurteilte. Sie hatte Glück und erwischte Tim genau in einer Pause. Er hörte sich Lauras Erläuterung ruhig an und bat sie darum, ihm die wesentlichen Unterlagen zu der Entführung zukommen zu lassen. Aber einen Kinderhändlerring vermutete er nicht. Zumindest schloss er es mit relativ hoher Wahrscheinlichkeit aus, da die meisten Kinder in solchen Fällen aus dem Ausland stammten. Selbst die Entführungen, die ihm aus Deutschland bekannt waren, betrafen in der Regel Flüchtlingskinder. Laura bedankte sich für die Auskunft und legte auf. Ihr Verstand sagte ihr, dass Tim recht hatte. Wer günstig Kinder beschaffen wollte, der schaute sich im ärmeren Ausland um. Dort war es viel einfacher und außerdem überließen viele Eltern die Kinder freiwillig gegen ein entsprechendes Entgelt. Laura erinnerte sich an Nachrichten aus China, wo der Handel mit Kindern wegen der Einkindpolitik blühte. Eine Entführung aus einem videoüberwachten Supermarkt war dagegen eine ganz andere Nummer.

Max trat mit der Mutter der entführten Emma und ihrer Freundin ein und Laura spielte den beiden das Video vor.

»Können Sie sich an diesen Jungen erinnern?«, fragte sie die Mutter des entführten Mädchens, deren Augen rot und aufgequollen waren. Die Frau schluchzte und tupfte sich eine Träne mit einem Taschentuch von der Wange.

»Nein. Tut mir leid«, antwortete sie tonlos und senkte den Blick.

»Ich glaube, ich habe den Jungen mit meinem Einkaufswagen angefahren, als ich Martina gesehen habe«, warf die Freundin der Mutter ein.

Martina Schöbel öffnete den Mund. »O nein. Jetzt sag bloß nicht, du hast ihn gesehen und nichts unternommen.«

»Aber ich konnte doch nicht wissen, dass er es auf Emma abgesehen hat. Es war doch nur ein ganz kurzer Augenblick und …« Die Freundin stockte mitten im Satz. Ihre Wangen waren feuerrot angelaufen und die Schuldgefühle standen ihr auf die Stirn geschrieben. Sie hatte Martina Schöbel nur einen Moment lang von ihrer Tochter abgelenkt, doch diese kurze Zeitspanne hatte ausgereicht, um den Täter zum Zug kommen zu lassen.

»Es tut mir so leid, Martina«, stotterte die Freundin und begann herzergreifend zu weinen.

»Sie können beide nichts dafür«, warf Laura ein. Sie konnte nicht mit ansehen, wie sich die beiden Frauen gegenseitig zerfleischten. »Das ist nicht der erste Entführungsfall in diesem Supermarkt und ich denke, dass Sie beide einfach zur falschen Zeit am falschen Ort waren. Es gibt keinen Grund, sich Vorwürfe zu machen. Wenn Sie Emma helfen wollen, dann müssen Sie versuchen, sich an jedes Detail zu erinnern. Nur dann haben wir eine Chance, den Täter dingfest zu machen.«

Max legte das Phantombild der Entführerin von Henri Nussbaum auf den Tisch.

»Haben Sie diese Frau schon einmal gesehen?«, fragte er.

Martina Schöbel griff nach dem Foto und studierte es intensiv. Dann schüttelte sie den Kopf und gab das Bild an ihre Freundin weiter.

»Nein. Tut mir leid. Ich habe diese Frau noch nie gesehen.«

»Ich auch nicht.«

Max nahm das Foto wieder an sich. »Sie können jetzt nach Hause gehen. Wenn Ihnen noch etwas einfällt, egal wie nebensächlich es erscheinen mag, rufen

Sie uns bitte an. Ich verspreche Ihnen, dass wir unser Möglichstes tun, um Emma nach Hause zu bringen.«

Martina Schöbel nickte und tupfte sich erneut Tränen von den Wangen. Sie schlurfte mit hängenden Schultern wie eine alte Frau zur Tür, dicht gefolgt von ihrer Freundin. Bevor sie hinaustrat, drehte sie sich noch einmal um.

»Bitte holen Sie mein Baby zurück.«

X

Lauras Gehirn arbeitete auf Hochtouren. Ihr Blick war sie starr auf den dunkelroten Kinderwagen gerichtet, zu dem sie das Navigationssystem ihres Smartphones geführt hatte. Ben Schumacher hatte ihr die Koordinaten des Fundorts von Henris Kinderwagen gesendet, die sie auf den Zentimeter genau an diese Stelle führten. Als Max und Laura den Wagen entdeckten, saß eine rabenschwarze Krähe auf dem Griff des Lenkers. Laura näherte sich langsam, während Max sich im Hintergrund hielt und ein Telefonat erledigte. Der Vogel bemerkte sie zunächst überhaupt nicht. Zumindest glaubte Laura das, bis sie ganz dicht vor dem Kinderwagen stand und mit einem Mal erkannte, dass das schwarze Federwesen sie aus dunklen, neugierigen Augen beobachtete. Ihr Herzschlag setzte für einen Moment aus. Das Tier sah ihr direkt in die Augen und Laura wurde das Gefühl nicht los, dass dieser Vogel mitten in ihre Seele blickte. Dann nickte die Krähe mit dem Kopf und stieß ein heiseres Krächzen aus, bevor sie die Schwingen ausbreitete und davonflog. Laura schüttelte dieses merkwürdige Bild ab. Sie war sich zu hundert Prozent sicher, dass es sich um den Wagen der vor wenigen Stunden entführten Emma handelte. Es war der Ort, an dem auch der Kinderwagen von Henri Nussbaum gefunden worden war. Laura und Max befanden sich an der linken Seite des Supermarktes in einer unscheinbaren Nebenstraße, die offenbar unbenutzt war. Vom Parkplatz aus war die Straße nicht zu erreichen und die Warenanlieferung befand sich genau am anderen Ende des Discounters.

»Es muss doch etwas zu bedeuten haben, dass beide Kinderwagen an derselben Stelle abgestellt worden sind«, murmelte Max leise vor sich hin, während er Fotos von der Fundstelle schoss.

Laura schluckte. Sie wusste, was das zu bedeuten hatte.

»Wir haben es mit derselben Entführerin zu tun«, sagte sie tonlos. Das Gefühl von Felsbrocken in ihrem Magen verstärkte sich. Das Gestein schien sich in einen heißen Lavastrom zu verwandeln, der sie von innen zu verbrennen drohte. Normalerweise hatte sie einen sechsten Sinn, der das Böse am Ort des Geschehens spüren konnte. Laura konnte sich hervorragend in Verbrechenssituationen hineindenken, doch diesmal fühlte sie rein gar nichts. Im Geiste versuchte sie, das Bild der Frau mit dem Kapuzen-Shirt heraufzubeschwören. Sie stellte sich vor, wie grausam die Entführerin mit ihren kleinen Geiseln umging, wie sie ihnen vielleicht die Fingerchen abschnitt, um den Eltern einen Lebensbeweis zu schicken. Doch das Grauen wollte sich einfach nicht zeigen. Dieser Ort strahlte absolut nichts Bedrohliches aus. Laura wusste nicht, ob das an dem wunderschönen Sommertag lag, der selbst am Abend die Sonne noch golden glitzern ließ, oder ob sie schlicht ihren Instinkt verloren hatte.

Ihre Gedanken kreisten um die Entführerin und den Jungen, der ihr so bekannt vorkam. Wo lag nur der Zusammenhang zwischen den beiden? Handelte es sich um puren Zufall? Vielleicht hatte dieser Junge den Kinderwagen für ein kleines Taschengeld aus dem Supermarkt geschoben, nicht ahnend, was er da eigentlich tat. Sie rief sich abermals sein Gesicht vor Augen. Mit zehn Jahren waren Kinder noch reichlich naiv. Es war gut möglich, dass es sich um einen kleinen Auftragsdienst handelte. Für die Entführerin war das Risiko, entdeckt zu werden, minimal, und wenn es schiefging, hatte sie nicht mehr als ein paar Euro verloren. Andererseits schwebte dieser Junge dann in höchster Gefahr, denn er konnte die Frau im Kapuzen-Shirt identifizieren.

Und wenn sie sich kannten und die Kinder gemeinsam entführten? Laura ließ diese Frage auf sich wirken. War der Junge vielleicht sogar mit der Entführerin verwandt? Aber was sollte das Motiv für die Kidnappings sein? Bisher hatte es keine weitere Lösegeldforderung gegeben und Laura befürchtete, dass auch die geplante Geldübergabe im Bahnhof nur ein Täuschungsmanöver war. Es passte alles nicht zusammen.

»Du, Laura, nimm es mir nicht übel, aber ich muss gleich nach Hause. Hannah macht mir sonst die Hölle heiß«, erklärte Max und steckte die Kamera zurück in die Tasche.

»Die Spurensicherung trifft jeden Moment hier ein und wir können nichts weiter tun, als die Ergebnisse abzuwarten«, schob Max hinterher, als er Lauras reservierte Reaktion bemerkte.

»Wir müssen den Zusammenhang herausfinden, Max. Vielleicht sollte ich noch einmal mit den Familienangehörigen sprechen. Es könnte doch zum Beispiel sein, dass es eine Verbindung zwischen den beiden entführten Kindern gibt«, warf Laura ein. Es passte ihr überhaupt nicht, dass Max sie schon wieder alleine weitermachen lassen wollte.

»Hast du mal auf die Uhr geschaut, Laura?« Er hielt ihr sein Handgelenk vors Gesicht, sodass sie die Zeiger seiner Armbanduhr erkennen konnte.

»Es ist fast einundzwanzig Uhr. Wir können heute nichts mehr ausrichten und du musst dich auch mal erholen. Du warst gestern schon die halbe Nacht unterwegs.«

Schon so spät, wunderte sich Laura. Sie hatte gar nicht bemerkt, wie schnell die Zeit vergangen war. Plötzlich fiel ihr auf, dass die Sonne sich bereits vom Himmel gesenkt hatte und ein kühler Windhauch durch die Luft zog. Sie griff sich in ihren verspannten Nacken. Dann nickte sie.

»Du hast recht, Max. Tut mir leid. Ich habe gar nicht mitbekommen, dass es schon so spät ist. Fahr ruhig nach Hause. Ich warte, bis die Kollegen von der Spurensicherung da sind.«

»Also gut, Laura. Dann bis morgen.« Max warf ihr noch einen Blick zu, der so viel bedeuten sollte wie: Jetzt schalte endlich mal ab, wir werden die Kinder schon finden. Dann verschwand er in Richtung einer U-Bahn-Station, von der aus er fast direkt bis nach Hause gelangen würde.

Laura seufzte. Sie fühlte sich von Max alleingelassen. Seit seine Frau wieder schwanger war, hatte das Engagement ihres Partners merklich nachgelassen. Max war durch und durch ein Familienmensch. Und er vollführte einen Spagat zwischen Beruf und Familie, bei dem er keiner Seite wirklich gerecht werden konnte. Laura war sauer auf ihn, weil er nicht die ganze Nacht mit ihr an diesem Fall dranblieb – und zwar so lange, bis sie den Fall gelöst und die Babys zurück zu ihren Familien gebracht hatten. Das war ihre Vorstellung von richtiger Polizeiarbeit. Alles andere in Lauras Leben war nachrangig. Doch sie wusste auch, dass Max' Frau genauso unzufrieden mit ihrem Mann war, weil er wieder einmal viel zu spät nach Hause kam. Um einundzwanzig Uhr war Max' Tochter längst im Bett. Sie hatte ihren Vater in den letzten Tagen allerhöchstens zum Frühstück gesehen, und das mit Sicherheit jedes Mal nur für wenige Minuten. Hannah war um diese Uhrzeit bestimmt schon todmüde. Mehr als eine einzige gemeinsame Stunde blieb den beiden heute Abend nicht. Und wenn Hannah nur halb so geladen war wie Laura, dann würden sie diese restliche Zeit vermutlich im Streit verbringen.

Armer Max. Er konnte es niemanden recht machen. Sie nahm sich vor, in Zukunft etwas rücksichtsvoller zu sein. Nur weil sie für diesen Job lebte und es nichts anderes in ihrem Leben gab und sie zudem abends regelmäßig noch einmal zu Hochform auflief, hieß das noch lange nicht, dass es bei den Menschen aus ihrem Umfeld auch so war. Sie durfte nicht nur ihre eigenen Maßstäbe anlegen. Max konnte nichts dafür, dass Laura ihr Privatleben auf ein Minimum geschrumpft hatte. Ihre Gründe waren vielfältig. Lauras Hand fuhr bei diesem Gedanken unwillkürlich über die dicken Narben unter ihrem Schlüsselbein.

Wieder ruhte Lauras Blick auf dem dunkelroten Kinderwagen, der friedlich vor ihr stand und nicht einen Funken von der bösen Aura versprühte, die sie sonst an Tatorten spürte. Verdammt. Laura sehnte sich sosehr nach einem Gesprächspartner, mit dem sie diesen Fall durchsprechen konnte. Jemandem, der so wie sie voll und ganz dabei war und erst dann aufhören konnte zu arbeiten, wenn die Angelegenheit gelöst war. Ihr Handy vibrierte und brachte sie zurück in die Gegenwart.

»Keine Lust auf eine Wiederholung?«

Die Frage kam von Taylor Field, den Laura völlig vergessen hatte. Die letzte Nacht zog an ihrem inneren Auge vorbei und ein Lächeln schlich sich auf ihr Gesicht. Schnell tippte sie eine Antwort ein. Als einige Sekunden später ein Smiley auf ihrem Display erschien, wurde ihr Lächeln noch ein wenig breiter. Sie würde mit Taylor zu Abend essen und er würde ihr zuhören. Zufrieden mit dieser Aussicht, nahm Laura den Leiter der Spurensicherung in Empfang. Er wirkte wenig glücklich ob der vorangeschrittenen Uhrzeit. Doch der Fundort des Kinderwagens musste sofort gesichert werden, damit mögliche Spuren unverfälscht aufgenommen werden konnten.

Völlig unerwartet hatte es Laura plötzlich eilig, fortzukommen. Normalerweise hätte sie der Spurensicherung auf die Finger geschaut, erpicht darauf, sofort über jedes gefundene Detail Kenntnis zu erlangen. Doch jetzt wartete jemand auf sie. Jemand, der ihren Puls schneller schlagen ließ. Sie konnte es selbst kaum glauben, als ihre Beine sie zügig zum Dienstwagen trugen, gleich nachdem sie die Spurensicherung gebeten hatte, sie umgehend anzurufen, falls sie etwas Wichtiges zutage beförderte.

…

Sie stand an der Tür zu Babys Zimmer und machte sich unsichtbar. Sie wusste, dass ihr Junge gute Augen und vor allen Dingen ein unfehlbares Gehör besaß. Doch sie hatte Übung darin, sich anzuschleichen, ohne dass Baby es mitbekam. Er war so aufgeregt gewesen, nachdem er ihr dieses entzückende Mädchen gebracht hatte, dass sie schon befürchtete, er würde die ganze Nacht wach liegen. Doch jetzt schien er endlich eingeschlafen zu sein. Der Bewegungsmelder in ihrer Hosentasche vibrierte und sie schrak zusammen. Schon wieder hatte eines der Kleinen sich über dreißig Minuten lang nicht bewegt. Eine tiefe Sorgenfalte erschien auf ihrer Stirn. Sie würde nachsehen müssen. Ein letztes Mal presste sie das Ohr an Babys Tür und wartete. Nichts. Es war mucksmäuschenstill. Kein Knarren, kein Husten, nicht einmal das Rascheln seiner Bettdecke war zu hören. Baby schlief tief und fest. Es war an der Zeit wieder nach den Babys zu schauen.

Langsam und lautlos schlich sie die hölzerne Treppe hinab. Erst als sie fast unten angelangt war, wagte sie es, mit dem ganzen Fuß aufzutreten. Die Stufe knarrte geräuschvoll und sie hielt für einen Moment inne. Stille breitete sich wieder im Treppenhaus aus. Dann nahm sie den letzten Treppenabschnitt auf Zehenspitzen und öffnete die Luke, die ins Kellergeschoss führte.

Einen Augenblick lang dachte sie an ihren Mann, der das Untergeschoss ausgebaut hatte. Es war schallisoliert und trotzdem licht- und luftdurchflutet. Frischluft strömte über eine Filteranlage herein. Trotz des heißen Sommerwetters war es angenehm kühl hier unten. Aus ihrer Sicht hatte er eine architektonische Glanzleistung vollbracht und einen Augenblick lang durchströmte sie ein Gefühl der Dankbarkeit. Bis sie sich an die letzten Wochen mit ihm erinnerte. Eine unschöne Zeit, in der er andauernd auf ihr herumhackte. Er brachte überhaupt kein Verständnis für sie auf. Konnte weder ihre Gemütsverfassung noch die Schmerzen nachvollziehen, die sie peinigten. Er hatte sich verändert. Aus einem herzensguten Mann war plötzlich ein Tyrann geworden. Sie hatte ihn oft mit einem Dämon verglichen, den man austreiben musste. Er gehörte nicht mehr in dieses Haus. Er war wie ein Fremder oder noch besser wie Antimaterie, die isoliert werden musste, um eine Explosion zu verhindern. Er vernichtete mit seiner negativen Aura alles Gute, was sie tat und zu tun gedachte. Dieser Fremde war nicht mehr auf ihrer Seite. Ganz offenkundig agierte er gegen sie und wollte sie an ihrem guten Werk hindern. Dabei tat sie alles aus Liebe. Doch er war vollkommen blind für das Gute geworden. In seinen Augen lagen nur noch Vorwurf und Verachtung. Sie hatte diesen Blick irgendwann nicht mehr ertragen können. Eines Nachts hatte sie diesen Dämon ausgetrieben, nachdem sie sich heftig gestritten hatten. Er hatte ihr gedroht und am Ende war ihr einfach nichts anderes übrig geblieben. Als er endlich fort war, hatte sie wieder Luft zum Atmen. Sie hatte sich so befreit gefühlt wie noch nie in ihrem Leben. Es gab nur wenige Momente, in denen sie ihn vermisste. Ganz selten kamen Zweifel in ihr hoch. Dann sah sie durch die Fratze des Dämons hindurch und erkannte den Mann, den sie einst geheiratet hatte. Einen Mann, den sie unendlich geliebt hatte und mit dem sie ihr Leben hatte verbringen wollen. Doch im Laufe der Zeit war dieses Bild immer unschärfer geworden. Inzwischen sah sie nur noch den Dämon und seine hässliche Visage, die sie lieber sofort aus ihren Gedanken vertrieb.

Sie ging zum Bett des neuen Mädchens und stellte zufrieden fest, dass alles in Ordnung war. Es war noch so klein und so zart, dass ihr Herz vor Liebe überlief. Die Natur erschuf wahre Wunder. Sie betrachtete die winzigen Fingerchen, die rosigen Wangen und das hübsche Gesichtchen, das strahlte wie das Antlitz eines Engels. Die vollen Lippen bildeten einen Kussmund und am liebsten hätte sie die Kleine in ihren Armen gewiegt. Doch sie wollte das Kind nicht wecken. Sie drehte sich um und stieg leise die Treppe zum Haus hinauf. Dann verschloss sie die Bodenluke und schob den Teppich darüber. Sie nahm die nächste Treppe ins Obergeschoss und ging ins Kinderzimmer.

Ein Bett war leer. Das Jugendamt hatte das Kind zu einer Adoptivfamilie gebracht und der Verlust schmerzte sie heftig. Die Lücke konnte auch nicht durch das neue Mädchen ausgefüllt werden, das Baby nach Hause gebracht hatte. Sie brauchte ein anderes Kindchen, um den Schmerz zu verwinden. Schon vor einer Weile hatte sie einen Jungen entdeckt, in den sie sich vom ersten Moment an verliebt hatte. Außerdem wurde der Kleine nicht sonderlich gut behandelt und sie würde das nicht länger zulassen. Er war erst ein paar Wochen alt und sie arbeitete bereits an einem Plan. Dieses Kind würde ihr gehören, soviel stand fest. Sie musste nur noch auf den richtigen Zeitpunkt warten und dann zugreifen.

...

»Möchtest du noch etwas trinken?« Taylor Field blickte sie an. Ein leeres Glas stand vor Laura, und sie war tatsächlich versucht, noch ein Bier zu trinken. Doch sie überlegte es sich im letzten Moment anders.

»Ja, danke. Ich nehme eine Apfelschorle.«

Taylor winkte den Kellner herbei und gab die Bestellung auf. Laura beobachtete gebannt, wie er die Hand hob und mit den schlanken Fingern schnippte. Sie mochte solche Männerhände und konnte es sich in dieser Sekunde nicht verkneifen, sich vorzustellen, wie diese Hände über ihren Körper wanderten. Als Taylor sie wieder ansah, schluckte sie und wischte den Gedanken eilig beiseite. Dieser Mann verwirrte sie auf eine Art und Weise, die ihr bisher völlig fremd war. Laura war ein Kontrollfreak und hatte ihre Umgebung inklusive der darin vorhandenen Menschen stets im Griff.

Doch mit Taylor war es irgendwie anders. Während sie versuchte, seine Gedanken zu erraten, gab er ihr das Gefühl, längst alles über sie zu wissen. Unsicher strich sie mit dem Finger über das Schlüsselbein und stoppte sofort, als sie Taylors Blick auf ihrer Hand spürte.

»Alles in Ordnung«, fragte er.

»Ja, wieso?«, erwiderte Laura und gab sich Mühe, mit fester Stimme zu sprechen.

»Du wirkst so geistesabwesend. Der Fall nimmt dich wohl ganz schön mit?«

Laura war froh über diese Vorlage, die sich nur auf das Berufliche bezog. Sie sprach gerne über ihren Job. Auf diesem Terrain fühlte sie sich sicher.

»Erzähle mir von der neuen Entführung«, bat Taylor sie und legte seine Hand ganz vorsichtig auf ihre Fingerspitzen. Die Berührung war sanft wie das Streicheln einer Feder. Trotzdem zuckte Laura, als hätte sie ein elektrischer Schlag getroffen. Taylor runzelte die Stirn und zog seine Hand sofort zurück.

»Tut mir leid. Ich wollte dir nicht zu nahetreten«, stotterte er. Zu Lauras Überraschung überzog eine leichte Röte sein Gesicht. Eine Emotion, die ihr Herz auf der Stelle zum Rasen brachte. Sie hatte Taylor eigentlich als völlig souverän eingeschätzt, was Frauen anging.

»Nein, ist schon gut. Ich bin ziemlich fertig. Dieser Fall geht mir wirklich an die Nieren«, gestand sie und klärte Taylor über den heutigen Tag auf. Sie erzählte ihm von der neuerlichen Entführung, dem gefundenen Kinderwagen und der ausbleibenden Lösegeldforderung.

»Glaubst du, es sind dieselben Täter?«, fragte Taylor nachdenklich.

Laura zuckte mit den Achseln. »Mein Gefühl sagt mir, ja. Aber ich erkenne keinen Zusammenhang zwischen der Frau im Kapuzen-Shirt und dem Jungen. Außerdem ist mir die Rolle von Matthias Nussbaum vollkommen schleierhaft. Er hat seinen Sohn überwachen lassen, uns jedoch nicht darüber informiert.« Obwohl sie Taylor gerne jedes Detail erzählt hätte, ließ Laura die Sache mit dem Geschäftsführer von BCC Security weg. Sie hatte ihm Verschwiegenheit zugesagt und daran würde sie sich auch halten.

»Ich frage mich gerade, ob ich für ein anständiges Taschengeld als Zehnjähriger einen Kinderwagen gestohlen hätte«, grübelte Taylor. »Das erfordert ganz schön viel Mut. Ich denke nicht, dass ich mich das getraut hätte. Ich war eher ein Feigling als Junge.«

Laura hustete. »Was? Du warst ein Feigling? Das kaufe ich dir nicht ab.«

Taylor zog die Brauen hoch und grinste. »Ich war damals wirklich klein und schmächtig.«

Laura konnte nicht umhin, mit den Augen über den durchtrainierten Körper Taylors zu fahren. Sie konnte sich nicht vorstellen, dass Taylor jemals anders ausgesehen hatte. Als er merkte, dass sie ihm kein Wort glaubte, zog er sein Portemonnaie aus der Tasche und holte ein altes Foto hervor.

»Ich zeige das nicht gerne. Aber ich habe es immer bei mir, damit ich nicht vergesse, wer ich einmal war. Wir alle haben unsere Vergangenheit und die war nicht immer rosig.«

Seine Augen hafteten auf ihr und in Lauras Magen rumorte es plötzlich. Durchschaute er sie etwa? Wusste er von ihrer Vergangenheit? Von dem Albtraum, den sie als Kind durchlebt und nur knapp überstanden hatte? Sie senkte den Blick und konzentrierte sich auf das Foto, das einen dünnen Jungen zeigte, der unsicher in die Kamera blickte. Seine Lippen lächelten verkrampft. Dieses Kind hatte in der Tat nichts mit dem heutigen Taylor gemeinsam. Vor ihr saß ein Mann, der vor Kraft und Selbstbewusstsein nur so strotzte.

»Wir sind oft umgezogen, als ich klein war, und ich hatte nie richtige Freunde. Sobald ich andere Jungs kennenlernte, waren wir schon wieder an einem anderen Ort, und ich musste von vorne anfangen.« Taylor steckte das Foto wieder ein.

»Und was ist mit dir? Du wirkst manchmal so verschlossen, als wenn du ein schreckliches Geheimnis hütest.«

Laura schluckte. Ihre Kehle fühlte sich auf einmal wie ein Reibeisen an. Erneut hatte sie das Gefühl, dass Taylor die Antwort auf seine Frage längst kannte. Hastig kippte sie die Apfelsaftschorle hinunter. Dieser Abend verlief völlig anders als der gestrige. Da hatte sie sich mit ihm wohlgefühlt, doch seine Frage heute verunsicherte sie. Sie wollte ihm nichts über ihre Vergangenheit erzählen. Nicht jetzt. Sie wollte über ihren Fall sprechen, seine Meinung hören und vor allen Dingen auf sicherem Terrain bleiben. Doch in diesem Augenblick wurde ihr seine Nähe zu intensiv. Etwas schnürte sie ein und Laura brauchte dringend frische Luft. Hektisch sprang sie auf.

»Ich habe ganz vergessen, dass ich noch etwas erledigen muss.« Bevor Taylor etwas erwidern konnte, griff sie nach ihren Autoschlüsseln und verließ das Restaurant. Sie war heilfroh, dass er ihr nicht hinterherlief. Trotzdem rannte sie fast zu ihrem Wagen und war erleichtert, als die automatische Türverrieglung knackte und sie vom Rest der Welt abschnitt. Sie startete den Motor, und als der Wagen sich endlich in Bewegung setzte, holte Laura tief Luft. Je mehr Distanz sie zwischen sich und Taylor brachte, umso befreiter fühlte sie sich. Erst als Laura nach einer Weile ihre Penthousewohnung erreichte, krochen Zweifel in ihr hoch. Was war nur in sie gefahren, Taylor einfach so stehen zu lassen? Kurz überlegte sie, ihn anzurufen und sich zu entschuldigen, doch als sie das Handy in der Hand hielt, war sie nicht in der Lage, seine Nummer zu wählen. Ihr Stolz hielt sie davon ab. Unschlüssig starrte sie auf das Telefon und legte es schließlich weg.

Dann tat sie, was sie immer tat, wenn sie verwirrt oder von Albträumen geplagt war. Laura schlüpfte in ihre Joggingkleidung und stürmte die Treppe hinunter. Sie drückte die schwere Haustür auf und lief sofort los. Sie drehte die übliche Runde durch den kleinen Park unweit ihrer Wohnung. Es war bereits dunkel und sie trug ein Stirnband mit LED-Leuchte. Dieses Teil hatte Laura sich extra zugelegt, damit sie unabhängig von Witterung und Uhrzeit laufen konnte. Der schmale Lichtkegel, der den Boden vor ihren Füßen beleuchtete, versetzte ihren Geist augenblicklich in einen angenehmen Ruhezustand. Sie fokussierte sich allein auf das Licht und drängte die Gedanken an Taylor beiseite, die sich immer wieder in ihr Bewusstsein schlichen. Sie mochte Taylor Field. Seine dunklen, ernsten Augen, hinter denen sich eine ganze Welt verbarg, in die Laura gerne eintauchen würde. Seine tiefe Stimme, die ein wohliges Kribbeln auf ihrer Haut verursachte. Trotzdem, dieser Mann löste Emotionen in ihr aus, die sie lieber verbannte. Laura verlor die Kontrolle in seiner Nähe. Max' Worte kamen ihr in den Sinn. ›Halte dich von ihm fern, er ist komisch.‹ Vielleicht hatte Max recht. Er kannte Laura wie kein anderer Mensch auf dieser Welt. Sie verbrachten mehr Zeit miteinander als jedes Liebespaar. Wahrscheinlich hatte Max längst vor Laura begriffen, dass sie sich nicht fallen lassen konnte. Und dass Taylor einen Widerspruch in ihrem Inneren auslöste, der Laura zerriss. Oder war Max am Ende doch einfach nur eifersüchtig auf einen Mann, der es mühelos schaffte, über Lauras hohe Mauern zu springen?

Abermals schüttelte sie diese Gedanken ab und konzentrierte sich auf ihren Laufschritt und den Lichtkegel, der wie ein auf die Erde gefallener Vollmond vor ihren Füßen leuchtete. Laura schaffte es, den Rest ihrer Joggingrunde ohne Taylor Fields Gesicht vor Augen zu laufen. Sie hatte ihre fünf Kilometer in einer Spitzenzeit absolviert und fühlte sich kein bisschen kaputt. Ein Blick auf die Uhr zeigte, dass es kurz vor Mitternacht war. Laura beschloss, weiterzulaufen. Sie probierte eine neue Route aus. Schweiß lief ihr von der Stirn. Ihr ganzer Körper war angenehm erhitzt, und Laura spürte, wie sich mit jedem Schritt die Verspannungen in ihren Muskeln lösten. Sie setzte mühelos einen Fuß vor den anderen und hielt das hohe Tempo, ohne sich übermäßig anzustrengen. Das Blut pulsierte durch ihre Adern und sie fühlte sich frei. Frei von den Problemen der letzten Tage, die sich wie ein unüberwindbarer Wall vor ihr aufgetürmt hatten.

Sie entfernte sich immer weiter aus der ihr bekannten Umgebung. Die Nacht war trotz der Stadtlichter relativ dunkel. Obwohl es ein schöner Sommertag gewesen war, hatte sich nun eine dicke Wolkenschicht gebildet, die weder Mond noch Sterne durchscheinen ließ. Die Dunkelheit wurde nur von Lauras Lampe und ein paar matten Lichtern Berlins durchbrochen. Laura rannte auf ein Gewerbegebiet zu, das nur spärlich mit Laternen ausgestattet war. Immer noch fühlte sie sich befreit und spürte keinerlei Erschöpfung. Doch die schwarzen Schatten wurden immer größer, und als Laura feststellte, dass sie sich bereits recht weit von zu Hause entfernt hatte, griff sie instinktiv an ihren Rücken. Das harte Metall ihrer Dienstwaffe beruhigte sie. Laura verließ nie ohne ihre Waffe die Wohnung. Tagsüber gab es hierfür eine simple Erklärung. Sie war im Dienst und diesen trat sie nur in voller Ausrüstung an. Doch danach nahm sie die Waffe mit, weil diese ihr Sicherheit im Dunkeln gab. Sie trug die Pistole aus genau demselben Grund bei sich, aus dem Laura sie nachts unter ihr Kopfkissen legte. Laura wollte die Waffe stets griffbereit haben. Sie gab ihr das Gefühl von Kontrolle. Mit ihr konnte Laura die Angst in den Griff bekommen, und sie spürte die Macht, die sie damit hatte. Das Böse konnte ihr nichts anhaben, egal mit welcher noch so freundlichen Maske es Laura begegnete. Mit ihrer Waffe am Körper würde sich das Schicksal, das sie als Kind heimgesucht hatte, nicht wiederholen.

Die beiden entführten Kinder kamen Laura in den Sinn, und überrascht stellte sie fest, dass sie geradewegs auf den Supermarkt zulief, aus dem die Babys verschwunden waren. Unbewusst hatte Laura direkt auf diesen Ort zugesteuert, der nun bei Nacht völlig verlassen wirkte. Tagsüber wimmelte es hier von Menschen und von Autos, die sich in Kolonnen über den Asphalt schoben. Jetzt war der Parkplatz gähnend leer und der verschlossene Eingang des Marktes starrte Laura aus stumpfen, schwarzen Glasaugen an. Ein paar Laternen spendeten gelbliches Licht. Die Beleuchtung des Supermarktes war abgeschaltet. Das Gebäude wirkte nun eher wie eine Produktionshalle.

Eine Laterne flackerte im Sekundentakt, als würde sie blinzeln. Die tanzenden Schatten, die sich in ihrem zitterndem Licht ausbreiteten, verliehen diesem Ort etwas Unheimliches. Laura blieb abrupt stehen, die rechte Hand am Rücken, und ließ die Atmosphäre auf sich wirken. Vor wenigen Stunden, als sie ein paar Meter neben dem Markt den dunkelroten Kinderwagen entdeckt hatten, konnte sie nichts als Frieden spüren. Das war jetzt anders. Das nervöse Zucken der Laterne griff auf Laura über. Der kühle Wind, der sich unter der dicken Wolkendecke gebildet hatte, ließ sie unwillkürlich frösteln. Laura ging auf die Nebenstraße zu, wo Emmas Kinderwagen gefunden worden war. Die Spurensicherung hatte sich nicht mehr bei ihr gemeldet. Vermutlich wurde bei der ersten Inspektion nichts Wesentliches festgestellt. Sobald die Laboruntersuchungen abgeschlossen waren, würde Laura mehr erfahren. Jetzt zeugte nur noch das neongelbe Absperrband von dem Standort des Kinderwagens. Die grelle Farbe reflektierte das Licht von Lauras Stirnlampe. Sie nahm das Stirnband ab und leuchte auf den Boden hinter der Absperrung. Ein paar farbige Fähnchen markierten den vorherigen Standort des Kinderwagens. Laura konnte sehen, dass die Spurensicherung ein paar Abdrücke genommen hatte. Vielleicht konnten sie Schuhabdrücke sicherstellen, die sie womöglich auf eine vielsagende Fährte führen würden.

Sie ging um das Absperrband herum und versuchte zu ergründen, in welche Richtung sich der Junge mit dem Baby entfernt haben könnte. Hatte er sich getraut, über den Parkplatz zu gehen, wo er von anderen Supermarktbesuchern gesehen werden konnte? Oder war er diese Nebenstraße weiter hinaufgelaufen, vorbei an dem Supermarkt? Laura schlug letztere Richtung ein. Es überfiel sie ein sonderbares Gefühl. Irgendetwas sagte ihr, dass sie nicht alleine war. Ein paar Bäume säumten die Straße und ihre Blätter rauschten unheilvoll in der Nacht. Fast war es, als wollten sie Laura etwas zuflüstern, eine Warnung vielleicht. Sie lauschte angestrengt in die Dunkelheit hinein. Einem Instinkt folgend schaltete sie ihre Lampe aus. Dann zog sie die Waffe, nur für alle Fälle, und schlich auf Zehenspitzen weiter die Nebenstraße entlang, bis zur hintersten Ecke der Supermarkthalle. Auf dem Dach hatten sich mehrere Krähen versammelt, die Lauras Anwesenheit krächzend quittierten und die

Stille zerrissen.

Ein Schatten bewegte sich und Lauras Herz begann zu rasen. Sie hielt automatisch die Luft an. Ihre Nerven waren zum Zerreißen gespannt. Sie starrte in die Dunkelheit. Hatte sich dort vorne zwischen den Bäumen etwas bewegt oder ging die Fantasie mit ihr durch? Ein Windzug fuhr durch die Baumkronen und ihr Rauschen schwoll zu einer beachtlichen Lautstärke an. Laura stand stocksteif da und entspannte sich erst wieder, als sie mehrere Minuten lang keine Bewegung registrierte.

Sie beschloss, umzukehren. Es war spät und sie musste noch ein paar Kilometer bis nach Hause laufen. Wenn sie morgen nicht völlig übermüdet sein wollte, dann sollte sie ihren Ausflug an dieser Stelle abbrechen.

Ihre Gedanken kreisten unaufhörlich um die beiden Fälle. Gab es eine Verbindung zwischen den zwei Kindern? Kannte der Junge die Frau mit dem Kapuzen-Shirt? War hier eine ganze Bande von Entführern am Werk oder handelte es sich um eine Einzeltäterin? Warum hatte Nussbaum ihr nichts von dem Kinderwagen erzählt, den er leer am Supermarkt wiedergefunden hatte? Steckte er am Ende tiefer in der Sache, als Laura es bisher angenommen hatte? Und warum wurden die Kinder ausgerechnet aus diesem Supermarkt entführt? Zugegeben, er lag abseits der hektischen Berliner Innenstadt und war damit weniger frequentiert. Aber es war trotzdem riskant. Eigentlich zu riskant, wenn man die hohe Entdeckungsgefahr in Betracht zog. Schließlich wimmelte es auch hier tagsüber nur so von Menschen, die die Entführung hätten vereiteln können.

Laura bog um die Ecke und lief auf den Parkplatz zu. Das Licht hatte sie noch immer ausgeschaltet. Ihre Augen waren inzwischen an die Dunkelheit gewöhnt. Sie blickte auf die Uhr und überschlug die Zeit, die sie bis nach Hause bräuchte. Dann steckte sie die Waffe wieder in das Halfter auf ihrem Rücken und zog das Stirnband mit der LED-Leuchte über den Kopf.

Aus dem Augenwinkel nahm sie plötzlich erneut eine Bewegung war, die sie auf der Stelle erstarren ließ. Diesmal hatte sie sich nicht geirrt. Ihre Nervenbahnen vibrierten. Da war etwas, das sich keine hundert Meter von Laura entfernt auf dem Parkplatz bewegt hatte. Nein, das war kein *Etwas* gewesen, sondern *jemand*. Dort vorne, an den großen Blumenkübeln, hockte eine Gestalt. Sie hatte sich geduckt und verharrte jetzt regungslos, doch Laura hatte sie bereits fest im Visier. Sie blinzelte, nur eine Millisekunde. Der Schatten war immer noch da. Laura hielt den Atem an und überlegte, ob dieser Jemand sie auch gesehen hatte. Ihre Finger tasteten nach der Pistole und lösten sie lautlos aus dem Halfter. Sie nahm die Waffe in beide Hände und fixierte die Gestalt, die sich jetzt aufrichtete. Dann schlich Laura lautlos näher. Der Schatten lief jetzt ohne Hast über den Parkplatz. Offenbar hatte er Laura nicht bemerkt. Laura kniff die Augen zusammen und versuchte, die Größe der Person abzuschätzen. Besonders groß war sie nicht. Die Umrisse wirkten aber auch nicht weiblich. Laura lief schneller. Sie folgte dem Schatten und achtete auf genügend großen Abstand.

Er flog leichtfüßig und schwungvoll durch die Nacht. Seine Gestalt passte weder zu einer Frau noch wirkte sie besonders männlich. Als der Schatten plötzlich hüpfte und einen Gegenstand in die Luft hielt, fiel es Laura wie Schuppen von den Augen. Vor ihr lief kein Erwachsener. Das waren die Bewegungen eines Kindes.

Entgeistert blieb sie stehen. Welches Kind trieb sich mitten in der Nacht auf einem einsamen Parkplatz herum? Das Bild des Jungen, der die kleine Emma entführt hatte, blitzte vor ihrem inneren Auge auf. Plötzlich war ihr Jagdinstinkt geweckt. Sollte das etwa der Junge sein, den sie auf den Überwachungsvideos gesehen hatte?

Sie schob die Waffe zurück in das Halfter und gab sich keine Mühe mehr, unentdeckt zu bleiben.

»Hey, warte mal!«, krächzte Laura heiser und näherte sich dem Jungen, den sie jetzt gut erkennen konnte, weil er unter einer Laterne stehen blieb.

Das Kind drehte sich um. Der Schock stand ihm ins Gesicht geschrieben. Eine Sekunde lang starrte der Junge Laura an. Dann nahm er die Beine in die Hand und rannte wie der Blitz davon. Lauras Beine reagierten, noch bevor ihr Verstand die Situation begriff. Sie sprintete hinterher. Doch der Junge war pfeilschnell und kannte sich auf dem Gelände offenbar aus. Er lief quer über den Parkplatz, um den Supermarkt herum und verschwand an der Warenanlieferung zwischen ein paar großen LKW, die Laura wie ein gewaltiges Bollwerk zum Stehen brachten.

Sie spitzte die Ohren und lauschte auf die Schritte

des Jungen. Als Laura die Richtung geortete hatte, rannte sie weiter. Ihr Atem ging stoßweise und zum ersten Mal nach diesem langen Tag spürte sie Erschöpfung. Lauras Lungen brannten, doch sie reduzierte das Tempo nicht. All ihre Sinne waren geschärft und sie lief blind durch die Nacht, dem Jungen hinterher. Während ihre Fußsohlen dumpf auf dem staubigen Asphalt tappten, fragte sie sich, ob sie tatsächlich dem Jungen von dem Überwachungsvideo folgte. Laura hatte sein Gesicht nur einen kurzen Moment gesehen und war sich nicht sicher. Der Junge war ihr sehr groß erschienen. Es konnte gut sein, dass er wesentlich älter als zehn Jahre war. Außerdem war er ein hervorragender Läufer, und mit dem Vorsprung, den er hatte, gelang es ihr kaum, die Distanz zu ihm zu reduzieren.

Etwas klapperte direkt hinter ihr. Sie hatte ihr Stirnband mit der LED-Leuchte verloren. Doch sie hielt nicht an, um es aufzuheben. Sie rannte weiter. Die hallenden Schritte des Jungen hatten sich mit dem rasenden Klopfen ihres Herzens synchronisiert.

Plötzlich hatte sie ihn jedoch verloren. Augenblicklich blieb sie stehen. Sie beugte den Oberkörper vorne über, stützte sich mit den Händen auf den Oberschenkeln ab und sog gierig Sauerstoff in ihre überanstrengten Lungen. Lauras Herz pumpte wie wild in ihrer Brust. Ihr war schwindlig, und das Blut rauschte so laut in ihren Ohren, dass sie nichts anderes mehr hörte. Es dauerte eine ganze Weile, bis es besser wurde.

Ungefähr fünfzig Meter vor ihr preschte der Junge plötzlich hinter einem Mauervorsprung hervor. Laura lief wieder los, dem Jungen hinterher. Sie befanden sich auf einer schmalen Straße, die relativ gut beleuchtet war. Laura konnte das Kind ohne Schwierigkeiten erkennen. Der Junge bremste in vollem Lauf ab und wandte sich mit rudernden Armen nach rechts. Nach ungefähr dreißig Metern erreichte er eine alte Fabrikhalle, riss schwungvoll eine Tür auf und verschwand. Die Metalltür fiel scheppernd vor Lauras Nase zu. Keuchend zerrte sie an dem Griff, öffnete die Tür wieder und trat hindurch.

»Komm sofort raus, Junge. Ich will nur mit dir reden«, brüllte sie in das unbeleuchtete Gebäude hinein. Ihre Worte hallten in der Dunkelheit. Unwillkürlich blickte sie nach oben und erahnte die extreme Deckenhöhe, die sich über ihr ausdehnte. Laura hörte die Schritte des Jungen, er lief über etwas Metallisches, vielleicht ein Gitter oder eine Platte, die unter seinem Gewicht ächzte.

»Verdammt, Junge. Bleib stehen!«, rief Laura noch einmal. Doch es war zwecklos. Er entfernte sich immer mehr von ihr, und so beschloss Laura, ihm weiter zu folgen. Sie griff sich an die Stirn und wollte ihre Lampe einschalten, doch da war nichts. Natürlich, sie hatte sie gerade verloren. Laura fluchte leise und durchquerte die Halle, wobei sie mehrfach mit den Füßen gegen irgendwelche Gegenstände stieß, die klirrend über den Boden rutschten. Sie hatte keine Ahnung, wo sie sich befand. Die Fabrikhalle war ihr vorher nie aufgefallen.

Der Junge war jetzt dicht vor ihr. Sie konnte seine Anwesenheit spüren. Er verharrte regungslos in der Dunkelheit des Gebäudes. Durch das schwache Licht der Straßenbeleuchtung, das durch die schmalen Fenster fiel, konnte Laura gerade einmal grobe Umrisse erkennen oder vielmehr erahnen. Sie war froh, dass ihre Joggingschuhe relativ fest waren, sodass sie sich an den herumliegenden Gegenständen nicht verletzt hatte. Laura zog das Smartphone aus der Tasche und machte Licht. Wenn der Junge sich hier versteckte, dann musste sie ihn jeden Augenblick entdecken.

Sie blinzelte und wartete einen Moment, bis sich ihre Augen an den hellen Lichtschein gewöhnten. Dann erforschte Laura ihre unmittelbare Umgebung. Vor ihr lag eine lang gestreckte Vertiefung, die aussah wie eine überdimensionale Badewanne oder eine Art Schwimmbecken. Allerdings waren die Seitenwände von einer dicken Schicht Rost überzogen, der an etlichen Stellen sogar abbröckelte. Es gab kein Geländer, und Laura beglückwünschte sich innerlich, dass sie rechtzeitig das Licht eingeschaltet hatte. Die Wanne war sicher einen Meter tief, und Laura hätte sich ernsthaft verletzen können, wenn sie hineingestürzt wäre. Sie tastete mit ihrem Lichtstrahl das gesamte Becken ab. Es gab keine Nischen oder größere Gegenstände, hinter denen sich der Junge versteckt haben konnte. Also machte Laura einen Bogen um das Becken. Gleich dahinter entdeckte sie eine Wand, die bis zur Hallendecke reichte. An der rechten Seite befand sich eine Tür. Sie stand einen Spaltbreit offen.

»Junge, versteckst du dich hinter der Tür? Ich komme jetzt rein. Ich will nur mit dir reden.« Lauras Worte schwangen durch die Halle und kamen als doppeltes Echo zu ihr zurück. Das Kind reagierte nicht.

Sie öffnete die Tür gerade so weit, dass sie hindurchschlüpfen konnte. Ein muffiger Raum mit schwarzen Wänden, überzogen von diversen Schimmelpilzen, umfing sie. Laura rief erneut nach dem Kind, doch diesmal erzeugte ihre Stimme kein Echo. Der Raum, dessen Deckenhöhe merkwürdigerweise nicht mehr als zwei Meter betrug, erdrückte Laura mit seiner finsteren Enge und verschluckte jedes ihrer Worte. Ihre Kehle wurde ganz trocken, während sie sich umblickte und den Raum nach Anzeichen für ein Versteck durchsuchte. Sie entdeckte eine unscheinbare Treppe, die sich hinter einer Mauernische verbarg, und stieg die Stufen auf Zehenspitzen hinab. Diesmal verhielt Laura sich ruhig. Vielleicht konnte sie den Jungen überraschen.

Am Ende der Treppe, deren Stufen merkwürdig glitschig waren, befand sich eine weitere Tür. Laura schob sie sacht auf. Das Metall schürfte über den Betonboden. Der Lichtkegel von ihrem Handy durchschnitt die Dunkelheit wie ein Schwert und offenbarte einen weiteren Raum mit niedriger Deckenhöhe. Am anderen Ende nahm Laura eine Bewegung wahr. Der Junge rannte durch eine neue Tür und knallte sie hinter sich zu. Laura stürmte hinterher. Sie riss an der Klinke, doch der Junge hatte die Tür verriegelt. Laura hämmerte heftig dagegen. Ohne Erfolg. Verdammt. Dieser kleine Mistkerl hatte sie ausgetrickst. Eine rote Warnlampe ging vor Lauras innerem Auge an. Hektisch fuhr sie herum und rannte zurück zu der Tür, durch die sie gekommen war. Ein lauter Knall fuhr Laura durch Mark und Knochen. Die Tür war zugefallen. Sie warf sich mit aller Kraft dagegen, hämmerte auf das Türblatt und rüttelte an der Klinke. Doch die Tür blieb zu.

»Verdammt. Lass mich hier sofort raus!« Lauras Brüllen wurde von den schwarzen Wänden verschluckt. Sie schrie und hämmerte so lange gegen die Tür, bis sich ihre Stimme in ein heiseres Krächzen verwandelt hatte. Es war zwecklos. Sie war diesem Jungen auf den Leim gegangen. Wütend ließ Laura von der Tür ab. Sie hätte es besser wissen müssen. Verdammt und zugenäht. Sie fluchte lauthals und sank gegen die Tür. Sie wusste noch nicht einmal, ob dieser Junge überhaupt das Kind auf den Überwachungsvideos war. Vielleicht war sie auch nur einem herumstreunenden Teenager hinterhergelaufen, der jetzt wahrscheinlich vor der Tür feixte und sich über seine Heldentat freute. Sie rief sich die Bewegungen des Jungen ins Gedächtnis. Nein. Das war kein Teenager, beruhigte sie sich. Die Bewegungen waren ganz und gar kindlich gewesen.

Noch einmal erhob Laura sich und hämmerte gegen die Tür. Sie schrie laut nach dem Kind, jedoch ohne Erfolg. Draußen war es mucksmäuschenstill.

Dann begann sie, die Tür zu untersuchen. Es handelte sich um eine rostige Metalltür, deren Angeln sich unglücklicherweise außen befanden. Laura kontrollierte die andere Tür. Auch hier gab es keinen Weg nach draußen. Sie fand einen Metallstab, der aber nicht dünn genug war, um unter den Türschlitz zu passen. Sie blickte sich weiter nach einem Gegenstand um, mit dem sie die Tür vielleicht aufhebeln könnte. Als sie nichts fand, erforschte sie den Raum nach Schwachstellen. Doch Laura sah keinen Ausweg. Erst als sie sich ganz sicher war, dass sie sich nicht alleine aus dieser Situation befreien konnte, zückte sie ihr Handy und wählte Max' Nummer.

Entsetzt musste sie feststellen, dass sie keinen Empfang hatte. Laura streckte den Arm nach oben und hoffte, ihr Handy würde sich doch noch ins Netz einloggen. Aber das Display zeigte nicht einen einzigen Balken an. Verdammt, verdammt. Sie saß in der Falle. Augenblicklich erfasste sie die Aussichtslosigkeit ihrer Situation. Während sie eben noch ruhig und sachlich nach einer Lösung gesucht hatte, wurde sie auf einen Schlag von Panik gepackt. Niemand wusste, wo sie war. Was, wenn der Junge nicht zurückkehrte? Sie war hier unten gefangen. Wie sollte sie sich bemerkbar machen? Ihre Rufe und ihr Klopfen drangen nicht durch die dicken Mauern. Wer wusste denn schon, ob sich überhaupt eine Menschenseele je auf das Gelände dieser alten und leer stehenden Fabrikhalle verlaufen würde?

Je länger Laura über ihre Situation grübelte, desto elender fühlte sie sich. Sie prüfte den Akku ihres Handys und stellte fest, dass er noch fast voll war. Wenigstens hatte sie Licht. Laura presste das Ohr an die Tür und lauschte. Nichts regte sich. Wahrscheinlich hatte der Junge das Fabrikgebäude längst verlassen. Sie schloss die Augen und die Verzweiflung brach wie eine eisige Welle über sie herein. Laura war gefangen. Ein heißes Brennen breitete sich in ihren Eingeweiden aus, ein Gefühl, das sie nur allzu gut kannte. Plötzlich war sie wieder elf Jahre alt und ganz alleine. Laura spürte den eisernen Griff des grausamen Mannes mit der freundlichen Maske. Seine Finger gruben sich schmerzhaft in das Fleisch ihres Unterarmes. Ein Schrei drang aus ihrer Kehle und wurde sofort von der anderen Hand des Mannes erstickt. Noch ehe sie es sich versah, zerrte er sie in einen Sprinter, dessen Schiebetür mit einem fürchterlichen Kreischen zufiel. Der kalte Metallboden fühlte sich hart an. Genauso hart wie der Beton, auf dem Laura jetzt saß.

Die schlimmen Erinnerungen liefen wie ein Film vor Laura ab. Der Sprinter fuhr eine halbe Ewigkeit durch die Stadt, und jedes Mal, wenn der Motor verstummte, hoffte sie, dass sie endlich anhielten. Vielleicht konnte sie davonlaufen, wenn der Fremde die Autotür öffnete. Sie hockte reglos auf dem Boden und lauerte auf eine Gelegenheit, die nie kam. Denn als der Wagen endlich stillstand, wurde sie mit einer solchen Brutalität herausgezerrt, dass ihre Knochen knackten, als sie sich wehrte. Ein stinkendes Tuch presste sich auf Lauras Mund und Nase. Sie konnte sich heute noch genau an die Sterne erinnern, die blitzend vor ihren Pupillen tanzten, bis es schließlich dunkel wurde.

Als Laura wieder zu sich kam, war sie in einem feuchten, stinkenden Raum gefangen, mit Wänden aus grauem Beton. Ein paar Rohre liefen an den Wänden entlang und verschwanden durch Löcher in den Ecken ihres Gefängnisses. Sie fröstelte in dem kalten Neonlicht. Doch was sie in jenem Moment am meisten erstarren ließ, waren die Sachen der anderen Mädchen. So nannte Laura sie. *Die anderen Mädchen*, deren Haarspangen und Armreifen neben einer dreckigen Matratze auf dem Boden lagen. Panik übermannte sie, als sie die abgebrochenen Fingernägel erblickte, die überall in den Ritzen der Betonwände steckten. Ihr Blick glitt nach oben, und sie entdeckte eine Fensterscheibe, die nicht größer als das Bullauge eines kleinen Segelschiffes war. Ob sich die anderen Mädchen durch dieses Fenster einen Weg in die Freiheit erkämpft hatten? Prüfend umfasste sie ihre Hüften und maß den Umfang. Obwohl sie gertenschlank war, zweifelte sie daran, dass sich ein Mädchen wie sie durch die enge Öffnung zu zwängen vermochte. Trotzdem krallte sie sich in die Betonritze in der Wand, in der Fingernägel der anderen Mädchen steckten, und zog sich nach oben. Laura war ein sehr sportliches Mädchen. Sie schaffte es, sich festzuhalten, während ihre Füße in der Luft baumelten. Doch von dieser Position aus ging es nicht weiter. Ihre Kraft reichte nicht, um eine Hand zu lösen und in die nächste Rille zu fassen. Trotzdem gab Laura nicht auf, doch sie verlor den Halt und schlug hart auf dem dreckigen Boden auf. Ihr linkes Knie war aufgeschlagen und blutete stark. Draußen vor der Tür polterte es, und sie ahnte, dass ihr Peiniger jeden Moment erscheinen würde, um nach ihr zu sehen. Die Angst schnürte Lauras Kehle zu wie ein Strick, der sich immer enger zog. Ihr Verstand arbeitete fieberhaft. Sie beschloss, sich aufs Bett zu legen und möglichst teilnahmslos zu tun. Der Mann trat ein. Er hatte wieder seine freundliche Maske aufgesetzt, und für einen Moment wollte Laura ihn anflehen, sie laufen zu lassen. Doch eine innere Stimme warnte sie und so hielt sie den Mund und schloss die Augen. Erstarrt lag sie auf der Matratze, die nach den anderen Mädchen roch. Sie konnte die Angst einatmen, die wie fauliger Dunst aus dem Schaumstoff aufstieg und sich in ihrer Nase festsetzte. Ihr Herz hämmerte so schnell, dass ihr fast schwindlig wurde. Doch sie blieb ganz ruhig liegen. Sie bewegte sich nicht einmal, als die klobige und schwielige Hand über ihre Wangen und ihren Hals strich.

Laura schrie auf und schüttelte sich. Sie schlug mit dem Kopf gegen die Eisentür, bis die schrecklichen Erinnerungen verstummten. Sie war am ganzen Körper schweißnass und die Dunkelheit ihres neuen Gefängnisses drohte sie zu verschlingen. Sie hatte keine Ahnung, wie lange sie in ihrem Albtraum verbracht hatte. Es fühlte sich wie eine halbe Ewigkeit an. Krampfhaft überlegte sie, wie sie sich befreien könnte. Ihre Finger glitten auf den Rücken und berührten das Metall ihrer Waffe. Obwohl sie wusste, dass die Durchschlagskraft ihrer Neun-Millimeter-Dienstpistole nicht ausreichte, um das Schloss einfach zu zerschießen, zog sie die Waffe und richtete die Mündung darauf. Sie feuerte das Magazin bis auf eine einzige Kugel leer. Querschläger prallten von dem Eisen ab, Funken sprühten. Laura hatte Glück, dass sie nicht getroffen wurde. Sie trat gegen die Tür, die sich keinen Millimeter bewegte.

Laura sank auf den Boden und wischte sich eine einzelne Träne aus dem Augenwinkel. Verdammt! Sie hatte keine Ahnung, wie sie aus diesem Keller entkommen sollte.

…

Dreißig Minuten zuvor

Baby hatte es unbemerkt aus dem Haus geschafft. Mama bewahrte die Schlüssel im obersten Flurregal auf. Sie lagen verborgen in einer Kiste. Mama glaubte tatsächlich, dass er dieses Versteck nicht kannte. Aber sie irrte sich gewaltig. Baby hatte eine gute Beobachtungsgabe und die kam ihm heute Nacht zugute. Er war auf einen Hocker gestiegen und hatte in der Dunkelheit nach den Schlüsseln getastet. Als er sie in der Hand hielt, hatte er erleichtert ausgeatmet. Die erste Hürde war genommen. Jetzt musste er nur noch sein Notizbuch wiederfinden und alles wäre wieder gut.

Baby schlich an der Hauswand entlang und löste sich erst an der alten Hecke aus ihrem Schatten. So konnte Mama ihn nicht sehen, selbst wenn sie gar nicht im Bett lag, sondern genau in diesem Moment aus dem Fenster schaute. Baby kroch durch das Gestrüpp und gelangte ungesehen auf die Straße.

Es war unheimlich, mitten in der Nacht auf einem menschenleeren Bürgersteig zu gehen. Babys Herz raste und aufgeregt legte er einen Zahn zu. Er wollte die Angelegenheit so schnell wie möglich hinter sich bringen. Den Weg zum Supermarkt kannte er auswendig. Wenn er die Abkürzung durch das Gewerbegebiet nahm, würde er nur knapp zehn Minuten brauchen. Baby rechnete sich aus, dass er in spätestens einer halben Stunde wieder im Bett liegen könnte. Er hatte den letzten Bewegungsalarm genau abgewartet und wusste, dass in den nächsten dreißig Minuten nichts passieren würde. Wenn er Glück hatte und die Babys sich bewegten, vergrößerte sich das Zeitfenster noch. Er kannte Mama. Sie bekam sofort Panik, sobald sich eines der Kinder eine halbe Stunde lang nicht bewegte. Mama hatte ihm vom plötzlichen Kindstod erzählt, der jeden Säugling treffen konnte. Selbst dann, wenn er völlig gesund war. Aus diesem Grund hatte sie alle Babybetten mit einer Sensormatte ausgestattet, die registrierte, ob sich die Kinder drehten. Sobald der Warnton einsetzte, rannte Mama los, um nach dem Rechten zu sehen. Bisher war nie etwas passiert, und Baby verstand überhaupt nicht, warum Mama sich immer so aufregte. Der Alarm ertönte ständig, sowohl tagsüber als auch nachts, und jedes Mal schreckte sie hoch, als wäre ein Unglück geschehen.

Baby stolperte über einen Stein und unterbrach seine Gedanken. Er musste sich konzentrieren, wenn er nicht erwischt werden wollte. Mama war nicht dumm. Außerdem hatte sich Baby noch nie in der Nacht hinausgeschlichen. Er war so aufgeregt, dass seine Kehle ganz ausgedörrt war. Mit einem Mal hatte er schrecklichen Durst und wünschte sich, er hätte vor seinem Ausflug noch etwas getrunken. Das Gefühl wuchs zu einem unerträglichen Kribbeln an. Baby hustete und versuchte, an seine Mission zu denken. Er hatte Mama versichert, dass er keine Spuren hinterlassen hatte. Wenn sie herausfand, dass er sein Notizbuch mit Namen und Adresse auf dem Parkplatz verloren hatte, wäre sie schrecklich enttäuscht von ihm. Wahrscheinlich würde sie ihn eine ganze Weile lang nicht mehr beachten und hätte dann nur noch Augen für die Säuglinge, denen sie sowieso schon die meiste Zeit schenkte. Baby musste das verhindern. Er war auf dem besten Wege, alles wiedergutzumachen.

Er erreichte einen hohen Drahtzaun und schlüpfte durch ein Loch auf das Gelände einer alten Fabrik. Mama hatte ihm erzählt, dass hier früher Metall gegossen wurde. Baby mochte die alten Gebäude mit ihren geheimnisvollen Gängen und Räumen. Monatelang hatte er das Gelände erkundet und kannte mittlerweile jeden Winkel. Da sich kaum eine Menschenseele in die leer stehenden Fabrikhallen verirrte, durfte er hier ungehindert spielen. Natürlich musste er vorsichtig sein. Es hatte ganz schön lange gedauert, bis er Mama endlich davon überzeugt hatte, dass er alt genug war und alleine auf sich aufpassen konnte. Niemand beobachtete ihn an diesem Ort, und immer wenn er hier war, genoss er die Freiheit außerhalb der Enge seines überfüllten Zuhauses. Baby mochte die Ruhe, die innerhalb der alten Mauern herrschte. Alles wirkte gedämpft. Die dicken Betonwände verschluckten einfach jedes Geräusch. Und ganz abgesehen davon gab es hier weder Babygeschrei noch Geplapper und Mama machte ihm auch keine Vorschriften. An diesem Ort war er sein eigener Herr.

Baby durchquerte das Gelände und gelangte auf den Parkplatz des Supermarktes, der vielleicht dreihundert Meter hinter dem Gewerbegebiet lag. Er blieb stehen und orientierte sich. Irgendwo zwischen den Blumenkübeln hatte er gehockt und die Frau beobachtet, wie sie das kleine Mädchen aus dem Auto gehoben und in einen dunkelroten Kinderwagen gelegt hatte. Als sie sich auf den Weg zum Eingang machte, war er aufgesprungen und ihr gefolgt. Dabei war ihm wahrscheinlich das Büchlein aus der Tasche gerutscht. Baby hoffte inständig, dass er mit seiner Vermutung richtig lag. Er mochte sich nicht ausmalen, was sein würde, wenn er das Buch nicht wiederfand. Eilig hastete er zu den Kübeln und überlegte, an welcher Stelle er gehockt hatte. Mindestens fünfzehn Töpfe standen da in einer Reihe und irgendwie sah in der Dunkelheit alles ganz anders aus. Das flackernde Licht der Laternen machte Baby nervös. Er huschte hinüber und begann in der Mitte der Topfreihe. Er stierte auf den Asphalt: nichts. Baby ging weiter zum nächsten Kübel. Wieder nichts. Er wiederholte den Vorgang. Abermals ohne Erfolg. Hektisch sprang er zum nächsten Topf. Sein Herz hämmerte wie verrückt und er schwitzte an den Händen. Plötzlich bildete er sich ein, dass er nicht genau genug nachgesehen hatte. Also ging er zurück zu dem mittleren Topf und wiederholte die Suche. Das Ergebnis war niederschmetternd. Das Notizbuch war nicht da. Völlig außer Atem hockte er sich auf den Boden und versuchte, sich zu erinnern. Das Buch musste einfach hier irgendwo sein!

Er änderte seine Taktik und fing ganz am Anfang an. Frustriert tastete er mit den Händen über den rauen Asphalt. Er spürte Sandkörner zwischen den Fingern, doch sonst nichts. Aber Baby gab nicht auf. Noch nicht. Er sprang zum nächsten Blumenkübel und stieß dabei mit dem Fuß gegen einen Gegenstand, der über den Boden glitt. Endlich. Da war es! Überglücklich machte er einen Luftsprung. Alles war wieder gut.

»Hey, warte mal!«

Eine Frau brüllte über den Parkplatz. Baby blieb vor Schreck fast das Herz stehen. Entgeistert drehte er sich um. Er hatte geglaubt, dass er alleine war. Wie hatte er diese Frau nur übersehen können? Völlig überstürzt rannte er einfach los. Quer über den Parkplatz und so schnell, wie er konnte. Seine Beine trugen ihn automatisch zurück in die Richtung, aus der er gekommen war. Die Frau kam immer näher. Jeder Schritt klang wie das Donnern einer Kanonenkugel. Baby japste nach Luft und sprintete durch die Dunkelheit. Er musste schneller sein. Als er das Fabrikgelände erreichte, rannte er einfach in das erstbeste Gebäude hinein. Die Frau schrie etwas, doch er achtete nicht darauf. Er musste sich verstecken, und zwar schnell. Auf keinen Fall durfte diese Frau ihn zu fassen kriegen. Dann wäre er geliefert und Mama würde nie wieder auch nur ein einziges Wort mit ihm sprechen.

Er hastete blind durch die Halle. Die Panik durchflutete ihn wie eine heiße Lavawelle und Baby wusste nicht, wohin. Er erklomm eine Metalltreppe, erinnerte sich jedoch daran, dass sie in eine Sackgasse führte. Unter ihm schlug die Tür zu, die fremde Frau rief erneut nach ihm. Völlig kopflos sprang er die Treppe hinab und lief tiefer in die Halle hinein. Beinahe wäre er in eines der Becken gestürzt, bekam jedoch noch rechtzeitig die Kurve. Hinter den Becken befanden sich die Dunkelräume, so nannte Baby sie. Die Wände waren ganz schwarz angestrichen, und wenn man die

Türen schloss, kam nicht ein einziger Lichtschimmer mehr hinein.

Er rannte in den ersten Raum und hockte sich am anderen Ende hin. Er machte sich so klein wie möglich. Vielleicht würde die Fremde ihn hier nicht finden. Babys Atem ging heftig. Er presste sich an die Wand und sperrte die Ohren auf. Zunächst konnte er nichts hören und einen Moment lang atmete er erleichtert durch. Vielleicht war die Frau wieder verschwunden. Doch als er sich gerade aufrichten wollte, rief sie erneut nach ihm. Zu seinem großen Entsetzen schob sie die Tür auf und ein greller Lichtstrahl traf ihn.

Baby sprang auf und flitzte die Treppe zum nächsten Dunkelraum hinunter. Die Frau war jetzt dicht hinter ihm, und er schaffte es gerade noch, den schweren Riegel vor die Tür zu legen.

Er wusste selbst gar nicht mehr, wie ihm dann die Idee gekommen war, seine Verfolgerin loszuwerden. Doch mit einem Mal sah er den Ausweg ganz deutlich vor sich. Er raste durch einen engen Gang, um die nächste Ecke herum, sprang die Stufen einer anderen Treppe hinauf und war blitzschnell wieder am Eingang des ersten Dunkelraums angelangt. Ohne zu zögern, drückte er die Tür zu und schob auch hier den Riegel vor. Dann sank er keuchend auf die Knie. Das war knapp gewesen. Die Frau brüllte und hämmerte von innen gegen die Tür. Baby zitterte. Doch er wusste, dass sie ihm nichts mehr anhaben konnte. Die Türen ließen sich von innen nicht öffnen. Die Frau klopfte immer stärker. Baby war froh, dass er sie eingesperrt hatte. Trotzdem grübelte er, ob er sie einfach dort drin lassen konnte. Ihr Klopfen, ihre Schreie klangen verzweifelt. Doch dann stellte er sich vor, was passiert wäre, wenn sie ihn erwischt hätte. Dieser Gedanke bestärkte ihn. Vielleicht würde er am nächsten Tag vorbeischauen und den Türriegel heimlich öffnen. Die Frau würde es irgendwann bemerken und wäre wieder frei. Aber jetzt musste er nach Hause, zurück in sein Bett, bevor Mama seinen nächtlichen Ausflug bemerkte. Das Notizbuch steckte sicher unter seinen Hosenbund. Er schob es in seine Unterhose, damit es nicht wieder herausrutschen konnte.

Die Frau trommelte immer noch gegen die Tür. Doch Baby kümmerte sich nicht weiter darum. Er rannte aus der Halle und stürmte mit pochendem Herzen nach Hause. Hoffentlich hatte Mama nichts bemerkt.

…

Drei Stunden zuvor

Taylor Field starrte Laura ungläubig hinterher. Zuerst glaubte er, sie würde nur scherzen und jeden Augenblick zurückkehren. Doch Laura meinte es offensichtlich ernst. Sie war mit einer fadenscheinigen Ausrede aus dem Restaurant gestürzt und nun fragte er sich seit fast einer Stunde, warum. Er hatte doch nur ein wenig mehr über sie in Erfahrung bringen wollen. Laura faszinierte ihn. Ihre Unnahbarkeit übte eine völlig unbekannte Anziehungskraft auf ihn aus. Normalerweise kam er bei Frauen gut an. Sobald er mehr wollte, brauchte er nicht viel Überzeugungskraft. Die meisten Frauen flirteten binnen weniger Minuten mit ihm. Doch bei Laura war das völlig anders. Taylor spürte zum ersten Mal eine gewisse Unsicherheit. Er wusste nicht, was Lauras Reaktionen auf ihn zu bedeuten hatten. In einem Augenblick glaubte er, ihr Interesse geweckt zu haben, und schon wenige Sekunden später baute sie eine Mauer vor sich auf, die er nicht einzureißen vermochte. Die einzige Bestätigung, die er bisher erhalten hatte, waren die wütenden Blicke von Max, Lauras Partner, gewesen. Die Eifersucht stand ihm mit roter Farbe ins Gesicht geschrieben und hatte Taylor dazu bewogen, Laura zum Essen einzuladen.

Der erste Abend war prima verlaufen, aber er hatte auch Taylors Zweifel genährt – genau wie sein Verlangen. Laura versteckte sich hinter ihrer professionellen Miene und der hochgeschlossenen Kleidung, in der sie sogar ziemlich bieder wirkte. Normalerweise schreckte Taylor so etwas ab. Er mochte Frauen, die sexy waren und das auch zeigten. Laura war ohne Zweifel sexy. Ihre weichen, vollen Lippen, die blonden Locken und ihre haselnussbraunen, funkelnden Augen hatten ihn vom ersten Augenblick an in ihren Bann gezogen. Aber sie versteckte ihren grandiosen Körper unter zugeknöpften Blusen. Trotzdem waren Taylor ihre festen Apfelbrüste und die langen, schlanken Beine keineswegs entgangen. Ganz im Gegenteil, es reizte ihn, ihr diese Klamotten vom Leib zu reißen. Und an diesem Punkt entpuppte sich genau das nächste Problem, mit dem Laura ihn konfrontierte. Er hatte sie nach Hause gefahren, und er war sich völlig sicher gewesen, dass sie ihn noch hinaufbitten würde. Er konnte sich nicht erinnern, dass es jemals anders gelaufen war. Nach einem solchen Abend hätte ihm normalerweise jede Frau zu Füßen gelegen. Sex war der nächste logische Schritt. Doch Laura war einfach aus seinem Auto gestiegen. In ihren Augen hatte keine Spur einer Aufforderung gestanden, und so hatte er sie nur stumm angeblickt und sich damit abgefunden, dass dieser Abend somit zu Ende war. Die ganze Nacht hatte er sich anschließend herumgewälzt und von ihren Lippen geträumt, die ihn an den unmöglichsten Stellen seines Körpers berührten. Taylor hatte weder in dieser Nacht Ruhe gefunden noch am nächsten Tag. Er musste Laura wiedersehen, soviel stand fest.

Doch jetzt war sie einfach weggelaufen, und er wusste nicht einmal, was er falsch gemacht hatte. Diese Frau stellte ihn vor ein gewaltiges Rätsel. Wie paralysiert saß er nun schon seit einer Stunde an diesem Tisch, und es war völlig klar, dass sie nicht zurückkehren würde. Nachdenklich rieb er über sein Kinn und überlegte, sie anzurufen. Aber er war sich keinesfalls sicher, ob sie überhaupt rangehen würde. Er dachte zum x-ten Mal über seine letzte Frage nach. Er hatte doch nur halb im Scherz gefragt, ob sie ein Geheimnis mit sich herumtrug. Sie hätte nicht einmal antworten müssen. Ein Lächeln als Erwiderung hätte Taylor völlig zufriedengestellt. Verdammt, verfluchte er sich selbst. Er hatte die Sache mit Laura wohl richtig vermasselt. Vielleicht sollte er in Ruhe eine Nacht darüber schlafen und morgen einen neuen Versuch starten. Er winkte dem Kellner und legte ein paar Geldscheine auf den Tisch. Der Mann kam rasch näher und warf ihm einen beinahe mitleidigen Blick zu. Taylor ignorierte ihn und wandte sich dem Ausgang zu. Dabei bemerkte er etwas, das auf Lauras Stuhl lag. Er stoppte und streckte die Hand danach aus.

Laura hatte in ihrer Hast ihr Portemonnaie vergessen. Taylor nahm es erstaunt in die Hand und dann huschte ein Grinsen über sein Gesicht. Er hatte eine Idee, wie er diese Frau schneller wiedersehen würde, als er es vermutet hatte. Taylor öffnete die Geldbörse und fand darin die Ausweiskarte des Landeskriminalamts. Ohne diese Karte würde Laura am nächsten Morgen nicht ins Büro hineinkommen, denn der Ausweis diente gleichzeitig als Türöffner. Es war ein perfekter Grund, sie anzurufen und bei ihr vorbeizufahren. Dass sich sofort Lauras Mailbox meldete, schreckte Taylor nicht ab. Sie würde ihm schon aufmachen, wenn er erst vor ihrer Tür stand. Und auch wenn ihm klar war, dass sie ihn mit Sicherheit nicht hereinbitten würde, so musste sie ihm doch zumindest dankbar sein. Alleine Lauras Lächeln war die ganze Sache wert.

XI

Taylor hatte keine Schwierigkeiten, in das Treppenhaus des alten und riesigen Wohngebäudes zu gelangen. Laura wohnte ganz oben im Penthouse. Sie hatte ihm von ihrem Appartement vorgeschwärmt. Doch jetzt klingelte er seit Minuten Sturm, pochte an ihre Wohnungstür und musste hinnehmen, dass Laura nicht öffnete. Er legte sein Ohr an das Türblatt und lauschte. Es war nichts zu hören, und langsam zweifelte Taylor daran, dass sie überhaupt zu Hause war. Er runzelte die Stirn und schaute auf die Uhr. Warum war sie nicht da? Es war mitten in der Nacht. Taylor versuchte es noch einmal auf ihrem Handy, doch die Mailbox sprang sofort an. Wie angewurzelt verharrte er vor Lauras Wohnungstür und wartete auf ein Lebenszeichen. Doch nichts geschah.

Er klopfte noch einmal energisch an. Gerade als er sich frustriert abwenden wollte, wurde die Tür der Nachbarwohnung aufgerissen.

»Jetzt machen Sie mal nicht so einen Lärm! Sie ist joggen gegangen.« Eine ältere Dame blickte Taylor vorwurfsvoll an. Sie kniff die Augen zusammen und musterte ihn von oben bis unten, als wäre er ein Gewaltverbrecher, vor dem sie sich schützen müsste.

Taylor setzte eine höfliche Miene auf. »Wann ist sie denn losgelaufen?«

Die Alte zuckte mit den Achseln. »Das ist schon eine ganze Weile her. Mindestens vor einer Stunde, und jetzt gehen Sie. Ich brauche meinen Schlaf!« Mit diesen Worten knallte sie die Tür zu und Taylor stand wieder alleine vor Lauras verschlossener Wohnung.

Er überschlug die Zeit, die seit Lauras Verschwinden aus dem Restaurant vergangen war. Ein merkwürdiges Kribbeln breitete sich auf Taylors Haut aus. Irgendetwas stimmte nicht. Er betrachtete Lauras Portemonnaie, als könne er dort die Antwort auf seine Fragen finden. Dann erinnerte er sich daran, wie mitgenommen Laura von der Entführung des zweiten Kindes war, und plötzlich ahnte er, wo sie sein konnte. Natürlich. Das hätte ihm auch eher einfallen können. Laura war wie er selbst, wenn er mitten in einem Fall steckte, der ihn nicht mehr losließ. Was hätte er an ihrer Stelle getan? Er wusste es.

Taylor hastete die Treppenstufen hinunter und sprang in seinen Wagen. Er hatte ein hervorragendes Gedächtnis und konnte sich mühelos an jedes Detail aus Lauras Erzählungen erinnern. Er brauchte keine zwanzig Minuten, bis sein Wagen an dem Supermarkt hielt, aus dem die beiden Babys entführt worden waren.

Taylor schaltete den Motor ab und stieg aus dem Wagen. Der Parkplatz lag verlassen da. Ein paar Krähen konnten offenbar keinen Schlaf finden und krächzten heiser, als Taylor unter ein paar Bäumen entlangschlich. Er umkreiste den Supermarkt, in der Hoffnung, auf Laura zu stoßen. Doch er war – von den schwarzen Krähenvögeln einmal abgesehen – das einzige Lebewesen, das sich zu dieser Uhrzeit hier draußen aufhielt. Die aufkeimende Sorge um Laura ließ Taylor frösteln. Abermals rief er Lauras Nummer an und hatte wieder nur ihre Mailbox in der Leitung. Ein unerklärliches Gefühl sagte ihm, dass Laura in Gefahr war. Was, wenn die Entführerbande Laura überwältigt hatte? Vielleicht hatte Laura sie bei der Planung einer neuen Geiselnahme überrascht?

Verdammt, wo steckte sie nur. Taylor blickte sich in der Dunkelheit um und rannte ein paar Schritte weiter um den Supermarkt. Wo wäre er an Lauras Stelle hingelaufen? Seine Füße trugen ihn um die ganze Halle bis zu einer unscheinbaren Nebenstraße. Taylor sah sich um und versuchte, irgendein Lebenszeichen von Laura ausfindig zu machen. Dann trat er mit dem Fuß auf einen Gegenstand, der knirschend unter seinem Gewicht zerbarst. Taylor blieb stehen, zog eine kleine Taschenlampe aus seiner Hosentasche und untersuchte stirnrunzelnd das Objekt. Er selbst besaß auch eine solche LED-Lampe, die er in der Dämmerung zum Joggen benutzte. Nur dass die Lampe in seiner Hand an einem lilafarbenen Gummiband befestigt war. Taylors Befürchtungen verstärkten sich ins Unermessliche, als ihm klar wurde, dass er vermutlich Lauras Jogginglampe in der Hand hielt. Sein Puls schoss in die Höhe und sein Verstand arbeitete auf Hochtouren. Er lief instinktiv weiter und gelangte an eine alte Fabrikhalle, die bedrohlich in den schwarzen Nachthimmel Berlins ragte. Taylor folgte der Straße und lief an dem Gebäude vorbei. Als er sich ungefähr fünfzig Meter entfernt hatte, knallte ein Pistolenschuss durch die Nacht. Auf der Stelle erstarrte er. Laura! Das war der einzige Gedanke, der ihn ausfüllte, als er sich umdrehte und mit gewaltigem Tempo auf das Fabrikgebäude zustürmte. Er riss eine Tür auf und stürzte hinein, während die Angst in seinem Herzen ihn beinahe auffraß. Hoffentlich kam er nicht zu spät.

…

Laura schwitzte. Die schwarzen Wände engten sie unerträglich ein, und das trotz der Helligkeit von ihrem Smartphone. Sie wusste, dass das Licht den Akku auffraß und sie bald im Dunkeln sitzen würde. Aber das war ihr im Augenblick egal. Seit sie hier festsaß, versuchte sie ununterbrochen, einen Ausweg aus diesem Raum zu finden. Die Schüsse auf das Türschloss hatten überhaupt nichts gebracht. Das war auch nicht weiter verwunderlich. Solche Tricks funktionierten nur im Fernsehen. Wenn sie die Tür mit ihrer Waffe aufbekommen wollte, dann brauchte sie mindestens zwanzig Schuss, und so viel gab ihr Magazin nicht her. Sie hatte nur noch eine einzige Kugel, und die war so nutzlos wie eine Gabel, wenn man Suppe löffeln wollte.

Laura hatte jede Wand abgeklopft, den dreckigen Boden und jede Ritze untersucht, die sie in ihrem kleinen Gefängnis ausmachen konnte. Selbst die niedrige Decke hatte sie abgetastet, in der Hoffnung, ein Loch oder irgendetwas zu finden, das ihr half, auszubrechen. Im gesamten Raum gab es keinen einzigen Flecken, an dem ihr Handy Empfang hatte. Ihre Lage war völlig aussichtslos. Wenn dieser verdammte Junge nicht zurückkam und die Tür öffnete, konnte sie nur noch auf ein Wunder hoffen. Max würde ganz sicher am nächsten Morgen nach ihr suchen. Wenn sie bis neun nicht auftauchte, würde er Himmel und Hölle in Bewegung setzen, um sie zu finden. Dumm nur, dass er keine Ahnung haben konnte, wo er überhaupt suchen musste. Abermals verfluchte sie ihre Dummheit. Sie hatte sämtliche Vorsichtsmaßnahmen außer Acht gelassen, weil sie ja nur ein Kind verfolgt hatte. Nicht im Traum wäre ihr in den Sinn gekommen, dass von diesem Jungen eine Bedrohung ausging. Wäre Laura auf dem Parkplatz auf einen Erwachsenen gestoßen, hätte sie sofort Alarm geschlagen und Verstärkung gerufen. Aber den Jungen hatte sie völlig unterschätzt. Jetzt saß sie in einem winzigen Raum mit niedriger Decke und schwarz angestrichenen Wänden fest und musste darauf hoffen, dass irgendjemand sie zufällig hier fand.

Frustriert betrachtete sie den Schaden, den ihre Dienstwaffe an der Eisentür angerichtet hatte. Die Einschusslöcher waren nicht zu übersehen. Sie hatten das Türblatt und auch den Rahmen durchschlagen, ohne jedoch die Tür aus der Verankerung zu lösen oder das Schloss ernsthaft zu beschädigen. Dabei hatte sie extra auf den Türriegel gezielt. Aus Schießübungen wusste sie, dass das die einzige Möglichkeit war, die Tür aufzubekommen. Normalerweise sprengten Sondereinsatzkommandos verriegelte Türen. Es gab extra Sprengsätze, die direkt auf dem Schloss angebracht wurden und genügend Durchschlagskraft besaßen, um es zu zerstören. Bei ihrer Neun-Millimeter-Dienstwaffe war das leider nicht der Fall. Laura seufzte und trat wütend gegen die Tür. Das Metall dröhnte beim Aufprall ihrer Fußsohle und Laura sah noch einmal genauer hin. Sie hatte bisher versucht, das Schloss von der Seite des Türrahmens aus zu zerstören. Vielleicht sollte sie es von der anderen Seite probieren. Immerhin klaffte dort ein etwa drei Zentimeter großes Loch. Zwar war diese Vorgehensweise unüblich und Laura musste sich vor der abprallenden Kugel in Acht nehmen, doch in Anbetracht ihrer aussichtslosen Lage konnte ein Versuch nicht schaden.

Sie trat einen Schritt zurück und zielte. Krach. Die Kugel schlug mit ohrenbetäubendem Lärm ein, der heftig in Lauras Gehörgängen stach. Sie legte die Waffe ab und presste die Hände auf die Ohren, bis das Stechen ein wenig nachließ. Dann begutachtete sie ihr Werk und fluchte. Der Schuss hatte überhaupt nichts bewirkt. Die Tür saß fest in den Angeln und bewegte sich nicht einen Millimeter. Laura machte ihrer Verzweiflung lauthals Luft, doch sie hielt abrupt inne, als sie ein Geräusch vernahm. Jemand war in der Halle und rief laut ihren Namen.

»Laura, wo bist du?«

Ungläubig lauschte sie und fragte sich für einen winzigen Moment, ob sie bereits halluzinierte.

»Hier unten«, krächzte sie dann und trommelte gegen die Eisentür. Jemand näherte sich mit kräftigen Schritten und stieg die Stufen zu Lauras Gefängnis hinab. Dann hörte sie, wie der Riegel entfernt wurde. Die Tür flog auf, ein schmaler Lichtstrahl blendete sie und Taylor Field stürmte mit seiner kraftvollen

Erscheinung auf Laura zu. Noch ehe sie es sich versah, schloss er sie in seine Arme.

»Geht es dir gut?«, fragte er atemlos.

Laura verschlug es glatt die Sprache. Eine Welle von Dankbarkeit breitete sich warm in ihr aus und für eine Sekunde schmiegte sie sich an ihren Retter. Wie hatte nur ausgerechnet Taylor sie gefunden?

Taylor schob sie ein wenig von sich und betrachtete sie prüfend.

»Ich habe einen Schuss gehört«, sagte er, ohne seinen Analyseblick von ihr zu nehmen.

»Ich habe versucht, die Tür aufzuschießen«, erklärte Laura. Als sie Taylors Augenbrauen in die Höhe schießen sah, fügte sie schnell hinzu: »Ich habe einfach keine andere Möglichkeit mehr gesehen.«

»Bloß gut, dass dich kein Querschläger erwischt hat«, murmelte Taylor, und Laura stellte erstaunt fest, dass kein Vorwurf in seiner Stimme lag, sondern Sorge.

»Wie hast du mich überhaupt gefunden?«, fragte sie, weiterhin angespannt.

Taylor zog ihre Geldbörse aus der Hosentasche und hielt sie Laura vor die Nase. »Die hier hast du im Restaurant liegen lassen und das hier …« Er kramte in seinen Taschen und zerrte Lauras Joggingleuchte hervor. »Das hier habe ich oben gefunden.«

»Aber woher wusstest du denn, dass ich zum Supermarkt gelaufen bin?« Laura konnte noch immer nicht glauben, dass Taylor tatsächlich vor ihr stand. Sie hatte sich schon damit abgefunden, für längere Zeit in diesem dunklen Raum ausharren zu müssen.

»Ich habe überlegt, wohin ich gehen würde, wenn

mich ein Fall nicht loslässt, und als du zu Hause nicht aufgemacht hast, war mir irgendwann klar, wo du steckst.« Ein zufriedenes Grinsen huschte über Taylors Gesicht. Dann wurde seine Miene wieder ernst.

»Was hast du hier ganz alleine mitten in der Nacht gemacht, Laura? Wie bist du hier hineingeraten?«

Laura seufzte. Diese Erklärung schuldete sie ihm.

»Ich bin einem Kind hinterhergerannt und der kleine Mistkerl hat mich in die Falle gelockt.«

Laura sah, wie es hinter Taylors Stirn arbeitete.

»Der Junge, der das Baby entführt hat?«, fragte er schließlich.

Laura nickte. »Ich bin mir nicht sicher, aber es könnte sein.«

»Dann sollte dein Team morgen das ganze Gewerbegebiet durchkämmen. Ich hatte in dieser Gegend schon cinmal zu tun und weiß, dass hier ein Wohngebiet angrenzt. Vielleicht findest du dort den Jungen und mit ein wenig Glück auch die Entführerin.«

Laura war beeindruckt von Taylors Idee. Genau dasselbe hätte sie auch vorgeschlagen, wobei sie das Wohngebiet nicht kannte. Doch sie ließ sich nichts anmerken und nickte nur stumm. In ihrem Kopf hämmerte ein stechender Schmerz. Die Aufregung und die Hitze in Kombination mit der stickigen Luft in der Fabrikhalle waren schuld daran.

»Ich muss dringend an die frische Luft«, hauchte sie.

Taylor führte sie hinaus. Dankbar sog Laura den frischen Sauerstoff in ihre Lungen. Bald brach ein neuer Tag an, und jetzt, wo sie die Freiheit wiedererlangt hatte, war sie plötzlich voller Tatendrang. Sie würde diesen Jungen finden und dann konnte der was erleben!

…

»Verdammt, Kern. Was haben Sie sich nur dabei gedacht?« Joachim Becksteins Stimme überschlug sich nahezu und aus seinen Augen sprach der blanke Vorwurf. »Wie soll ich das der Innensenatorin beibringen?« Er donnerte mit der Faust auf den Schreibtisch, doch Laura nahm es gelassen. Sie wusste, dass sein Wutausbruch gleich wieder abebben würde.

Doch noch war es nicht so weit. Becksteins ohnehin schon knallrotes Gesicht wurde noch eine Spur dunkler.

»Soll ich Marion Schnitzer etwa sagen, dass Sie ohne Erlaubnis in Nussbaums Villa herumgeschnüffelt haben und sich dann zu allem Überfluss auch noch selbst in Gefahr gebracht haben, weil Sie unsere Regeln einfach ignorieren? Wie konnten Sie nur ohne Verstärkung mitten in der Nacht einen Verdächtigen auf unbekanntem Terrain verfolgen. Verdammt, Kern. Sie hätten doch wenigstens ihren Partner involvieren müssen.«

Max zuckte bei der Erwähnung seiner Person zusammen. Obwohl er im Gegensatz zu Laura tatsächlich ein wenig Angst vor Becksteins cholerischen Ausbrüchen hatte, nahm er Laura in Schutz.

»Es war vermutlich meine Schuld. Ich musste nach Hause zu meiner Frau. Sie ist schwanger, es war schon spät und zurzeit geht es Ihr nicht besonders gut.«

»Und da lassen Sie ihre Partnerin im Stich?« Becksteins Wut richtete sich jetzt einzig und allein auf Max, der den Blick schuldbewusst senkte.

»Ich dachte, sie würde nach Hause gehen«, brummte Max leise und räusperte sich. »Es wird nicht wieder vorkommen.«

»Das will ich hoffen. Wenn Taylor Field nicht gewesen wäre, hätten wir womöglich jetzt eine Ermittlerin weniger.« Becksteins Augen ruhten wieder auf Laura, doch die Wut aus ihnen war verschwunden. Der Leiter des Dezernats für Tötungsdelikte und Entführungen setzte sich seufzend auf seinen Drehstuhl.

»Sie beide sind meine besten Ermittler, aber irgendwie habe ich nur Ärger mit Ihnen.« Er scrollte erneut über die Bilder auf Lauras Smartphone und schüttelte den Kopf.

Laura hatte die Karten auf den Tisch gelegt und Beckstein die Fotos von Henris Kinderwagen, den sie in Nussbaums Villa entdeckt hatte, gezeigt. Sie brauchte die Unterstützung ihres Chefs, wenn sie eine großflächige Suchaktion auf die Beine stellen wollte. Das konnte sie nicht auf eigene Faust erledigen. Sie benötigte ein großes Team und auch die notwendige Technik. Also hatte sie sich dazu entschlossen, Beckstein in die Machenschaften von Nussbaum und seinem Sicherheitschef einzuweihen. Ebenso hatte sie ihm gestanden, dass sie die Villa der Familie auf eigene Faust überwachen ließ – bisher allerdings ohne jedes

Ergebnis. Im Anschluss hatte Laura von ihrer nächtlichen Verfolgungsjagd nach dem Jungen berichtet und dabei auch zugegeben, dass sie in eine Falle getappt war. Nur mit all diesen Informationen zusammen, die jede für sich ein wichtiges Puzzleteilchen im Gesamtbild darstellten, konnte sie Beckstein dazu bewegen, eine groß angelegte Suchaktion zu starten. Dass ihr Vorgesetzter über Lauras Alleingänge nicht erfreut sein würde, war ihr klar gewesen. Aber diese bittere Pille musste sie nun schlucken.

Laura hatte in der letzten Nacht noch über eine Stunde mit Taylor über die beste Lösung gegrübelt, und auch er war zu dem Schluss gekommen, dass Laura die Karten auf den Tisch legen musste.

»Glauben Sie denn, dass Nussbaum selbst etwas mit der Entführung seines Sohnes zu tun hat?« Becksteins schneidende Stimme holte Laura zurück in die Gegenwart.

Sie zog die Stirn kraus. »Ich weiß es nicht. Vielleicht hat er die Entführung selbst inszeniert und dann ist vielleicht irgendetwas schief gegangen. Die Entführung des kleinen Mädchens spricht eher gegen eine Beteiligung von Nussbaum. Zumindest fällt mir kein Motiv ein.«

Max stimmte Laura zu. »Ja, und außerdem scheint es keine Verbindung zwischen den Entführungsopfern zu geben. Sie stammen aus völlig unterschiedlichen gesellschaftlichen Verhältnissen. Sie wurden weder im selben Krankenhaus geboren noch kannten sich die Eltern in irgendeiner Weise. Die einzige Gemeinsamkeit ist der Supermarkt, in dem die Kinder entführt wurden. Da Sophie Nussbaum im Gegensatz zur Mutter von Emma zum ersten Mal in diesem Markt eingekauft hat, scheint die Auswahl der Opfer einem gewissen Zufall zu unterliegen.«

Joachim Beckstein kratzte sich nachdenklich am Kinn. »Womöglich haben Sie recht mit ihrer Suchaktion. Dieser Supermarkt ist die einzige Verbindung. Die Entführer haben sich nach der missglückten Geldübergabe nie wieder gemeldet. Ich gehe davon aus, dass es sich bei den Erpressern um Trittbrettfahrer handelt, die den Jungen nie in ihrer Gewalt hatten und einfach nur auf das Geld aus waren.«

Damit lag Beckstein vermutlich richtig. Die Erpresser hatten nichts mehr von sich hören lassen. Stattdessen war ein weiteres Kind verschwunden. Diesmal hatte die Polizei mit Unterstützung der Innensenatorin gründlich dafür gesorgt, dass die Presse keinen Wind davon bekam. Für die kleine Emma wurde bisher kein Lösegeld gefordert. Vieles sprach dafür, dass der Erpresseranruf im Fall von Henri Nussbaum tatsächlich von Kriminellen getätigt wurde, die ihre Details aus der Presse hatten und die Situation ausschlachten wollten. Ging man davon aus, dass beide Kinder von denselben Tätern gekidnappt worden waren, dann hätte es auch für Emma eine Lösegeldforderung geben müssen.

»Also gut. Ich genehmige Ihnen die Suchaktion.« Beckstein griff nach dem Telefonhörer, hielt dann jedoch inne. »Ich möchte trotzdem, dass Sie den Geschäftsführer dieser Sicherheitsfirma zu einer Befragung vorladen. Er hat unsere Ermittlungen erheblich behindert.«

»Muss das sein? Er hat mir doch am Ende die Informationen gegeben und außerdem habe ich ihm Vertraulichkeit zugesichert«, warf Laura ein.

Beckstein zuckte mit den Schultern. »Aus unserer Dienststelle wird sicherlich nichts an die Öffentlichkeit dringen. Hier geht es um das Leben zweier Kinder. Ich will sichergehen, dass er uns nicht noch mehr verheimlicht. Die Befragung wird deshalb von zwei Beamten durchgeführt. Und für Nussbaum gilt dasselbe, sobald er aus dem Koma aufwacht.«

Laura starrte Beckstein an und protestierte. »Johann Völder wurde gefeuert. Er verliert seine Abfindung, wenn er sich nicht an die Verschwiegenheitsvereinbarung hält. Der Mann hat Familie.«

Sie konnte die Aussichtslosigkeit ihres Einwandes in Becksteins Augen sehen, schon bevor dieser zu einer Antwort anhob.

»Geld ist nicht alles im Leben. Der Mann ist schließlich Geschäftsführer und wird schon durchkommen. Wir haben wahnsinnig viel Zeit durch sein Schweigen verloren. Wer weiß, vielleicht hätten wir zu einem früheren Zeitpunkt den Peilsender in Henri Nussbaums Kleidung reaktivieren können. Vielleicht wäre er dann schon längst wieder zu Hause und der kleinen Emma hätte die ganze Entführung erspart werden können. Ja. Es muss sein.« Beckstein ballte die Faust. »Ich kann Ihre Argumente zwar nachvollziehen, Kern. Aber meine Entscheidung ist unumstößlich. Der Mann hätte uns sofort informieren müssen. So etwas kann ich nicht dulden.«

Laura schwieg zerknirscht. Sie wusste, dass Beckstein im Grunde recht hatte. Auf der anderen Seite hatte sie Völder ihr Wort gegeben und das brach sie nur äußerst ungern. Doch am Ende spielte das alles keine wirkliche Rolle. Es ging um das Leben dieser beiden Kinder, und sie hatten schon viel zu viel Zeit damit verloren, falschen Spuren hinterherzujagen.

»Lassen Sie den Kinderwagen aus der Villa von Nussbaum von der Spurensicherung untersuchen. Vielleicht finden die etwas. Und jetzt legen Sie schon los. Ich will endlich Ergebnisse.« Beckstein nahm den Telefonhörer in die rechte Hand und winkte Laura und Max mit der linken unmissverständlich aus seinem Büro.

...

»Verdammt, Laura. Warum hast du mich nicht einfach angerufen?«, wollte Max wissen, als sie im Dienstwagen saßen und unterwegs zum Supermarkt waren. Er wirkte gekränkt.

»Ich weiß es nicht. Wahrscheinlich wollte ich dir keinen neuen Ärger mit deiner Frau einbrocken«, erwiderte Laura ein wenig halbherzig. Sie hatte im Augenblick wirklich keine Lust, dass noch weiter auf ihren Fehlern herumgeritten wurde. Ja, sie hätte diesen Jungen nicht im Alleingang verfolgen dürfen, und richtig, die Sache hätte verdammt schiefgehen können. War sie aber nicht. Taylor hatte Laura schließlich rechtzeitig gefunden.

»Und dass dann noch ausgerechnet Taylor Field auftaucht, kann ich mir überhaupt nicht erklären«, brummte Max und bog auf den Parkplatz des Supermarktes ein.

»Woher wusste er denn überhaupt, wo du mitten in der Nacht warst?«, bohrte Max weiter und parkte das Auto unmittelbar von dem Eingang.

»Wir waren noch etwas essen und ich hatte mein Portemonnaie vergessen«, antwortete Laura und versuchte, möglichst unbeteiligt zu klingen.

»Was? Ihr wart zusammen essen?«

Lauras Plan war nicht aufgegangen. Max hatte den Motor ausgeschaltet, machte jedoch keine Anstalten, auszusteigen. Stattdessen hatte er sich zu ihr gedreht und sah sie durchdringend an.

»Na ja, es war schon spät und ich hatte Hunger«, erklärte Laura und öffnete die Wagentür. Sie hatte nicht vor, mit Max über Taylor Field zu sprechen. Sie wusste ja bereits, dass ihr Partner diesen Mann nicht ausstehen konnte. Bevor er sie weiter mit Fragen löcherte, trat sie die Flucht an, stieg aus und warf die Tür hinter sich zu.

»Jetzt warte doch mal, Laura.« Max sprang aus dem Wagen und knallte die Tür zu. Dann holte er eilig zu ihr auf. »Was läuft denn da zwischen dir und diesem Typen?«, fragte er, ohne seine Missbilligung zu verbergen.

Laura reichte es. Sie blieb stehen und funkelte Max wütend an. »Was interessiert dich das denn überhaupt? Du hast doch nichts anderes mehr im Kopf als deine schwangere Frau. Taylor ist wenigstens für mich da.« Ihre Stimme klang viel härter, als sie es geplant hatte.

Max' Gesicht lief dunkelrot an. Er öffnete den Mund zu einer Antwort, doch es kam kein Wort heraus. Stattdessen schüttelte er langsam den Kopf. Erst nach einer Weile sagte er: »Mensch Laura, ich hab es nicht so gemeint. Ich habe doch versucht, für dich da zu sein. Am Ende bin ich einfach nur froh, dass dir nichts passiert ist.«

Lauras Wut verrauchte bei Max' Worten. Sie wusste ja, dass er recht hatte. Nur die Sache mit Taylor ging ihn wirklich nichts an. Sie hatte ja selbst keine Ahnung, was da zwischen ihr und Field passierte.

»Schon gut. Lass uns das Gebiet durchsuchen. Ich zeige dir die Fabrikhalle, in der ich eingesperrt war.« Sie wollte sich umdrehen und in die genannte Richtung laufen, doch Max hielt sie ab.

»Laura, versprich mir wenigstens, dass du mich das nächste Mal anrufst. Auch wenn du nur ein Kind verfolgst.«

»Okay, versprochen.« Sie rollte mit den Augen und knuffte Max in die Seite. Dann folgte sie einem plötzlichen Impuls und umarmte ihn kurz. »Ich weiß, dass es nicht besonders schlau von mir war«, flüsterte sie heiser und erntete ein versöhnliches Lächeln von Max.

Auf dem Gelände vor der Fabrikhalle parkten mehrere Einsatzwagen. Laura hatte alle Hände voll zu tun, die Polizisten zu instruieren und zu koordinieren. Sie bildete mehrere Gruppen, die das Umfeld des Gewerbegebietes, das Innere der Hallen und das angrenzende Wohngebiet durchkämmen sollten. Sie selbst gesellte sich mit Max zu den Kollegen, die für die Wohnblocks verantwortlich waren. In mehreren Polizei-Einsatzwagen fuhren sie zu dem Wohngebiet vor und teilten sich in mehrere Teams auf. Mombergs Sondierungstruppe hatte in kürzester Zeit ganze Arbeit geleistet und bereits Listen mit den Anwohnern zusammengestellt. Des Weiteren lagen ihnen Luftaufnahmen des Gebietes vor, und während Laura mit ihrem Team die Befragung der Bewohner vornehmen würde, werteten Analysten des Rechercheteams die Kameraaufnahmen einer Tankstelle und mehrerer Ampeln aus, die sich in unmittelbarer Nähe befanden. Vielleicht konnten sie schon auf diesen Aufnahmen den Jungen identifizieren und ihm so auf die Schliche kommen. Zwar war Laura sich keinesfalls sicher, ob sie in der letzten Nacht tatsächlich dem Jungen, der die kleine Emma entführt hatte, gefolgt war. Aber ihr untrüglicher Jagdinstinkt lenkte sie trotzdem unaufhörlich in diese Richtung. Laura folgte ihrem sechsten Sinn, der seit ihrer eigenen Entführung besonders stark ausgeprägt war. Ihr Gespür für das Verborgene hatte ihr damals einen Ausweg aus einer tödlichen Lage gezeigt und seitdem konnte sie das Böse auch dann spüren, wenn es sich mit einer netten Maskerade tarnte.

Vor ihnen lag ein mittelgroßes Gebiet, das drei große Wohnblocks und verstreut liegende Einfamilienhäuser umfasste. Laura legte die Priorität zunächst auf Familien mit Kindern. Der erste Häuserblock beherbergte mehrere infrage kommende Bewohner. Jeder Polizist des Suchtrupps war mit dem Phantombild der

Entführerin von Henri Nussbaum sowie dem Bild des Jungen ausgestattet, um die Befragung so effektiv wie möglich zu gestalten. Laura und Max begannen mit dem ersten Hausaufgang, der zu zehn Wohnparteien führte. Gleich im Erdgeschoss drückte Laura auf die Klingel und eine junge, blonde Frau öffnete überrascht.

»Guten Tag, mein Name ist Laura Kern und das ist mein Partner Max Hartung. Wir ermitteln in einem Entführungsfall und möchten Ihnen ein paar Fragen stellen.«

Die Frau riss erschrocken die Augen auf. Laura zeigte ihr die Bilder der Entführerin und des Jungen. »Haben Sie diese Personen schon einmal gesehen?«

Die Befragte sah sich die Bilder gründlich an. Dann antwortete sie: »Nein, tut mir leid. Die habe ich noch nie gesehen. In diesem Wohnblock wohnen sie auf keinen Fall. Ich lebe hier schon seit drei Jahren und kenne die Nachbarn eigentlich recht gut.«

Laura ließ sich von der Bewohnerin zur Sicherheit noch Fotos ihrer beiden Söhne zeigen. Sie waren vielleicht vier und sechs Jahre alt und passten auch äußerlich überhaupt nicht zu dem gesuchten Jungen. Sie waren strohblond und blauäugig, während Laura einen Zehnjährigen mit braunen Haaren und dunklen Augen suchte. Sie dankte der Frau und verabschiedete sich. Max klingelte bereits bei der nächsten Familie im selben Hausaufgang. Es war eine zermürbende und vollkommen frustrierende Arbeit. Keiner der bisher befragten Anwohner kannte die gesuchten Personen. Langsam keimten Zweifel in Laura auf. Möglicherweise hatte ihr Instinkt sie am Ende doch getäuscht und der Junge stammte gar nicht aus der näheren Umgebung. Ein Zehnjähriger konnte große Strecken zurücklegen. Es war genauso gut möglich, dass er aus einem entfernteren Stadtteil Berlins stammte. Trotzdem quälten Laura und Max sich von Wohnung zu Wohnung. Jedes Mal nahm die Stimmung ein wenig ab, wenn sie wieder einmal erfolglos ihre Bilder zeigten und nichts als Achselzucken oder mitleidige Blicke ernteten. Es dauerte eine gefühlte Ewigkeit, bis die Befragung der Mieter aus den Häuserblocks abgeschlossen war. Sie hatten neben den Familien auch noch alle anderen Bewohner befragt, in der Hoffnung, die Gesuchten zu finden. Jetzt waren nur noch die Einfamilienhäuser übrig, die jedoch bis auf einige Ausnahmen nicht von Familien bewohnt wurden.

Laura schöpfte wieder Hoffnung und klingelte an dem etwas abgelegenen Haus, das hinter hohen Bäumen und Gestrüpp verborgen lag. Als niemand öffnete, versuchte sie es noch einmal.

»Scheint niemand da zu sein«, murmelte Max, den allmählich der Mut verließ.

Laura klingelte ein weiteres Mal und endlich hörte sie Schritte hinter der Tür. Eine Frau in einem Bademantel öffnete und beäugte sie kritisch. Laura stellte sich und Max vor und zeigte der Frau die Bilder. Wieder hatten sie kein Glück, denn die Befragte schüttelte sofort den Kopf.

»Die kenne ich nicht. Aber versuchen Sie es doch einmal am Ende der Straße. Dort wohnt eine Frau mit einer Horde von Pflegekindern.« Sie rollte mit den

Augen und fügte flüsternd hinzu: »Die ist nicht ganz dicht, wissen Sie. Aber das Jugendamt gibt ihr ständig neue Bälger. Ich habe keine Ahnung, wo das Amt die vielen Kinder herbekommt. Jedenfalls bin ich froh, dass ich das Geplärre nicht die ganze Zeit hören muss.«

Sie bedankten sich für die Auskunft der Frau und liefen zum nächsten Gebäude. Es war das vorletzte Haus in der Straße.

»Merkwürdig. Auf meiner Liste sind für die letzten beiden Häuser keine Kinder notiert«, brummte Max.

»Das ist ja auch richtig. Wenn es Pflegekinder sind, dann sind sie hier nicht registriert. Jedenfalls nicht mit dem Hauptwohnsitz.«

Sie erreichten das nächste Grundstück und klingelten, doch diesmal öffnete niemand.

»Verdammt, Laura, ich befürchte, wir haben den ganzen Wirbel umsonst veranstaltet«, jammerte Max. »Ich frage jetzt mal bei den anderen Teams nach, ob die etwas gefunden haben.« Er griff nach seinem Handy und telefonierte. Laura klingelte unterdessen noch ein paar Mal und warf einen Blick durch die Fenster. Tatsächlich schien niemand zu Hause zu sein. Seufzend notierte sie den Namen und die Adresse. Sie würden später noch einmal vorbeischauen müssen.

Dann ging sie die Straße weiter hinunter auf das Haus zu, in dem die Frau mit den Pflegekindern wohnen sollte. Der Vorgarten wirkte ungepflegt und ließ keine Rückschlüsse auf die Anwesenheit von Kindern zu. Nirgends war auch nur ein einziges Spielzeug zu sehen, von einer Schaukel oder Rutsche ganz zu schweigen. Aber vielleicht befanden sich solche Sachen auch hinter dem Haus. Dort vermutete Laura einen großen Garten. Da sie auf Anhieb keinen Zugang zum hinteren Teil des Grundstücks entdeckte, das von einem hohen Bretterzaun umgeben war, warf sie einen Blick auf die Satellitenaufnahme des Grundstückes und sah ihre Annahme bestätigt. Der rückwärtige Teil des Gartens war riesig. Sie klingelte und wartete auf ein Lebenszeichen aus dem Inneren des Hauses, doch auch hier öffnete niemand. Max telefonierte noch immer und stand ein paar Meter entfernt, lässig an den Gartenzaun gelehnt. Laura versuchte es erneut, ahnte jedoch, dass es vergeblich war. Sie fluchte lauthals und machte sich eine Notiz.

»Nichts«, schimpfte Max. »Weder die anderen Teams noch die Spurensicherung haben etwas Brauchbares herausgefunden. Ich habe auch noch mal im Revier nachgefragt, ob eine Lösegeldforderung eingegangen ist. Fehlanzeige. Die Sache ist total verhext. Es kann doch nicht sein, dass diese beiden Kinder wie vom Erdboden verschluckt sind.«

»Haben sie denn wenigstens Fingerabdrücke an den Türen in der Fabrikhalle gefunden?«, fragte Laura resigniert.

»Ja, unglücklicherweise aber ohne Match mit der Datenbank. Der Junge ist ein unbeschriebenes Blatt«, erwiderte Max. »Lass uns die Sache hier abblasen. Wir müssen noch einmal von vorne anfangen. Vielleicht sollten wir bei Nussbaum ansetzen, der hat zumindest etwas zu verbergen.«

»Aber die Entführung der kleinen Emma passt einfach nicht ins Bild«, entgegnete Laura. Allerdings hatte sie auch keinen besseren Vorschlag. Sie war sich so sicher gewesen, den Jungen in diesem Wohngebiet ausfindig zu machen. Ihr Kopf war jetzt vollkommen leer. Ein schaler Geschmack hatte sich in ihrem Mund ausgebreitet und Laura fühlte sich urplötzlich hilflos. Was zum Teufel hatte sie nur übersehen? Sie rief sich das Bild des Jungen ins Gedächtnis. Das Gesicht hatte sie sich deutlich eingeprägt. Lag sie so sehr daneben? Es war zu schade, dass sie in der letzten Nacht nicht schnell genug gewesen war und der Junge ihr entwischen konnte. Hätte sie nur einen Blick in sein Gesicht werfen können, dann wäre sie jetzt schlauer. Es musste eine Verbindung zwischen diesen beiden Entführungen geben, und irgendwie glaubte Laura, dass der Junge der Schlüssel war.

Die Gedanken in Lauras Kopf kreisten unaufhörlich. Sie schloss die Augen und konzentrierte sich auf die Bilder, die verwaschen an die Oberfläche ihres Bewusstseins drangen, und ihr irgendetwas mitteilen wollten. Etwas, dass sie einfach nicht greifen konnte. Laura stand still da und konzentrierte sich. Es dauerte eine Weile und dann endlich nahm eines der Bilder in ihrem Kopf Konturen an. Glasklar sah sie den Jungen vor sich. Doch diesmal schob er nicht den dunkelroten Kinderwagen der kleinen Emma. Stattdessen huschte er eilig durch den Kassenbereich des Supermarktes. Der Junge hob den Kopf für den Bruchteil einer Sekunde und starrte direkt in die Kamera. Endlich erinnerte Laura sich daran, woher sie diesen Jungen kannte.

»Mir ist es wieder eingefallen«, rief sie atemlos.

»Was?«

»Der Junge war schon auf der ersten Videoaufnahme zu sehen. Er war im Supermarkt, als Henri Nussbaum entführt wurde.«

...

Sie entdeckte die Polizeiwagen schon von Weitem. Die blauen Blinklichter auf den Autodächern waren auch nicht zu übersehen. Mit einem unguten Gefühl in der Magengegend drehte sie sofort um. Sie trat auf die Bremse und wendete das Auto. Dann blickte sie eine Zeit lang in den Rückspiegel. Niemand schien sie registriert zu haben. Das war auch gut so. Ihre Bluse hatte ein paar Flecken abbekommen. Zwar passte das Rot prima zu dem bunten Blumenmuster, aber das Blut musste verschwinden, und zwar schnell. Sie überlegte, die Bluse einfach abzustreifen und in die nächstbeste Mülltonne zu werfen. Doch sie hatte kein Ersatzoberteil dabei. Nur im BH würde sie eine Menge Aufmerksamkeit erregen. Wahrscheinlich würde die dumme Kuh aus dem Haus gleich am Anfang der Zufahrtsstraße sie sofort entdecken und dann womöglich brühwarm das Jugendamt informieren. Solche Zwischenfälle konnte sie überhaupt nicht gebrauchen.

Außerdem sollte Baby auch nichts mitbekommen. Der Junge würde einen Riesenschreck kriegen und dann zu allem Übel mit Tausenden Fragen nerven.

Baby war nicht dumm, und es war besser, wenn er nicht alles wusste, was sie tat. Natürlich war es notwendig gewesen. Sie drehte den Kopf und begutachtete den kleinen Kerl, der friedlich in der Babyschale schlief. Er war so süß, dass ihr das Herz überging. Seine weichen Lippen waren leicht geöffnet. Ein zartes Rosa überzog seine Wangen und der Babyflaum auf dem Kopf war einfach hinreißend. Sie hatte sich vom ersten Augenblick an in den Jungen verliebt. Und dieses Kind hatte es verdient, bei ihr aufzuwachsen. Sie würde ein wachsames Auge auf den Kleinen haben und ihn über die kritische Zeit bringen.

Zitternd fuhr sie sich über die schweißnasse Stirn. Es war viel schwieriger als sonst gewesen, den Jungen zu bekommen. Sie hatte die Situation zum ersten Mal in all den Jahren falsch eingeschätzt und war schon kurz davor gewesen, aufzugeben. Sie hatte alles erledigt – wie schon so oft. Doch dann musste sie zu ihrem großen Entsetzen feststellen, dass der Junge gar nicht im Haus war. Sie stand vor seinem leeren Bett und erlitt beinahe einen Zusammenbruch. Dann rannte sie wie von einer Hornisse gestochen durch das Haus und suchte jeden Winkel ab. Zum Glück hatten die Eltern des Kleinen einen Zettel am Kühlschrank hinterlassen, der ihr am Ende den richtigen Weg wies. Sonst hätte sie unverrichteter Dinge umkehren müssen.

Ihr Blick fiel auf die Uhr. Es wurde Zeit, die anderen Babys zu versorgen. Langsam rollte sie mit ihrem Wagen über den Asphalt. Sie war einen großen Bogen um das gesamte Wohngebiet gefahren und näherte sich nun von der anderen Seite. Überall wimmelte es von

Polizisten und sie hatte überhaupt keine Erklärung für diesen Massenauflauf. Verwirrt stellte sie das Radio an. Doch die Nachrichten waren gerade vorbei und sie erhielt keinerlei Information. Beinahe im Schritttempo fuhr sie über den Parkplatz, der hinter den großen Wohnblocks lag. Es war eine Abkürzung zu ihrem Haus und sie konnte unbemerkt am rückseitigen Ende ihres Grundstückes parken. Sie würde durch den Garten ins Haus gehen. Die Bäume und die alte Hecke waren hoch und blickdicht. Niemand, nicht einmal die neugierigen Nachbarn, würde sie mit dem Baby sehen. Allenfalls konnte man sie hören, aber auch nur dann, wenn der Kleine anfing zu schreien. Sie warf einen prüfenden Blick in seine Richtung. Das Baby schlief tief und fest. Es war unwahrscheinlich, dass es aufwachen würde, bevor sie die schützenden Wände ihres Hauses erreichte.

Sie verzichtete darauf, den Jungen aus dem Kindersitz zu nehmen und schlüpfte unbemerkt durch die Gartenpforte. Sie schleppte das Kind samt Babyschale über das große Grundstück und gelangte ohne Probleme zur Hintertür. Sie trat ein und stellte zufrieden fest, dass Baby immer noch in seinem Zimmer war. Schnell entledigte sie sich der blutverschmierten Bluse und stopfte sie in die Waschmaschine. Sie zog sich ein frisches Oberteil an und machte sich anschließend gut gelaunt an die Versorgung der Babys. Endlich war ihr Haus wieder voller Leben. Für die nächsten Monate hatte sie ausgesorgt.

…

»Wir müssen alles erneut durchsuchen und jeden Kunden des Supermarktes nach dem Jungen befragen. Irgendjemand muss ihn doch schon einmal zu Gesicht bekommen haben.« Lauras Stimme klang schrill. Endlich war ihr wieder eingefallen, woher sie den Jungen kannte. Doch Max zeigte sich völlig ungerührt. Offenbar war ihm die Bedeutung ihrer Worte komplett entgangen. Er sah keinen Sinn mehr in der Suchaktion und wollte stattdessen lieber der Spur von Matthias Nussbaum und dessen Sicherheitschef nachgehen.

»Laura, wir haben alles abgesucht. Beckstein hat sämtliche Kollegen hierher beordert, die kurzfristig verfügbar waren. Findest du nicht, dass es langsam reicht?« Max plusterte sich vor ihr auf und legte die Stirn in Falten. »Ich denke, dein Nervenkostüm ist ein wenig dünn. Wir sollten in aller Ruhe die Fakten ordnen. Ich glaube nicht, dass ein Zehnjähriger dich in der letzten Nacht in dieser Halle eingesperrt hat.«

»Wie kannst du so etwas behaupten? Du warst doch gar nicht dabei. Ich habe ihn schließlich gesehen«, konterte Laura. Sie wollte einfach noch nicht aufgeben. Das wäre ganz und gar nicht ihre Art. »Dieser Junge ist das Verbindungselement zwischen den beiden Entführungen und an ihm müssen wir dran bleiben.«

Max seufzte. Sein Widerwille stand ihm ins Gesicht geschrieben. »Du hast den Jungen gestern doch überhaupt nicht erkannt, oder?«, hob er erneut an.

Laura zuckte mit den Achseln. »Und wenn schon. So viele Zufälle gibt es doch gar nicht. Das weißt du selbst«, erwiderte sie trotzig. Sie wollte, dass Max mit ihr mitzog. Natürlich waren auch Nussbaum und Völder irgendwie in die Sache verwickelt, aber die wirklich heiße Spur war dieser Junge. Laura wusste es einfach. Sie mussten unbedingt diesen Jungen finden. Wenn Max sich lieber auf Nebensächlichkeiten konzentrierte – bitte schön. Sie würde den Supermarkt noch einmal gründlich unter die Lupe nehmen. Wutschnaubend wandte sie sich ab und marschierte davon.

Ihr Handy klingelte.

»Laura Kern«, sagte sie und führte das Telefon ans Ohr, ohne vorher auf das Display zu schauen.

»Beckstein hier. Wir haben einen neuen Entführungsfall. Diesmal hat es einen sechs Monate alten Jungen erwischt.«

»Was?« Laura stoppte abrupt und winkte Max heran. Dann stellte sie ihr Telefon laut, sodass er mithören konnte.

»Der Junge ist erst seit drei Stunden verschwunden. Er wurde aus einem Wohnhaus entführt. Die Kriminalpolizei hat den Fall sofort an uns weitergereicht. Zuerst habe ich gedacht, dass kein Zusammenhang zu unseren beiden Fällen besteht, aber dann habe ich mir die Adresse angesehen und festgestellt, dass der Tatort nur fünf Kilometer vom Supermarkt entfernt liegt. Ich möchte, dass Sie sich das auf der Stelle einmal anschauen.«

Laura lauschte Becksteins Worten wie paralysiert. Das konnte doch nicht wahr sein. Das wäre die dritte Entführung innerhalb weniger Tage. Der Streit mit Max war auf der Stelle vergessen.

»Lass uns sofort losfahren«, bat Laura heiser. »Ich gebe nur noch kurz den Kollegen Bescheid. Die können die restlichen Anwohner befragen und auch die Kunden des Supermarktes.« Laura stürmte los. Ihre Beine fühlten sich merkwürdig steif an, genau wie ihr gesamter Körper. Sie war völlig verspannt. Nachdem sie den Leiter des Suchtrupps instruiert hatte, stieg sie zu Max in den Dienstwagen. Der startete sofort durch und fuhr zielsicher zu der Adresse, die Joachim Beckstein ihnen genannt hatte. Mit quietschenden Reifen hielt er vor einem Haus aus roten Ziegelsteinen.

»Hier muss es sein«, erklärte er und sprang aus dem Wagen.

Laura folgte ihm. Sie verstand die Welt nicht mehr. In ihrer kompletten Laufbahn war sie bisher auf keinen derartig komplizierten Fall gestoßen. Es existierten Serienmörder, die reihenweise Menschen umbrachten. Aber Serienentführer, die es auf Babys abgesehen hatten, waren ihr bisher nicht untergekommen. Was um Himmels willen wollten die Täter mit all diesen Kindern? Es gab keine Lösegeldforderungen. Einfach nichts, woraus die Kidnapper Profit schlagen konnten. Laura konnte nur hoffen, dass die Entführer bald einen gewaltigen Fehler machten, durch den sie auffliegen würden.

Max klingelte an der Tür und eine alte Dame öffnete. Es war die Großmutter des entführten Jungen. Die Frau ließ sie eintreten und brachte sie in das Wohnzimmer. Laura bemerkte ein Zittern, das über den Körper der alten Dame lief. Mathilda Rosenbaum war fast siebzig Jahre alt und hatte ihren Enkel für eine Nacht zu sich genommen. Als sie ihn am Morgen aus dem Bett holen wollte, war Valentin verschwunden.

Aufgelöst beschrieb sie den Schock, den sie beim Anblick des leeren Bettes erlitten hatte. Zunächst konnte sie überhaupt nicht begreifen, was geschehen war. Doch dann informierte sie die Polizei. Aus dem Fernsehen hatte sie von der Entführung des kleinen Henri Nussbaum erfahren, und da der Supermarkt gleich um die Ecke lag, dachte sie sofort, dass auch Valentin entführt worden sein könnte.

»Ist Ihnen denn irgendetwas aufgefallen?«, unterbrach Max den Redefluss der Alten.

»Nein. Alles war wie immer. Ich habe mich gefreut, dass Valentin so lange schläft.« Sie schluckte und legte die Hände vors Gesicht. »Mein Gott, dabei lag er überhaupt nicht mehr in seinem Bett. Ich habe auch nicht nachgesehen, weil ich ihn nicht aufwecken wollte. Jetzt kann ich noch nicht einmal genau sagen, wann er verschwunden ist.«

Laura machte sich eine Notiz. Das Verschwinden des Kindes lag also mindestens drei Stunden zurück. Da die alte Dame das letzte Mal gegen Mitternacht nach ihrem Enkelsohn gesehen hatte, konnte das Kind durchaus schon in der Nacht entführt worden sein.

»Dürfen wir uns das Zimmer, aus dem Valentin verschwunden ist, einmal anschauen?«

»Natürlich, kommen Sie.« Mathilda Rosenbaum erhob sich ächzend aus dem schweren Ledersessel und führte sie aus dem Wohnzimmer hinaus durch einen Flur. Das ganze Haus wirkte wie ein antiker Möbelladen. Überall standen Vasen und Bilder auf dunklen Kommoden oder Regalwänden, die aus längst vergangenen Zeiten stammten. Laura erhaschte einen Blick auf ein verblichenes Schwarz-Weiß-Foto, das die junge Mathilda Rosenbaum lächelnd im Arm eines attraktiven Offiziers zeigte.

»Das war mein Mann«, erklärte die Alte wehmütig. »Er ist schon vor über zehn Jahren gestorben. Er hat sich immer einen Enkel gewünscht. Es ist so schade, dass er Valentin nicht mehr kennengelernt hat.«

Mathilda Rosenbaum führte sie an ein paar verschlossenen Zimmertüren vorbei bis zum Ende des Flurs. »Hier ist es. Mein Schlafzimmer ist dort hinten.« Ihr Finger deutete auf eine Tür, die sich an der gegenüberliegenden Wand viel weiter vorne befand. Dazwischen lagen zwei andere Türen.

»Was sind das für Räume?«, wollte Laura wissen.

»Bäder. Wir konnten es uns damals leisten. Es gibt ein großes Elternbadezimmer mit Wanne und ein kleineres Duschbad für die Kinder. Wir haben drei wunderbare Kinder großgezogen, da waren zwei Bäder unheimlich praktisch. Es sind drei Mädchen, wenn Sie verstehen.«

Laura schätzte die Entfernung zwischen den Zimmern ab. Es war kein Wunder, dass Mathilda Rosenbaum nichts mitbekommen hatte. Die Räume lagen viel zu weit auseinander. Wenn Valentin nicht lauthals schrie, dann war es unmöglich, etwas zu hören. Da Mathilda Rosenbaum auf die Siebzig zuging, waren ihre Ohren sicherlich sowieso nicht mehr die allerbesten. Sie betrat das Kinderzimmer, das im Vergleich zum Rest des Hauses modern eingerichtet war. Max lief sofort zum Fenster und prüfte die Griffe.

»Das Fenster lässt sich nicht kippen. Hat es offen

gestanden?«

Die Augen der Alten weiteten sich entsetzt. Sie starrte Max an, als er hätte gerade einen tödlichen Fluch ausgesprochen. »Es ist kaputt. Ich hatte es nur einen winzigen Spalt offen stehen lassen. Ich …« Mathilda Rosenbaum griff sich an die Brust und atmete schwer. »Ich konnte doch nicht ahnen, dass ausgerechnet heute etwas passiert. Ende dieser Woche sollte das Fenster repariert werden. Der Kleine brauchte doch frische Luft.« Rosenbaums Augen wanderten bittend zwischen Laura und Max hin und her. So als wollte sie hören, dass Valentin trotz des offenen Fensters in Sicherheit gewesen war und sie keine Schuld an der Misere trug.

»Wir lassen die Spurensicherung kommen. Vielleicht finden wir Fingerabdrücke«, erklärte Max und legte Frau Rosenbaum eine Hand auf die Schulter. »Es handelt sich um professionelle Entführer. Die wären auch bei geschlossenem Fenster hereingekommen.«

In den Augen von Mathilda Rosenbaum glomm ein Funke Dankbarkeit für Max' Worte auf. »Ich würde mein Leben für Valentin hergeben«, schluchzte sie.

»Das verstehen wir doch, und wir werden alles tun, um ihren Enkel so schnell wie möglich wieder zurückzubringen. Dafür müssen wir aber alle Spuren zusammentragen, die uns auf die richtige Fährte bringen könnten.«

Mathilda Rosenbaum nickte. »Wissen Sie, das ist eine sehr friedliche Gegend hier. Ich kann mich nicht entsinnen, dass in der Nachbarschaft jemals eingebrochen worden ist.«

»Haben Sie ihre Tochter über Valentins Verschwinden informiert?«, wechselte Laura das Thema.

Mathilda Rosenbaum schüttelte den Kopf. »Ehrlich gesagt hat meine Tochter heute ein wichtiges Vorstellungsgespräch, deshalb hatte ich ihr Valentin abgenommen. Ich wollte sie nicht beunruhigen, und offen gestanden hoffe ich, dass sie mir den Jungen ganz schnell wiederbringen. Sie muss es doch gar nicht erfahren. Ich kann ihr ja später alles erklären.«

»Aber sie ist Valentins Erziehungsberechtigte. Wir müssen sie informieren«, warf Laura ein. Sie verstand die Bedenken von Mathilda Rosenbaum, doch es half nichts.

»Können wir denn nicht wenigstens noch zwei Stunden abwarten? Dann hat sie das Gespräch hinter sich. Es nützt doch nichts, wenn sie sich jetzt ihre Zukunft verdirbt.«

»Also gut, aber in zwei Stunden müssen wir mit Valentins Eltern sprechen.« Laura blieb bei ihrer Linie. Trotzdem konnte sie gut nachvollziehen, wie die alte Frau sich fühlte. Laura wollte keineswegs in ihrer Haut stecken. Nichts war so schlimm für eine Mutter wie der Verlust des eigenen Kindes. Der Überbringer dieser Nachricht war gleich einem Todesengel, der nichts als Trauer und Verzweiflung mit sich brachte.

»Laura, schau mal her. Ich habe etwas gefunden.«

Max hatte sich weit aus dem Fenster gelehnt. Laura beugte sich ebenfalls hinaus und erblickte einen bunten Stofffetzen, der an einem Dornenbusch unterhalb des Fensters hing.

»Das sieht aus wie Stoff von einer Bluse«, sagte

Laura und kniff die Augen zusammen. »Du meine Güte, Max. Da war wieder eine Frau am Werk.«

»Ich rufe jetzt erst mal die Spurensicherung an«, erwiderte Max und nahm das Handy in die Hand.

Laura hingegen informierte sich über Mathilda Rosenbaums tägliche Gewohnheiten. Die alte Frau lebte in einer eintönigen Routine, in der alles jeden Tag zur selben Zeit ablief. Das galt auch für die Betreuung ihres Enkelsohnes, den Rosenbaum seit seiner Geburt regelmäßig bei sich hatte. Für einen Entführer, aber auch Diebe oder andere Kriminelle war Mathilda Rosenbaum ein perfektes Opfer. Ihr Tagesablauf war auf die Minute genau durchgetaktet und ließ kaum Überraschungen zu. Im Grunde genügte es, Frau Rosenbaum eine Woche lang zu beobachten. Danach wusste man exakt, wann beispielsweise ein Einbruch völlig risikolos durchgeführt werden konnte. In diesem Punkt wich der neue Fall von dem Vorgehen bei Henri Nussbaums Verschwinden ab. Denn dessen Entführung war mit hoher Wahrscheinlichkeit ungeplant gewesen, da Sophie Nussbaum nur zufällig in dem Supermarkt eingekauft hatte.

Valentin war Rosenbaums einziges Enkelkind und damit etwas ganz Besonderes. Weil er fast jede Woche einmal bei seiner Großmutter war, hatten die Eltern ihm ein eigenes Kinderzimmer in dem viel zu großen Haus eingerichtet. Nachdem Laura Mathilda Rosenbaum befragt hatte, begutachtete sie das Bett und die Wickelkommode, die auf den ersten Blick jedoch keine Auffälligkeiten aufwiesen.

Dann beschloss Laura, den Rest des Hauses unter

die Lupe zu nehmen. Ganz am Ende des Flurs stieß sie auf eine Hintertür, die in den Garten führte.

»Ist diese Tür immer unverschlossen?«, fragte Laura verwundert. Sie kannte eigentlich nur ältere Damen, die ständig Angst hatten, überfallen zu werden. Mathilda Rosenbaum schien hingegen diesbezüglich eine Ausnahme zu sein.

»Nur tagsüber. Abends schließe ich überall ab und lege sogar noch einen Riegel davor.« Die Alte deutete auf einen Querriegel, der am Türrahmen angebracht war.

»Und gestern Nacht haben Sie auch alles verschlossen?«

Mathilda Rosenbaum nickte. Dann war sie alles in allem wohl doch eine typische alte Dame, dachte Laura. Ihr einziger Fehler war das offene Fenster gewesen. Laura zeigte ihr das Phantombild der Entführerin und das Foto des Jungen. Wie schon so oft an diesem Tag erhielt sie dieselbe Antwort. Mathilda Rosenbaum hatte weder die Frau noch den Jungen je gesehen.

Das Klingeln an der Haustür kündigte das Eintreffen der Spurensicherung an. Laura führte das Team sofort zu der Stelle unter dem Fenster und wies auf den Stofffetzen hin. Ben Schumacher nahm das Fundstück unverzüglich unter die Lupe.

»Das nenne ich mal einen guten Fund«, sagte er, während er Laura durch dicke Lupengläser hindurch musterte. »Wir haben hier einen großen Blutfleck. Ich gebe das sofort ins Labor. Vielleicht wissen wir schneller als gedacht, wer diese verdammte Kindesentführerin ist.«

Laura grinste und atmete durch. Endlich kamen sie voran. Sie wartete noch eine Weile, bis die Spurensicherung sich einen Überblick verschafft hatte, und beschloss dann, Valentins Eltern einen Besuch abzustatten. Sie konnte hier nichts mehr ausrichten, und Max zeigte sich ebenfalls erleichtert, dem Dunstkreis seines ehemaligen Rivalen Ben Schumacher zu entkommen.

Die Eltern von Valentin wohnten nicht weit entfernt, und sie benötigten nur wenige Minuten, bis sie vor der Einfahrt zu einem luxuriösen Einfamilienhaus hielten.

»Verdammt«, knurrte Max beim Anblick des Anwesens. »Ich würde mich nicht wundern, wenn wir bald eine Lösegeldforderung erhalten.«

Er gab wieder Gas und fuhr die Zufahrt aus hellem Kies bis zu einem Rondell vor, in dem gelbe Blumen blühten. Erst als sie bereits dicht vor dem Haus waren, fielen Laura zwei Dienstwagen auf, die unmittelbar vor dem Eingang parkten. Sie störte sich nicht weiter daran und stieg aus dem Wagen. Ihr Magen grummelte und sie fühlte sich unwohl. Mathilda Rosenbaum hatte sie gebeten, den Eltern die Nachricht von Valentins Verschwinden zu überbringen. Lauras Hals fühlte sich jetzt schon ganz trocken an. Sie tat das überhaupt nicht gerne, aber es gehörte nun einmal zu ihrem Job. Eilig schritt sie auf die weiße Eingangstür zu und klingelte. Wenn es schon sein musste, dann wollte sie diese unangenehme Sache wenigstens so schnell wie möglich hinter sich bringen. Sie legte sich noch einmal die ersten Worte zurecht. Max stand neben ihr.

»Ich kann das auch übernehmen«, bot er an, doch Laura schüttelte den Kopf. Schon vernahm sie Schritte hinter der Tür und atmete noch einmal tief durch.

Die Tür schwang auf und Laura schloss den bereits geöffneten Mund. Sie blinzelte ungläubig.

»Was machst du denn hier, Laura?« Taylor Fields tiefe Stimme bescherte ihr auf der Stelle eine Gänsehaut.

»Dasselbe könnte ich dich auch fragen«, antwortete sie ein wenig schnippisch. »Wir ermitteln in einem neuen Entführungsfall, der wahrscheinlich mit den Entführungen aus dem Supermarkt zusammenhängt.«

»Da seid ihr hier aber falsch«, erklärte Taylor mit Blick in Max' Richtung und zog die Augenbrauen hoch. »Der Pärchenmörder hat heute Nacht wieder zugeschlagen. Hier gibt es niemanden mehr, den ihr zu eurem Kidnapping befragen könnt.«

Laura starrte Taylor an und versuchte, seine Worte zu begreifen.

»Das heißt also, Valentins Eltern sind tot?« Max hatte sich als Erster wieder gefasst.

Taylor blickte ihn abschätzend an. »Wer zum Teufel ist Valentin?«

»Das ist der Sohn von Nicole und Rainer Schubert. Denen gehört doch dieses Haus, oder?«, entgegnete Max und baute sich vor Taylor auf.

»Ein Kind haben wir nicht gefunden«, erklärte Taylor nachdenklich. »Aber wir sind auch erst seit einer halben Stunde hier und fangen gerade mit der Untersuchung an.«

»Was ist denn passiert?« Laura hatte endlich ihre Sprache wiedergefunden.

Ihre Gedanken überschlugen sich. Mit einer solchen Wendung hatte sie nicht im Traum gerechnet. Es konnte doch kein Zufall sein, dass ein kleiner Junge verschwand und gleichzeitig seine Eltern ermordet wurden.

»Ich habe dir doch von dem Pärchenmörder erzählt«, erklärte Taylor und winkte die beiden ins Haus. »Die Vorgehensweise ist immer dieselbe, deshalb wissen wir, dass es sich um ein und denselben Täter handelt. Seht euch das am besten einmal selbst an.«

Taylor führte Laura und Max in die obere Etage des Hauses. Sie bewegten sich über kunstvoll gewebte Teppiche bis hin zum Schlafzimmer, dessen Tür einen Spaltbreit offen stand. Laura vernahm das hektische Klicken einer Kamera, das begleitet wurde von grellem Blitzlichtflackern. Taylor hielt einen Moment inne, so als wollte er sie mental auf den bevorstehenden Anblick vorbereiten. Dann stieß er die Tür auf und gab die Sicht auf das Grauen frei.

Lauras Augen weiteten sich entsetzt. Das Bild, das sich vor ihr auftat, übertraf all ihre Vorstellungskraft. Erst jetzt begriff sie, was Taylor mit der immer gleichen und unverwechselbaren Vorgehensweise gemeint hatte. Das ganze Zimmer war vom Gestank des Todes erfüllt, der aus einer Mischung von beginnender Verwesung und metallischen Ausdünstungen des Blutes bestand. Vor dem großen Ehebett lagen Valentins Eltern. Ihre Körper waren einander zugewandt. Die Lage erinnerte Laura an die Embryonalhaltung. Beide lagen auf der Seite, mit angezogenen Knien. Unter den Leichen hatte sich eine große Blutlache gebildet, die von den durchtrennten Kehlen stammte. Das Schlimmste an diesem Anblick war jedoch, dass die Hände der beiden Toten mit einem Seil aneinandergebunden waren. Es war fast so, als wollte ihr Mörder sie im Tod vereinen. Es war ein grotesker Anblick.

»Du meine Güte, was hat das zu bedeuten?«, krächzte Laura und wandte die Augen ab. Sie konnte diesen Anblick nicht länger ertragen. Blass und mit steifen Gliedern trat sie einen Schritt zurück.

»Alles in Ordnung, Laura?« Taylor war sofort bei ihr und stützte sie.

»Ja, danke. Es geht schon.« Laura schwankte, überwand aber das Ohnmachtsgefühl. »Ich denke, ich habe genug gesehen.«

»Natürlich. Ich begleite dich nach unten.«

»Das übernehme ich«, unterbrach Max und hakte sich bei Laura ein. Taylor ließ ihn gewähren, folgte jedoch in kurzem Abstand.

»Taylor, wie oft hat der Pärchenmörder bisher zugeschlagen?«, fragte Laura, als sie den Flur erreicht hatten.

»Drei Mal in den letzten fünf Jahren, wenn ich Nicole und Rainer Schubert mit einrechne.«

»Und hatten die ersten beiden ermordeten Paare auch Kinder?«

»Ja, warum fragst du?«, wollte Taylor wissen.

»Ich versuche nur, einen Zusammenhang herzustellen.« In Lauras Kopf überschlugen sich die Gedanken. Sie glaubte hier einfach nicht an einen Zufall, und eine innere Stimme sagte ihr, dass es eine Verbindung zwischen der Entführerin und den Pärchenmorden gab. Auch der Junge musste irgendwie in dieses Puzzle hineinpassen. Laura hatte nur überhaupt keine Ahnung, wie.

»Wo sind die Kinder jetzt?«, fragte sie sich plötzlich und sprach die Worte laut aus.

»Soviel ich weiß, sind sie in Pflegefamilien untergekommen«, erklärte Taylor und betrachtete Laura nachdenklich. »Wir haben bisher keine brauchbare Spur bezüglich des Pärchenmörders. Die Vorgehensweise und auch das psychologische Profil deuten jedoch auf einen männlichen Täter hin. Glaubst du, der Täter könnte eine Frau sein?«

Es war sicherlich ein immenser Kraftakt, die Leichen so zu drapieren. Andererseits waren die Körper nicht aufs Bett gehievt worden, sodass eine kräftige Frau durchaus dazu in der Lage sein konnte. Laura rief sich die Entführerin im Kapuzen-Shirt ins Gedächtnis. War diese Frau körperlich imstande, Doppelmorde zu begehen? Sie zuckte mit den Achseln.

»Ich weiß es nicht. Mir fällt auf Anhieb auch überhaupt kein Motiv ein. Allerdings ist mir das auch bei unseren Entführungsfällen unklar. Wir haben keine Lösegeldforderungen mehr erhalten. Ein Kinderhändlerring kommt im Grunde auch nicht infrage, da diese Organisationen fast ausschließlich im Ausland agieren. Außerdem sind die betroffenen Kinder meistens älter. Aber immerhin haben wir dieses Mal wahrscheinlich das Blut der Täterin. Ben Schumacher lässt gerade die Tests durchführen. Vielleicht haben wir einen Treffer in einer unserer DNA-Datenbanken. Wir sollten die Ergebnisse mit den Entführungsfällen vergleichen.«

Taylor nickte. »Das klingt sinnvoll. Bisher haben wir nichts in der Hand, nur jeweils das Blut der Opfer. Aber sobald die Spurensicherung fertig ist, gebe ich dir Bescheid. Vielleicht war der Täter diesmal nicht so vorsichtig wie sonst.«

...

Der Tag war wie im Flug vergangen. Laura hatte alle Hände voll zu tun gehabt. Nachdem sie Mathilda Rosenbaum die Nachricht vom Tod ihrer Tochter und ihres Schwiegersohnes überbracht hatte, musste sie der alten Frau zudem Trost spenden, weil es immer noch keine Spur von Valentin gab. Mathilda Rosenbaum hatte sich neben ihrem Telefon verschanzt und hoffte die ganze Zeit auf einen Anruf der Entführer mit der Lösegeldforderung für ihren Enkelsohn. Lauras Herz war vor Mitleid regelrecht übergeflossen. Sie hatte ihr die Einzelheiten des Mordes verschwiegen. Es nützte nichts, diese Frau mit der grausamen Wahrheit zu konfrontieren. Ihre Tochter war tot, und es war besser, sie würde sie so in Erinnerung behalten, wie sie einmal war. Das letzte Bild, das diese Frau in ihrem Herzen behielt, sollte nichts mit der grotesken Embryonalstellung des ermordeten und aneinandergebunden Liebespaares zu tun haben. Erneut fragte Laura sich nach der Symbolik dieses Bildes. Was wollte der Mörder eigentlich zum Ausdruck bringen?

Laura stand auf und ging auf der Dachterrasse ihres Penthouses auf und ab. Noch einmal ließ sie den hektischen Tag Revue passieren. Der Erpresseranruf mit der Lösegeldforderung für Henri Nussbaum war endgültig aufgeklärt worden. Die Spurensicherung hatte die Untersuchung der Abfälle abgeschlossen, die aus jedem einzelnen Behälter des Bahnhofs sichergestellt worden waren. Dabei waren sie auf das Prepaidhandy gestoßen, mit dem die Erpresser ihren Anruf getätigt hatten. Das Gerät war voller Fingerabdrücke und die Identifikation des Täters nahm nicht viel Zeit in Anspruch. Die Datenbank spuckte das Profil eines einschlägig bekannten Täters aus, der bereits wegen erpresserischer Entführung im Gefängnis gesessen hatte. Die Vernehmung des Mannes führte zu dem Ergebnis, das Laura längst erahnt hatte. In diesem Fall war der Mann ein Trittbrettfahrer, der nichts mit der Entführung des Jungen zu tun hatte, sondern lediglich auf das Geld aus war. Kurz vor der Geldübergabe hatte er kalte Füße bekommen und tauchte ab.

Auch die anderen Arbeiten der Spurensicherung waren weitestgehend abgeschlossen. Es gab an beiden Kinderwagen keinerlei brauchbare Spuren. Fest stand nur, dass sie am selben Ort, gleich neben dem Supermarkt, abgestellt worden waren. Valentins Kinderwagen fand sich unangetastet im Haus seiner Großmutter. Das passte genauso wenig ins Bild wie der Rest dieser Entführung. Die Eltern der ersten beiden Kinder waren schließlich noch am Leben. Ein wesentliches Bindeglied war die DNA des Blutes auf dem Stofffetzen, den sie unter Valentins Kinderzimmerfenster entdeckt hatten. Es stammte zweifelsfrei von einer Frau. Zwar gab es keinen Datenbanktreffer, der die Täterin auf einen Schlag identifiziert hätte. Trotzdem glaubte Laura, dass die Entführerin von Henri Nussbaum und die von Valentin Schubert ein und dieselbe Person war. Nur der Junge, der die kleine Emma aus dem Supermarkt entführt hatte, passte nicht in dieses Bild.

Laura hatte etliche Stunden damit zugebracht, die Ergebnisse der umfassenden Suchaktion zu analysieren. Von dem Jungen, dem sie in der Nacht gefolgt war, konnten in der Fabrikhalle, in der Laura mehrere Stunden eingesperrt gewesen war, Fingerabdrücke gesichert werden. Leider gab es auch hier keinen Treffer in der Datenbank. Die Einsatztruppe hatte sämtliche Supermarktkunden nach der Entführerin und dem Jungen befragt. Das Ergebnis war desaströs. Bis auf die Kassiererin, die sich an die Entführerin erinnern konnte, hatte niemand die beiden Personen wiedererkannt. Dabei war das Kind zweimal auf den Überwachungsvideos aufgetaucht. So wie er sich bewegte, ging Laura davon aus, dass der Junge schon öfter in diesem Supermarkt war. Da die Videoüberwachung immer nur die letzten sechs Tage speicherte, konnte Laura diese Vermutung allerdings nicht belegen.

Sie blätterte durch den Bericht des Einsatztrupps. Mehrere Bewohner hatten erst im Laufe des Nachmittags befragt werden können, weil sie am Morgen nicht zu Hause waren. Einige dieser Familien hatten zehnjährige Söhne, die aber nicht dem gesuchten Jungen ähnelten. Lauras Augen blieben an dem Bericht über die Bewohnerin des Einfamilienhauses ganz am Rande des Wohngebietes hängen. Die Frau war Mitte vierzig und hatte zwei kleine Pflegekinder in ihrer Obhut. Sie gab an, dass sie eigentlich Platz für drei Kinder hätte und das Jugendamt sicherlich bald mit einem neuen Kind vor ihrer Tür stehen würde. Ansonsten hatte sie die gesuchten Personen genauso wenig identifizieren können wie alle anderen Anwohner.

Laura flog über die Zeilen des nächsten Berichtes. Ein Ausdruck aus dem eben gelesenen kam ihr währenddessen immer wieder in den Sinn. Zunächst konnte sie diesen Gedanken nicht so richtig greifen, doch dann wurde er plötzlich glasklar: *Pflegemutter*. Sie zog die Stirn kraus und las den Bericht ein zweites Mal. Wieder konnte sie nichts Besonderes an der Aussage finden. Sie war belanglos und typisch für Menschen, die wenig mit ihren Nachbarn zu tun hatten. Die Pflegekinder waren zwei und drei Jahre alt, passten also nicht in Lauras Suchschema. Sie erinnerte sich an das Haus und den nicht einsehbaren Garten, den sie nur von den Luftaufnahmen her kannte.

Ohne dass sie genau wusste, wonach sie eigentlich suchte, zog Laura die Akten zu den Pärchenmorden aus der Tasche. Taylor hatte ihr Kopien gegeben, damit sie die Unterlagen in Ruhe studieren konnte. Laura sah sich die Fotos der Leichen an und schauderte. Die ermordeten Paare waren jedes Mal in der gleichen Körperhaltung drapiert worden. Das Seil, das der Täter benutzte, um die Hände der Paare aneinanderzubinden, war in jedem Mordfall identisch. Erst ganz am Ende der Akte fand Laura ein paar Sätze zu den Kindern, die bei den Leichen ihrer Eltern gefunden worden waren. Das erste Paar hatte Zwillinge, die erst wenige Monate alt waren, und das zweite Paar eine acht Monate alte Tochter. Alle drei Kinder wurden vom Jugendamt in Obhut genommen und schnellstmöglich in Pflegefamilien untergebracht. Laura blätterte eine Seite weiter und fand eine kurze Notiz zu den Pflegeeltern. Im ersten Fall handelte es sich genauer gesagt um eine Pflegemutter. Laura prägte sich den Namen ein und sah die Notizen zum zweiten Mordfall durch. Auch hier fand sich ganz am Ende der Akte eine kurze Angabe zur Pflegefamilie. Laura las den Namen zweimal und blätterte ungläubig zum ersten Fall zurück.

Konnte es sein, dass alle drei Kinder zur selben Pflegemutter in Obhut gegeben wurden? Sie wusste, dass das Jugendamt Kontakte zu diversen erfahrenen Pflegeeltern unterhielt, die insbesondere mit schwer traumatisierten Kindern umgehen konnten. Die Mordfälle hatten sich alle im selben Stadtgebiet ereignet. Häufig vermittelte das Jugendamt Kinder gerne im selben Zuständigkeitsbereich. Mit einem Mal spürte Laura eine unterschwellige Anspannung. Hellhörig geworden griff sie noch einmal nach dem Bericht des Einsatztrupps und schlug die Stelle auf, die sie eben schon zweimal gelesen hatte. Endlich. Lauras Puls schoss in die Höhe, als sie den Namen der Pflegemutter fand. Es war derselbe Name: Marianne Hermann. Fassungslos kontrollierte Laura noch einmal die Angaben. Sie hatte sich definitiv nicht geirrt. Diese Frau verbarg etwas. Sie hatte sie nicht persönlich gesprochen, wusste noch nicht einmal, wie sie überhaupt aussah. Aber Laura wusste, dass da etwas ganz gewaltig im Argen lag. Sie konnte das Böse auf einmal spüren. Hatte Marianne Hermann etwas mit diesen Morden zu tun, um die Kinder anschließend als Pflegemutter in ihre eigene Obhut zu nehmen? Doch wie passte das mit den Entführungen von Henri Nussbaum, Emma Schöbel und Valentin Schubert zusammen? Und was hatte der Junge auf den Videos damit zu tun?

Laura sprang auf und warf einen Blick auf die Uhr. Es war beinahe Mitternacht. Eine Zeit, zu der sie nichts mehr bewegen konnte. Trotzdem wollte sie keinesfalls bis zum nächsten Morgen tatenlos verharren, um dann einen Einsatztrupp zusammenzustellen, der frühestens um zehn Uhr an Ort und Stelle wäre. Nein. Sie musste jetzt etwas unternehmen, und zwar sofort. Laura zückte ihr Handy und öffnete das Adressbuch. Sie scrollte zu Max hinunter und wollte schon seine Nummer wählen, als sie sich plötzlich umentschied. Schnell tippte sie eine Nachricht für Max und scrollte weiter. Dann wählte sie Taylors Nummer.

»Alles in Ordnung?« Taylor hatte sofort abgehoben.

»Nein. Ich habe etwas gefunden.«

»Das dachte ich mir. Soll ich dich abholen?«

Laura fiel ein Stein vom Herzen. Taylor wusste, dass sie sofort handeln musste. Sie war froh, dass sie ihn angerufen hatte.

»Ja, bitte. Beeile dich!«

XII

Laura warf einen Seitenblick auf den attraktiven dunkelhaarigen Mann, der neben ihr am Steuer saß und konzentriert auf die Straße schaute. Taylor Field hatte nicht einmal zwanzig Minuten gebraucht, bis er vor ihrer Tür stand. Seine dunklen Augen hatten sie gebannt angesehen, während Laura die Polizeiberichte vor ihm ausgebreitet und ihm die mutmaßliche Verbindung zwischen der Entführerin und dem Pärchenmörder aufgezeigt hatte. Es war nach Mitternacht, und sie hatten keine Möglichkeit, auf die Schnelle einen Durchsuchungsbeschluss zu bekommen. Wahrscheinlich hätten viele von Lauras Kollegen einfach den nächsten Tag abgewartet und erst den nötigen Papierkram erledigt, bevor sie Marianne Hermann einen Besuch abgestattet hätten. Doch das lag nicht in Lauras Naturell. Sie war heilfroh, dass Taylor die Sache genauso sah wie sie.

Taylor drosselte die Geschwindigkeit, als sie in das Wohngebiet einbogen.

»Fahr doch am besten von hinten an das Grundstück heran. Dann verschaffen wir uns erst einmal einen Überblick«, schlug Laura vor. Ihre Fingerspitzen prickelten vor Aufregung, als der Wagen vor dem Zaun, der das komplette Grundstück eingrenzte, stoppte. Es war eine wolkenlose Nacht und der Mond spendete ausreichend Licht, um sich orientieren zu können. Natürlich hatte Laura sich die Gegebenheiten des Grundstücks vorher genau eingeprägt. Das Satellitenbild hatte außerdem etwas im Garten hinter dem Haus gezeigt, dass Laura sich nicht erklären konnte. Gleich hinter dem Gebäude lagen mehrere kreisrunde Umrisse im Rasen. Vielleicht waren es auch Steinplatten oder Schächte. Laura würde es gleich herausfinden. Die Gartenpforte war verschlossen, stellte jedoch kein wirkliches Hindernis dar. Taylor schwang sich elegant darüber und auch Laura schaffte es auf Anhieb. Sie schlichen geduckt durch dichtes Gestrüpp, das die Sicht auf das Innere des Gartens versperrte. Laura riss sich die Hände an einigen Dornen auf, doch sie ignorierte den feinen Schmerz. Sie folgte Taylor, der sich ein paar Schritte entfernt hatte und routiniert das Gelände nach Auffälligkeiten absuchte. Zunächst verzichteten sie auf Licht. Sie wollten nicht entdeckt werden. Doch als sie an den Kreisen, die Laura auf den Fotos gesehen hatte, ankamen, schaltete Taylor seine Taschenlampe an.

»Das sind Fenster«, flüsterte er und winkte Laura heran. »Sieh mal.«

Der Schein seiner Lampe erhellte das Innere eines Raumes, der unter dem Rasen liegen musste. Laura kroch so dicht an die Fensterscheibe, dass sie mit der Nasenspitze anstieß. Sie kniff die Augen zusammen. Der Lichtschein wanderte durch das Dunkel und traf auf blauen Teppichboden. Als Taylor den Strahl nach links lenkte, entdeckte Laura ein weißes Gitterbett. Das Licht wanderte weiter und das Bett verschwand wieder aus dem Lichtkegel.

»Leuchte noch einmal nach links«, bat Laura. Taylor hatte das Bett offenbar nicht gesehen. Als der Schein der Taschenlampe die Konturen des Gitterbetts erneut traf, zuckte Laura zusammen.

»Da liegt ein Baby drin«, stieß sie hervor und schlug im selben Augenblick die Hand vor den Mund. Das Baby war aufgewacht und öffnete die Augen. Es schien sie direkt anzublicken und fing plötzlich aus Leibeskräften zu brüllen an.

»Verdammt.« Taylor schaltete die Lampe aus. »Laura, wir wissen doch, dass hier zwei kleine Kinder sind.«

Diesmal flüsterte Laura. Ihre Stimme war heiser. »Ja, aber die sind zwei und drei Jahre alt. Da unten im Bett liegt ein Baby, und ich wette mit dir, dass es noch keine zwölf Monate ist.«

»Pst!« Taylor hielt Laura den Mund zu. Sie riss erstaunt die Augen auf, doch dann erkannte sie den Grund. In dem Zimmer unter ihnen war auf einmal Licht. Jemand war dort unten und sah nach dem schreienden Baby. Atemlos beugte Laura sich über die Scheibe. Gerade nur so weit, dass ihre Augen über den Rand sehen konnten. Eine Frau, die Laura noch nie gesehen hatte, stand neben dem Bett. Das musste Marianne Hermann sein. Laura konnte ihre Stimme, die beruhigende Worte murmelte, zwar hören, aber nicht verstehen, was sie sagte. Die Unbekannte nahm das Baby aus dem Bett und liebkoste es, bis es sich wieder beruhigt hatte.

»Könnte das Valentin sein?«, hauchte Laura.

»Keine Ahnung. Ich finde, Babys sehen immer alle gleich aus. Da hinten stehen noch mehr Betten.«

Laura veränderte ihre Position und nahm einen

anderen Blickwinkel ein. Dann entdeckte sie die Gitterbetten, konnte aber nicht erkennen, ob Kinder darin schliefen.

»Wenn da auch Babys drin liegen, dann hat Marianne Hermann gelogen. Sie hat angegeben, dass sie nur zwei Pflegekinder beherbergt.«

»Lass uns dort durch das andere Fenster schauen.« Taylor kroch ein paar Meter weiter und drehte sich anschließend zu Laura um. »Du hast recht. In den Betten liegen Babys.«

Laura kroch ihm hinterher. Als sie durch das Fenster schauen wollte, ging das Licht plötzlich aus und sie stierte ins Dunkle.

»Verdammt«, fluchte Laura leise. »Vielleicht sollten wir nach einem Eingang suchen. Ich habe die Fotos der vermissten Kinder auf meinem Smartphone. Wenn wir zu den Betten gelangen, können wir sie womöglich identifizieren.«

Taylor zögerte einen Moment, und Laura dachte schon, er würde einen Rückzieher machen. Doch dann erhob er sich und pirschte sich an eine weitere Öffnung heran, die wie ein Lüftungsschacht aussah. Laura folgte ihm auf Zehenspitzen. Marianne Hermann hatte sie glücklicherweise nicht bemerkt. Trotzdem war sie jetzt wach, und selbst wenn sie sich wieder ins Bett legte, würde sie nicht sofort in einen Tiefschlaf fallen. Jedes Geräusch konnte sie wecken und Laura gab sich Mühe, extrem leise zu sein. Vor ihr knackte es laut. Taylor war auf einen Ast getreten. Sie hielten inne und lauschten in die Nacht hinein. Aus dem Gebäude vor ihnen drang kein einziger Laut.

Dann schlichen sie weiter bis zu einer Tür, die ins Haus führte. Taylor stieg die fünf Stufen zum Hintereingang hinauf und drückte vorsichtig auf die Klinke. Die Tür war verschlossen. Laura huschte zu einem Fenster und warf einen Blick ins Innere des Hauses. Es war jedoch so dunkel, dass sie überhaupt nichts sehen konnte. Sie versuchte es am nächsten Fenster. Vielleicht stand ja eins offen und sie konnten so unbemerkt ins Haus eindringen. Taylor überprüfte parallel die Fenster auf der anderen Seite.

Laura presste die Nase an die Scheibe und kniff die Augen zusammen. Obwohl der Mond immer noch hell am wolkenleeren Himmel stand, verschluckte das Haus das gesamte Licht. Das Gebäude war im Inneren regelrecht schwarz und erinnerte Laura einen schrecklichen Moment lang an den dunklen Raum in dem Fabrikgebäude. Noch während sie versuchte, die Konturen des Raumes zu erkennen, nahm sie eine Bewegung im Augenwinkel war. Sie hörte ein heiseres Krächzen und dann eine Stimme.

»Was zum Teufel suchen sie auf meinem Grundstück?«

Lauras Muskeln spannten sich augenblicklich an. Marianne Hermann hatte Taylor entdeckt. Laura schlich eilig in seine Richtung. Er war vielleicht zwanzig Meter von ihr entfernt. Schon konnte sie die Konturen der beiden erahnen. Lauras Blut pulsierte rasend durch die Adern. So heftig, dass es in ihren Ohren rauschte.

»Nehmen Sie das Gewehr runter.« Taylors Stimme klang ruhig.

Dann vernahm Laura ein unheilvolles Klacken. Verdammt, fluchte sie innerlich. Die Frau hatte die Waffe entsichert. Plötzlich ging alles ganz schnell. Taylor schnellte durch die Luft und warf Marianne Hermann zu Boden. Die Frau zischte böse und wand sich unter seinem Gewicht. Laura sprintete los, um Taylor zu Hilfe zu kommen. Als sie noch einen Meter entfernt war, fiel plötzlich ein Schuss. Er krachte durch die Nacht und scheuchte ein paar Vögel auf, die sich schimpfend aus den Bäumen erhoben und krächzend davonflogen. Ihre flatternden, schwarzen Flügel verdunkelten den Mond. Laura war für den Bruchteil einer Sekunde wie gelähmt.

Dann warf sie sich auf die Angreiferin, die sich unter Taylor hervor gewunden hatte. Taylor rührte sich nicht. Mit einer geübten Drehbewegung drückte Laura Marianne Hermann auf den Boden und ignorierte die kräftigen Fausthiebe der Frau. Die Angst um Taylor breitete sich kalt in Laura aus. Ihr Herz krampfte sich zusammen, doch sie drängte ihre Panik zurück und versuchte mit aller Macht, die wie verrückt um sich schlagende Frau unter Kontrolle zu bringen. Es gelang ihr, sie auf den Bauch zu drehen, und endlich wurde ihre Gegenwehr schwächer. Laura löste die Handschellen von ihrem Gürtel und ließ sie um die Handgelenke der Frau zuschnappen. Laura atmete auf und blickte zu Taylor hinüber, der immer noch reglos am Boden lag.

Dann traf Laura etwas Hartes am Hinterkopf. Sie sah grelle Blitze aufzucken. Trotzdem gelang es ihr noch, den Kopf zu drehen. Ein Schatten hatte sich in ihren Rücken geschlichen. Sie konnte nicht mehr ausmachen, wer dieser zweite Angreifer war, der wie aus dem Nichts aufgetaucht war. Es wurde kalt um Laura herum und dunkel. Das Letzte, was Laura spürte, war, wie sie auf dem Rasen aufschlug, und eine Hand, die sich in letzter Sekunde unter ihren Hinterkopf schob. Taylor, dachte sie, und dann übermannte sie die Ohnmacht.

…

»Lasst meine Mama in Ruhe«, kreischte eine helle Stimme, in der die Verzweiflung mitschwang. In Lauras Kopf hämmerte es schmerzhaft. Sie schluckte mühsam. Ihr Mund war staubtrocken und ein bleierner Vorhang hing über ihrem Bewusstsein. Abermals schrie das Kind. Diesmal noch eine Oktave höher.

»Verdammt, Junge, jetzt halt endlich still!« Eine tiefe Männerstimme brachte Laura zurück in die Realität. Ihr Kreislauf kam wieder in Gang, Adrenalin dämpfte den trommelnden Schmerz in ihrem Kopf und sie öffnete schlagartig die Augen. Benommen nahm sie den Nachthimmel wahr und den silbern schimmernden Mond, der direkt über ihr zu schweben schien. Dann erinnerte sie sich daran, dass sie niedergeschlagen wurde, und registrierte, dass sie sich noch exakt an derselben Stelle befand.

»Halt still oder ich lege dir Handschellen an.«

Laura drehte den Kopf und blickte in die Richtung, aus der die Stimme kam. Sie war nur ein paar Meter entfernt von ihr.

»Geht's dir gut? Diese verfluchte Hexe hat mich mit ihrer Schrotflinte erwischt. Zum Glück ist es nur ein Streifschuss«, flüsterte eine zweite Stimme neben ihr.

Laura schrak zusammen und drehte sich zur anderen Seite. Ihr Verstand warf alles durcheinander. Taylor saß neben ihr. Sein sorgenvoller Blick lag auf einem Punkt an ihrem Hinterkopf. Er presste ein Stück Stoff auf eine Wunde an seiner Schulter, aus der es heftig blutete.

»Mir ist nichts Schlimmes passiert. Wer ist das?«, erwiderte sie und griff sich an die pochenden Schläfen. Sie richtete sich vorsichtig auf. Wenn Taylor nicht zu der Männerstimme gehörte, die sie vorher vernommen hatte, wer war dann der Mann mit der tiefen Stimme?

Die Antwort kam prompt.

»Verdammt, Laura, warum hast du mich nicht angerufen?«, schimpfte Max, der ihre Frage gehört hatte und hastig näher kam. Er schob einen Jungen vor sich her, an dessen Unterarmen Handschellen klimperten.

»Aber ich habe dir doch Bescheid gegeben«, versuchte Laura, sich zu verteidigen. Max bedachte sie mit einem missbilligenden Blick, erwiderte jedoch nichts. Er zog eine Taschenlampe hervor und leuchtete dem Jungen ins Gesicht.

»Sieh dir diesen Bengel an. Er sieht aus wie der Junge auf unserem Überwachungsvideo.« Der Triumph in Max' Stimme war nicht zu überhören.

Laura musterte das Kind, das trotzig in das grelle

Licht starrte.

»Machen Sie meine Mama los. Sie haben kein Recht, sie zu fesseln. Das ist unser Haus.« Die Stimme des Jungen überschlug sich. Angst schwang darin mit. Er zerrte an seinen Handschellen, doch Max hatte ihn fest im Griff. Der schmächtige Bursche hatte keine Chance gegen Lauras Partner.

Es war eindeutig der Junge, der die kleine Emma entführt hatte. Erst jetzt erinnerte sich Laura an Marianne Hermann. Sie fuhr herum und entdeckte die Frau, die nur wenige Meter entfernt vollkommen regungslos auf der Erde saß. Sie wies keinerlei Ähnlichkeiten mit dem Phantombild auf, das die Polizei mithilfe der Kassiererin des Supermarktes angefertigt hatte. Es kam leider häufig vor, dass die Erinnerung von Zeugen nur lückenhaft war und erhebliche Unterschiede zur Realität aufwies. Als Marianne Hermann bemerkte, dass Laura sie anstarrte, hob sie den Blick. Erstaunt stellte Laura fest, dass in den Augen dieser Frau nichts Gewalttätiges oder Böses lag. Es war ein ganz anderer Ausdruck, der Laura unvermittelt einen Schauer über den Rücken jagte. In diesen Augen stand Trauer. Die Trauer einer Mutter um ihre Kinder. Denn diese Frau, die dort im Dunkeln saß, wusste, dass sie ihre Kinder jetzt verlieren würde.

Dann schossen Laura plötzlich die Bilder der Babybetten durch den Kopf. Sie sprang etwas schwerfällig auf die Füße. Der Tatendrang verlieh ihr neue Kräfte, und sie ahnte, was sie im Haus von Marianne Hermann vorfinden würden. Die Lösung dieses Falls lag wortwörtlich unter ihren Füßen, in dem Raum, der tief unter dem Garten dieses Hauses verborgen war.

»Wir müssen sofort da rein«, sagte Laura und stürmte los.

...

»Herzlichen Glückwunsch! Sie haben verdammt gute Arbeit geleistet.« Joachim Beckstein strahlte über das ganze Gesicht. Selbst Innensenatorin Marion Schnitzer, die sich vor wenigen Minuten zur Abschlussbesprechung dazugesellt hatte, lächelte zufrieden und ergriff das Wort:

»Ich soll Ihnen im Namen aller Eltern die herzlichsten Grüße ausrichten. Ich habe selten in so viele leuchtende Gesichter gesehen wie heute Morgen. Sophie Nussbaum ist so froh, ihren Sohn und auch ihren Mann wiederzuhaben, dass sie gar nicht genug Worte hatte, um ihre Dankbarkeit auszudrücken. Es war eine harte Zeit für alle Beteiligten, und ich bin glücklich, dass wir die vermissten Kinder unversehrt zu ihren Eltern zurückbringen konnten. Der Tod von Valentins Eltern ist eine Tragödie. Wenigstens konnten wir seiner Großmutter ihren Enkelsohn wohlbehalten wiederbringen.«

Laura grinste und blickte zu Max, der als Nächster mit ein paar Worten die Entführungsfälle resümierte. Ein wenig nagte das schlechte Gewissen an ihr. Statt eine SMS zu schreiben, hätte sie ihn anrufen müssen. Sie hatte Max einiges zu verdanken, vielleicht sogar ihr

Leben. Wäre er in der Nacht nicht im Garten von Marianne Hermann aufgetaucht, wer weiß, wie die Sache am Ende ausgegangen wäre.

Taylor konnte an der Abschlussbesprechung nicht teilnehmen, weil er im Krankenhaus behandelt werden musste. In seinem Oberarm steckte noch ein Schrotkorn, das aber zum Glück keinen größeren Schaden angerichtet hatte. Er hatte in der Nacht die Verletzung heruntergespielt und als Streifschuss bezeichnet. Dabei hatte Laura sofort Zweifel daran gehabt. Trotzdem hatte Taylor die ganze Aktion bis zum Ende mit durchgezogen.

Nachdem Laura und Taylor in das Haus gestürmt waren, hatten sie verzweifelt nach dem Zugang zu den Kellerräumen gesucht. Nur durch Zufall fiel Laura der Teppich ins Auge, unter dem sich eine Bodenluke verbarg und darunter eine Treppe, die ins Untergeschoss führte. Innerhalb weniger Minuten waren sie zu den Babys vorgedrungen. Max bewachte draußen unterdessen Marianne Hermann und den Jungen, der sich mittlerweile beruhigt hatte.

Das Gefühl, als Laura die Gesichter der schlafenden Kinder mit den Fotos auf ihrem Smartphone verglich, war unbeschreiblich. Laura schossen die Tränen in die Augen, als sie erkannte, dass es sich bei drei der Babys um Henri Nussbaum, Emma Schöbel und Valentin Schubert handelte. Zudem hatten sie zwei weitere Kinder gefunden, die ebenfalls seit Monaten als vermisst galten. Laura und Taylor waren sprachlos ob dieser Entdeckung. Niemals hätten sie geglaubt, dass sie so viele Kinder vorfinden würden. Den Kleinen ging es offenbar gut. Sie schliefen friedlich und wiesen keinerlei sichtbare Verletzungen auf. Trotzdem alarmierte Laura sofort mehrere Krankenwagen, die alle Kinder sicherheitshalber zur medizinischen Versorgung mitnehmen sollten.

Im Obergeschoss des Hauses fanden sie die beiden Pflegekinder, denen es ebenfalls gut ging. Sie lagen ruhig in ihren Betten, in einem liebevoll eingerichteten Kinderzimmer. Außerdem befand sich in dieser Etage ein weiteres Zimmer, dessen Eingang hinter einem Mauervorsprung versteckt lag. Zunächst nahm Laura an, dass es sich um eine Abstellkammer handelte. Doch als sie die Tür aufstieß, kam ein weiteres Kinderzimmer zum Vorschein. Sie musste nicht lange raten, wem dieses Zimmer gehörte. Es war die Kammer des Jungen, dessen Namen sie bis dahin nicht kannte. Doch der Zehnjährige war nicht das einzige namenlose Kind in diesem Haus. Im Eingangsbereich des Luftschutzbunkers hatte Laura eine große Fotowand gesehen, auf der mehrere Babys abgebildet waren.

Erst als sie Marianne Hermann noch in den frühen Morgenstunden verhörten, kam das ganze Ausmaß der Tragödie ans Licht. Auf das Konto der Frau gingen nicht nur die drei Entführungen aus den letzten Tagen, sondern insgesamt neun Freiheitsberaubungen, die sie in den letzten zehn Jahren begangen hatte. Die Kinder stammten aus verschiedenen Bundesländern. Marianne Hermann war jedes Mal so lange herumgereist, bis sich eine passende Gelegenheit fand und sie die Kinder kidnappte. Doch das war noch nicht alles. Sobald die Kinder ungefähr das erste Lebensjahr erreichten, setzte

Marianne Hermann sie wieder aus. Was Laura zutiefst irritierte, bis sie begriff, dass diese Frau einfach wahnsinnig war. Es ging Marianne Hermann überhaupt nicht um das jeweilige Kind, sondern nur um dessen erstes Lebensjahr. Wenn die kritische Zeit, in der bei Säuglingen der plötzliche Kindstod auftreten konnte, überstanden war, sah sie ihre Aufgabe als erfüllt an und verlor das Interesse. Erst vor ein paar Tagen hatte sie ein gut zehnmonatiges Mädchen in einem Bahnhof in der Peripherie von Berlin abgelegt. Da dieser Ort bereits zu Brandenburg gehörte und somit nicht mehr in den Zuständigkeitsbereich der Berliner Polizei fiel, war Laura auf den Fall nicht aufmerksam geworden. Die Täterin war auch bei den anderen Kindern nach diesem Schema vorgegangen. Hermann hatte geschickt die unterschiedlichen Zuständigkeitsbereiche der Polizei ausgenutzt. Außerdem verfolgten die zuständigen Behörden die Fälle nach einer gewissen Zeit nicht mehr mit hoher Intensität, da die Kinder unversehrt zu ihren Eltern zurückgeführt werden konnten.

Der zehnjährige David hatte weniger Glück gehabt. Er war das einzige Kind, das Marianne Hermann in all den Jahren behalten hatte.

»Warum hat diese Frau denn überhaupt Kinder entführt? Was wollte sie denn mit so vielen Babys?« Die schrille Stimme der Innensenatorin riss Laura aus ihren Gedanken.

Sie blinzelte und hob zu einer Antwort an: »Ihr eigener Sohn ist vor gut zehn Jahren am plötzlichen Kindstod gestorben. Der Polizeipsychologe hat sich bereits ein Bild gemacht. Offenbar hatte Marianne

Hermann mehrere Stunden nicht nach ihrem Sohn gesehen und zu spät bemerkt, dass seine Atmung ausgesetzt hatte. Sie gibt sich selbst die Schuld an dem Unglück. Seitdem muss sie sich immer und immer wieder beweisen, dass sie Babys über das erste kritische Jahr hinwegbringen kann. Sie hat alle Babybetten mit speziellen Sensormatten ausgestattet, die Alarm schlagen, sobald sich ein Kind länger als eine halbe Stunde nicht regt. Hermann hat uns im Verhör ganz stolz berichtet, dass in ihren Händen kein einziges Kind mehr gestorben ist. Die Frau ist vom Tod ihres einzigen Sohnes hochgradig traumatisiert und sühnt ihre vermeintliche Schuld gewissermaßen mit jedem neuen Kind, dem sie über die kritische Zeit hilft. Dabei blendet sie die Strafbarkeit der Entführungen und das Leid der betroffenen Eltern vollkommen aus. Ihr Fokus ist einzig und allein auf das Überleben des Kindes gerichtet. Sie besitzt keinerlei Empathie für die Opfer. Nicht für die Eltern und auch nicht für die Kinder, sobald sie das erste Lebensjahr erreicht haben.«

»Diese Frau ist ja völlig verrückt«, fuhr die Innensenatorin dazwischen.

Laura nickte. »Ihr Wahn ging leider so weit, dass sie drei Elternpaare ermordet hat, um an deren Kinder zu kommen. Auch ihren eigenen Mann hat sie getötet, weil er sie an der Entführung weiterer Kinder hindern wollte. Die Spurensicherung hat uns gerade bestätigt, dass seine Leiche im Garten vergraben wurde. Wir warten auf die Ergebnisse der Obduktion und einiger Bluttests, die die Täterin zweifelsfrei mit den Pärchenmorden in Verbindung bringen. Aber im Grunde sind das alles Formalitäten, denn Marianne Hermann hat ein umfassendes Geständnis abgelegt. Sie weiß, dass sie das Gefängnis bei sieben Tötungsdelikten und insgesamt neun Kindesentführungen nicht wieder lebend verlassen wird.« Laura machte eine kurze Pause und teilte eine Übersicht zu den Pärchenmorden aus. Sie musste ein wenig weiter ausholen, um die Situation zu erklären.

»Wie schon erwähnt, nahm das Unglück seinen Lauf, als der leibliche Sohn von Marianne Hermann im Alter von nur sechs Monaten am plötzlichen Kindstod verstarb. Das ist jetzt zehn Jahre her. Hermann erlitt bei der Geburt eine Gebärmutterverletzung und kann seitdem keine Kinder mehr zur Welt bringen. Also beschloss sie, gemeinsam mit ihrem Mann, Pflegekinder aufzunehmen. Mit dem Jugendamt vereinbarte sie eine Art Bereitschafts- oder auch Kurzzeitpflege. Ihr wurden ausschließlich Kinder im Alter bis zu drei Jahren zugewiesen. Doch schon bald genügten ihr diese Kinder nicht mehr. Sie waren oft schon älter als ein Jahr und hatten damit längst die für Hermann relevante Phase überstanden. Also beschloss sie, ein wenig nachzuhelfen, um an jüngere Kinder zu kommen. Ihr ging es einzig und allein um die Überwindung ihres Traumas. Sie musste sich beweisen, dass Kinder in ihrer Obhut nicht am plötzlichen Kindstod versterben.«

Laura ging um den Besprechungstisch herum und heftete das Foto eines Zwillingspaares an die Pinnwand.

»Zuerst begegneten ihr die Zwillingseltern Carola

und Stefan Benhausen, die mit den beiden Kindern völlig überfordert waren. Nach Angaben von Marianne Hermann sollen die Eltern völlig zerstritten gewesen und auch nicht besonders liebevoll mit ihren Kindern umgegangen sein. Laut Hermann seien die erst wenige Monate alten Säuglinge geschlagen worden, und so sah sie sich dazu auserkoren, die Eltern zu bestrafen und den Kindern ein liebevolles Zuhause zu geben. Das ist jetzt fast fünf Jahre her. Zu diesem Zeitpunkt hatte sie sich beim Jugendamt einen hervorragenden Ruf als Pflegemutter für schwer traumatisierte und misshandelte Kinder erworben. Nachdem sie die Eltern, die übrigens aus demselben Stadtteil wie sie stammten, ermordet hatte, dauerte es keine zwei Tage, bis das Jugendamt sie um die Aufnahme der Zwillinge bat.«

Laura heftete ein weiteres Babyfoto an die Wand. »Dasselbe passierte drei Jahre später mit diesem acht Monate alten Mädchen. Marianne Hermann erfuhr durch Zufall, dass die Eltern sich trennen wollten, und tötete sie ebenfalls, um an das Kind zu kommen. Die Leichen drapierte sie wie zwei Liebende, deren Hände sie aneinanderband. Es sollte ein Symbol für die Entzweiung des Paares sein, das erst durch den Tod wiedervereint wurde.«

Laura befestigte das Foto von Valentin Schubert neben den zwei anderen Bildern. »Den jüngsten Fall Schubert kennen Sie. Auch hier schlug unsere Täterin zu, weil sie beobachtet hatte, wie die Eltern Valentin misshandelten. Die Mutter war überfordert und ihr ist des Öfteren die Hand ausgerutscht. Es gibt eine Abweichung zu den ersten beiden Morden. Hermann hätte auch in diesem Fall einfach abwarten können, bis das Jugendamt ihr den Jungen als Pflegekind übergeben hätte. Zumindest wären ihre Chancen außerordentlich gut gewesen, da gerade ein Platz bei ihr frei geworden war und Valentins Eltern zudem aus demselben Berliner Stadtteil stammten. Aber Hermann hatte die Großmutter übersehen, die sich regelmäßig um Valentin kümmerte. Unsere Täterin entdeckte auf dem Küchenkalender der Eltern, dass Valentin fast jede Woche ein Mal bei seiner Großmutter übernachtete. Sie war plötzlich verunsichert, ob das Jugendamt Valentin nicht eher bei seiner leiblichen Verwandten unterbringen würde. Also hat sie ihn kurzerhand aus dem Haus seiner Großmutter entführt.«

»Unser großes Glück war, dass Laura den Namen Marianne Hermann in den Akten zu den Pärchenmorden entdeckt hat«, ergänzte Max und präsentierte Fotos des blutbeschmierten Stofffetzens, den sie vor Valentins Fenster entdeckt hatten. »Auf dem Stoff befindet sich Hermanns Blut. Wir konnten das Blut außerdem mit dem Mord an Valentins Eltern in Verbindung bringen. Am Tatort im Elternhaus konnten darüber hinaus Haare sichergestellt werden, die eine genetische Übereinstimmung mit dem Blut auf dem Stofffetzen aufweisen. Die Spurensicherung hat mich gerade informiert.« Wie zur Bestätigung hielt Max sein Smartphone hoch und deutete auf eine geöffnete E-Mail.

Die Innensenatorin meldete sich zu Wort: »Ich verstehe das so weit. Marianne Hermann ist also der gesuchte Pärchenmörder. Sodass wir also zwei Fliegen mit einer Klappe geschlagen haben. Aber was ist jetzt mit dem zehnjährigen Jungen, warum hat sie ihn nicht auch wieder ausgesetzt, nachdem er die kritische Zeit des plötzlichen Kindstods überstanden hatte?«

»Der Junge stellt die einzige Abweichung vom Schema dar.« Laura heftete Davids Foto an die Wand. Sie hatte fast eine Stunde gebraucht, um die Wahrheit aus Marianne Hermann hervorzulocken. Zunächst hatte sie behauptet, David wäre ihr leiblicher Sohn. Doch ein Blutgruppen-Schnelltest bewies unmittelbar das Gegenteil. Unter Druck hatte Hermann schließlich die Herkunft des Jungen preisgegeben.

»David Kullmann war fast zehn Jahre lang in der Gewalt unserer Täterin. Er zeigt das typische Stockholm-Syndrom, bei der das Opfer eine intensive Bindung zu seinem Entführer aufbaut und mit ihm kooperiert. Marianne Hermann hat es geschafft, den Jungen über all die Jahre versteckt zu halten. Sogar die Nachbarn hatten keine Ahnung von seiner Existenz. Der Junge fiel Hermann unmittelbar nach dem Tod ihres leiblichen Sohnes in die Hände, als das Opfer sechs Monate alt war. David Kullmann war das erste Entführungsopfer. Offenbar ähnelte er Hermanns leiblichem Sohn bis aufs Haar. Sie entführte ihn aus einem Krankenhaus. Dort war Marianne Hermann bis zur Geburt ihres Sohnes als Krankenschwester tätig gewesen und hatte aufgrund ihrer Ortskenntnis leichtes Spiel. David Kullmann befand sich auf der Kinderstation wegen eines Magen-Darm-Infektes. Sie nahm ihn einfach mit und niemand hat sie aufgehalten. Die damaligen Ermittlungen liefen vollkommen ins Leere, weil der

Fokus auf einer Patientin lag, die bereits wegen Kindesentführung belangt worden war. Marianne Hermann hatte zu diesem Zeitpunkt ihren Beruf als Krankenschwester aufgegeben. Sie wurde nicht einmal befragt, im Gegensatz zum gesamten Krankenhauspersonal. Sie ist den Ermittlern einfach durch die Lappen gegangen. Den Jungen als Kleinkind zu verstecken, war nicht besonders schwer. Außerdem hatte sie ständig Pflegekinder, sodass auch die Nachbarn die vielen Kinder nicht auseinanderhalten konnten. Später hat sie David darauf trainiert, sich unsichtbar zu machen.«

Laura machte eine kurze Pause und blickte in die Runde. Als niemand eine Frage hatte, fuhr sie fort: »Ich habe die leiblichen Eltern von David informiert. Ein Polizeipsychologe und eine Kinderpsychologin bereiten gerade die Zusammenführung der Familie vor. Wir können derzeit keine Aussagen zum seelischen Zustand des Jungen machen. Körperlich wirkt er jedenfalls unversehrt. Ich gehe davon aus, dass Marianne Hermann David wie einen eigenen Sohn geliebt hat. Das ist auch der Grund, warum sie ihn bei sich behielt.«

»Und warum hat sie den Jungen immer nur ›Baby‹ genannt?«, wollte die Innensenatorin wissen.

»Das ist schwer nachzuvollziehen«, antwortete Laura. »Im Verhör hat sie ausgesagt, weil er einfach ›ihr Baby‹ war. Für sie war er nicht David, sondern das Baby, das sie verloren und in ihm wiedergefunden hatte.«

»Du meine Güte«, rief Joachim Beckstein. »Das ist einer der kompliziertesten und verrücktesten Fälle, die mir je untergekommen sind. Das ist fürchterlich verwirrend und mir schwirren noch etliche Fragen im Kopf herum. Warum zum Beispiel hat sie ihren eigenen Mann ermordet? Er hat die Entführung von David Kullmann doch offensichtlich toleriert.«

»Das stimmt«, erwiderte Laura und heftete ein Foto des vor acht Jahren ermordeten Architekten an die Pinnwand. »Frank Hermann hat die Entführung von David tatsächlich gedeckt. Ich vermute, dass es ihn ebenfalls irgendwie über den Verlust des eigenen Sohnes hinweggetröstet hat. Zunächst gab es zwar einen heftigen Streit, aber am Ende hat er nachgegeben. Der Kleine war seinem verstorbenen Sohn wohl so ähnlich, dass er es nicht fertigbrachte, ihn seiner Frau wegzunehmen. Doch als Marianne Hermann zwei Jahre später mit einem neuen Kind auftauchte, reichte es ihm und er wollte die Polizei informieren. Er hatte kein Verständnis mehr für seine Frau und begriff nicht, was sie mit einem weiteren Kind wollte. Marianne Hermann hat ihn im Schlaf erstickt, nachdem sie ihm mehrere Schlaftabletten in den Tee getan hatte. Die Leiche wird zurzeit obduziert und wir hoffen auf weitere Erkenntnisse.«

»Aber warum hat denn niemand das Verschwinden von Frank Hermann bemerkt?«, hakte Marion Schnitzer nach.

»Er hatte bis auf seine Frau keine lebenden Verwandten und beruflich pausierte er zu diesem Zeitpunkt. Den Nachbarn hat Marianne Hermann weisgemacht, dass sie sich getrennt hätten. Niemand hat den Mann vermisst.«

»Ich verstehe immer noch nicht, warum unsere Täterin sich nicht mit den Entführungen begnügt hat«, warf Joachim Beckstein ein. »Die Pflegekinder hatten den kritischen Zeitraum, in dem der plötzliche Kindstod eintreten kann, überstanden und waren damit uninteressant. David Kullmann war in ihren Augen eine Art Wiedergeburt ihres leiblichen Sohnes und deshalb hat sie ihn behalten. Sie brauchte also neue Babys, um sich zu beweisen, dass sie den plötzlichen Kindstod besiegen kann. Warum hat sie dann nicht einfach weiter Kinder entführt und stattdessen vor fünf Jahren den ersten Mord an den Zwillingseltern begangen?«

Der Polizeipsychologe, der soeben den Besprechungsraum betreten hatte, meldete sich gleich zu Wort. »Das kann ich Ihnen versuchen zu erklären. Auch wenn es für uns alle völlig unverständlich klingen mag, hatte Marianne Hermann sich schlichtweg in die Zwillinge verliebt. Sie war der Mutter mehrfach beim Spazierengehen begegnet und hatte zudem beobachtet, wie die Kinder geschlagen wurden. Außerdem stritten sich die Eltern nach ihrer Aussage ununterbrochen. Hermann hat das ganze drei Wochen lang beobachtet und sich dann eingeredet, die bessere Mutter zu sein. Sie wollte die Kinder beschützen und gleichzeitig die Eltern bestrafen. Dieses Verhalten hat nichts mit normalen Reaktionen zu tun. Marianne Hermann litt infolge des Verlustes ihres Sohnes unter einer schweren Depression und entwickelte im Laufe der Zeit zudem die zwanghafte Wahnvorstellung, für das Überleben von Babys verantwortlich zu sein, bis sie selbstständig Laufen können. Diese Zwangsvorstellung war die Haupttriebfeder für die Morde und verbunden mit dem Bedürfnis, die aus ihrer Sicht verantwortungslosen Eltern zu bestrafen. Schwer von ihrem eigenen Schicksal gebeutelt, konnte Marianne Hermann nicht nachvollziehen, warum sich Eltern gesunder Kinder zerstreiten und zudem ihren Nachwuchs vernachlässigen. Deshalb auch die Drapierung der Leichen mit zusammengebundenen Händen, aber das hat Ihnen Laura Kern ja sicherlich bereits erläutert.«

»Haben Sie noch weitere Fragen?«, wollte Laura wissen und blickte in die Runde.

»Ich habe noch eine Information«, meldete sich Joachim Beckstein zu Wort. »Nussbaum ist gestern Nacht aus dem Koma erwacht und ich konnte heute Morgen ein paar Worte mit ihm wechseln. Es geht ihm den Umständen entsprechend gut. Er wird wieder völlig gesund werden, und natürlich ist ihm ein Stein vom Herzen gefallen, als er erfahren hat, dass sein Sohn wieder zu Hause ist. Tatsächlich hat er bei der Geldübergabe eine Frau mit Kinderwagen entdeckt, ist ihr eigenmächtig gefolgt und dann in den Schacht gestürzt. Er hat mir im Übrigen bestätigt, dass seine Firma BCC Security den Kinderwagen und die Kleidung von Henri Nussbaum mit GPS-Sendern ausgestattet hatte. Vor seiner Frau hat Nussbaum das verheimlicht. Der Sender des Kinderwagens funktionierte auch einwandfrei, doch Henri war bereits verschwunden, als Nussbaum zusammen mit Völder bei den übermittelten Koordinaten eintraf. Der Sender in der Kleidung war defekt und deshalb hat Nussbaum seinen Sicherheitschef vor die Tür gesetzt. Verschwiegen hat er uns die ganze Geschichte, weil er Angst vor massenhaft schlechter Publicity hatte. Wenn die Presse Wind davon bekommen hätte, dass die Überwachung seines eigenen Sohnes fehlgeschlagen war, hätte er das Unternehmen schließen können. Ich bin froh, dass es dem Mann wieder gut geht. Er wird die Kündigung von Völder übrigens zurückziehen.«

»Gut. Ich denke, damit ist der Fall abgeschlossen. Ich bedanke mich noch einmal ausdrücklich für Ihren Einsatz«, sagte Schnitzer kurz und knapp. Ihre Augen blieben für einen Augenblick an Laura hängen. Dann erhob sie sich und verließ eilig den Raum.

»Puh, ich bin froh, dass wir die Kinder lebend wiedergefunden haben«, erklärte Max und grinste Laura an.

»Ich auch. Nicht auszudenken, wenn es anders gelaufen wäre. Tut mir übrigens leid, dass ich dich nicht gleich angerufen habe«, sagte Laura und wollte aufstehen. Doch Max hielt sie zurück.

»Hast du Lust, was essen zu gehen?«, fragte er.

»Ja, gerne. Lass uns verschwinden. Ich habe einen Riesenhunger.«

Sie verließen den Besprechungsraum und warteten auf den Fahrstuhl. Das Lämpchen leuchtete auf und die Türen des Fahrstuhls öffneten sich surrend. Taylor Field stand mit einem frischen Verband vor ihnen. Als er Laura erblickte, huschte ein Lächeln über sein Gesicht.

»Hi Laura, da bist du ja. Wollen wir etwas essen gehen?«

Taylor Fields Anblick raubte Laura buchstäblich

den Atem. Unsicher blickte sie zu Max. Sie kannte die Abneigung ihres Partners Taylor gegenüber. Doch diesmal reagierte Max ganz anders.

»Taylor, schön dich zu sehen.« Dann grinste Max und schob Laura zu Taylor in den Fahrstuhl. »Jetzt geh schon.«

»Meinst du das ernst?« Laura konnte kaum glauben, dass Max sie mit Taylor alleine ließ. Doch der schenkte ihr ein letztes Grinsen und drückte auf den Knopf, der die Fahrstuhltüren zugehen ließ.

Laura war mit Taylor allein und ihr Herz hämmerte ganz plötzlich laut in ihrer Brust. Sie war so froh, dass ihm nichts Ernstes geschehen war, und trat an ihn heran. Vorsichtig legte sie eine Hand auf seinen Verband.

»Tut es noch weh?«, fragte sie, benebelt von seiner Gegenwart.

Taylor antwortete nicht sofort, stattdessen beugte er sich zu ihr hinunter und drückte ihr einen Kuss auf die Wange.

»Nein, aber für dich hätte ich mich auch von Schrotkugeln durchsieben lassen. Und jetzt lass uns was essen gehen.«

Epilog

Guten Tag, mein Name ist nicht mehr Baby. Seit Kurzem heiße ich David. Ich habe einen richtigen Namen, sogar schon seit meiner Geburt. Ich hatte nur keine Ahnung davon. Ich habe sogar echte Eltern. Eine Mutter und einen Vater. Sie lieben mich. Ich habe sogar einen kleinen Bruder. Er heißt Dennis. Wir haben alle gemeinsam geweint, als wir uns zum ersten Mal gesehen haben. Das heißt, eigentlich war ja nur ich derjenige, der sie zum ersten Mal gesehen hat. Meine Eltern kannten mich ja schon als kleines Kind. Bis ich mit sechs Monaten einfach aus dem Krankenhaus verschwand.

Morgen darf ich Mama besuchen. Sie musste ins Gefängnis. Meinetwegen und wegen der anderen Babys. Ich bin traurig und möchte nicht daran schuld sein, dass sie jetzt eingesperrt ist. Sie liebt mich doch, genau wie die anderen Kinder. Sie war immer gut zu uns und ich vermisse sie jetzt. Meine neue Mama gibt sich sehr viel Mühe, aber es ist nicht dasselbe. Mittlerweile vermisse ich sogar das Weinen und Schreien der Babys. Aber ich weiß, dass ich nicht mehr dorthin gehöre. Mama ist weg. Das Haus steht leer und ich gehöre jetzt zu meinen richtigen Eltern.

Bald darf ich sogar in die Schule gehen. So wie andere Kinder auch. Ich bin schon sehr aufgeregt. Eine Frau hat Tests mit mir gemacht und gesagt, dass ich erstaunlich viel weiß. Ich frage mich, warum sie sich so gewundert hat. Mama hat mich schließlich unterrichtet. Sie hat dafür gesorgt, dass ich genauso klug bin wie die anderen Kinder. Meine richtigen Eltern waren ganz schön stolz, als die Frau ihnen das Testergebnis erklärt hat. Ich fand die Fragen eigentlich gar nicht so schwer. Aber als ich gesehen habe, wie beeindruckt meine Eltern waren, habe ich natürlich so getan, als wären es die schwersten Fragen in meinem ganzen Leben gewesen. Danach habe ich sogar einen großen Eisbecher bekommen. Wir sind in ein richtiges Café gegangen und ich habe mitten unter all den anderen Leuten gesessen. Ich musste mich nicht verstecken wie sonst. Als die Kellnerin mir ein extragroßes Stück Schokolade geschenkt hat, weil sie mich aus der Zeitung kannte, musste ich ein bisschen weinen. Noch nie hat mich jemand bemerkt und erst recht habe ich noch nie einfach so etwas geschenkt bekommen. Die Kellnerin hat beinahe mit mir geweint, als sie meine Tränen gesehen hat. Meine richtige Mutter hat sie mir mit einem weißen Tuch abgetupft. Dabei hat sie mich mit diesem Blick angesehen, den ich auch von Mama kenne. Ich glaube, sie hat mich lieb.

Seit diesem Moment ist mir klar, dass Mama mich nicht einfach hätte mitnehmen dürfen, als ich noch ein Baby war. Trotzdem habe ich sie immer noch lieb. Ob meine richtigen Eltern mit mir schimpfen würden, wenn sie das wüssten? Ich bin mir nicht sicher, aber morgen werde ich es sicherlich wissen, wenn ich Mama besuche. Dann werden sie es merken.

Die Frau von der Polizei kommt in mein Zimmer und lächelt mich an. Sie hat schöne blonde Locken und braune Augen. Sie heißt Laura. Ich versuche, einen Vorwurf in ihrer Stimme zu hören, doch sie lächelt weiter und gibt mir ein Geschenk. Ich frage mich kurz, ob das ein Trick ist und sie mich am Ende bestrafen will. Schließlich habe ich ihr einen Stein auf den Kopf gehauen, als sie Mama nachts im Garten gefangen genommen hat. Da wusste ich ja auch noch nicht, dass sie eine Polizistin ist.

Vorsichtig löse ich das Geschenkband von dem Briefumschlag und staune nicht schlecht, als ich den Text auf der Karte lese. ›Lieber David‹, steht dort und ich spreche den Namen laut aus. Ich staune über den Klang und die Bedeutung dieser fünf Buchstaben, die aussagen, wer ich bin und dass ich jemand bin. Dann freue ich mich und springe in die Luft. Ich darf einen Schauspielkurs besuchen und bin überglücklich. Ich bedanke mich artig und schiebe den Gutschein ganz vorsichtig zurück in den Umschlag.

Mein Leben hat sich von heute auf morgen so sehr verändert. Ich hüpfe noch einmal und rufe dabei laut meinen eigenen Namen. Die Frau lächelt, und ich weiß auf einmal, dass dies hier mein echtes Leben ist. Ein Leben, in dem ich sehr glücklich sein werde. Plötzlich fange ich an zu weinen, doch es ist nicht, weil ich traurig bin, sondern vor lauter Glück. Denn endlich bin ich nicht mehr unsichtbar, sondern ein richtiger Junge mit einem eigenen Namen.

ENDE

Nachwort der Autorin

Liebe Leserin,
lieber Leser,

ich möchte mich bei Ihnen dafür bedanken, dass Sie meinen Roman gekauft und gelesen haben. Ich hoffe, Ihnen hat die Lektüre des Buches gefallen und Sie hatten ein spannendes Leseerlebnis.

Wenn Sie an weiteren Informationen über mich und meine Bücher interessiert sind, besuchen Sie doch einmal meine Homepage unter

www.catherine-shepherd.com

und melden sich dort für den Newsletter an. Über den Newsletter erhalten Sie dann alle Neuigkeiten über meine neuen Projekte, Veranstaltungen und Gewinnspiele.

Facebook-Mitglieder sind herzlich willkommen, durch Klicken des »Gefällt mir«-Buttons ein Fan zu werden:

www.facebook.com/Puzzlemoerder

Auf Twitter finden Sie mich unter: **www.twitter.com/shepherd_tweets** und natürlich freue ich mich auch über Ihr persönliches Feedback zum Buch an meine E-Mail-Adresse:

kontakt@catherine-shepherd.com

Zum Abschluss habe ich noch eine persönliche Bitte an Sie. Wenn Ihnen dieses Buch gefallen hat, würde es mich sehr freuen, wenn Sie es bewerten und eine kurze Rezension bei Amazon schreiben würden. Keine Sorge, Sie brauchen hier keine »Romane« zu schreiben. Einige wenige Sätze, warum Ihnen mein Buch gefallen hat, reichen völlig aus.

Sollten Sie bei Lovelybooks oder Goodreads aktiv sein, ist natürlich auch dort ein kleines Feedback sehr willkommen. Ich bedanke mich recht herzlich und hoffe, dass Sie auch meine anderen Romane lesen werden.

Ihre Catherine Shepherd

Danksagung

An dieser Stelle möchte ich mich ganz herzlich bei meinem Ehemann Felix und meinen Eltern für die immerwährende Geduld und Unterstützung bedanken. Gleiches gilt für Franziska Gräfe und Gisa Marehn, die meinem Buch mit vielen guten Ideen den richtigen Schliff verliehen haben und für all die anderen fleißigen Helfer, die an diesem Buch mitgewirkt haben.

KAFEL
VERLAG
ZONS-KRIMI
DER
PUZZLEMÖRDER
VON ZONS
CATHERINE SHEPHERD

Der Puzzlemörder von Zons. Thriller
Catherine Shepherd, Kafel Verlag 2012

»Der Puzzlemörder von Zons« ist der erste Roman von Catherine Shepherd, der direkt nach seiner Veröffentlichung die Nr. 1 der deutschen Amazon Bestsellerliste erreichte. Der Thriller gehört zu den E-Book-Bestsellern des Jahres 2012 bei Amazon. Auch die Taschenbuchausgabe erreichte im lokalen Buchhandel die Spitze der Bestsellerliste.

Die Westdeutsche Zeitung schrieb über ihren Roman:

»Der Mörder Dietrich Hellenbroich erinnert in seiner schaurigen Sammelwut an den Grenouille, die Hauptfigur aus Patrick Süskinds Bestseller ‚Das Parfum'. Die den Roman durchziehende Symbolik wiederum ähnelt den Dan Brown-Bestsellern.«

Zum Inhalt:

Eine Begegnung von Vergangenheit und Gegenwart, die Sie nicht vergessen werden ...

Zons 1495: Eine junge Frau wird geschändet und verstümmelt aufgefunden. Offensichtlich war sie Opfer des Rituals eines perversen Mörders geworden. Eigentlich ist das kleine mittelalterliche Städtchen Zons, das damals wie heute genau zwischen Düsseldorf und

Köln am Rhein liegt, immer besonders friedlich gewesen. Doch seitdem der Kölner Erzbischof Friedrich von Saarwerden dem Städtchen die Zollrechte verliehen hatte, tauchte immer mehr kriminelles Gesindel auf. Bastian Mühlenberg von der Zonser Stadtwache ist geschockt von der Brutalität des Mörders und verfolgt seine Spur – nicht ahnend, dass auch er bereits in den Fokus des Puzzlemörders geraten ist ...

Gegenwart: Die Journalismus-Studentin Emily kann ihr Glück kaum fassen! Sie darf eine ganze Artikelserie über die historischen Zonser Morde schreiben. Doch mit Beginn ihrer Reportage scheint der mittelalterliche Puzzlemörder von Zons wieder lebendig zu werden, als eine brutal zugerichtete Frauenleiche in Zons aufgefunden wird. Kriminalkommissar Oliver Bergmann nimmt die Ermittlungen auf. Erst viel zu spät erkennt er den Zusammenhang zur Vergangenheit. Verzweifelt versucht er die Puzzleteile des Mörders zusammenzufügen, doch der Täter ist immer einen Schritt voraus ...

»Der Autorin Catherine Shepherd gelingt es in ihrem Thriller meisterhaft, die Begegnung zwischen Historie und Gegenwart zu inszenieren. Ein packendes Werk, von der ersten bis zur letzten Minute!«

CATHERINE
SHEPHERD
ZONS-THRILLER
ERNTE
ZEIT
KAFELVERLAG

Erntezeit. Thriller

Catherine Shepherd, Kafel Verlag 2013

Der packende Nachfolger von Catherine Shepherd´s Bestseller »Der Puzzlemörder von Zons«:

Zons 1496: Während Bastian Mühlenberg von der Zonser Stadtwache auf der Spur eines uralten Schatzes ist, den der Erzbischof von Saarwerden bei Errichtung der Stadtmauern tief unter der Erde von Zons verborgen hat, treibt ein brutaler Mörder mit einer goldenen Sichel sein blutiges Spiel mit seinen Opfern. Scheinbar wahllos verschwinden »unbescholtene« Bürger und alles, was von ihnen übrig bleibt, sind ihre toten Zungen, die sichtbaren Zeichen ihrer Sünden. Drei silberne Schlüssel, behütet von Pfarrer Johannes und der St.-Sebastianus-Schützenbruderschaft, führen Bastian in ein verschlungenes Labyrinth unterhalb von Zons, wo ein düsteres Geheimnis auf ihn wartet ...

Gegenwart: Ein menschlicher Fußknochen wird in den Rheinauen von Zons gefunden. Kommissar Oliver Bergmann kann zunächst keine Leiche finden. Doch dann überschlagen sich die Ereignisse. Oliver verfängt sich in einem schier undurchdringbaren Netz aus Verdächtigen und Vermissten. Die nagelneue Salzsäureanlage im Chemiepark Dormagen gerät ebenso in sein Visier wie geldsüchtige Banker, eine goldene Mordwaffe und Gandhis »sieben Todsünden der Moderne«. Als die Journalismus-Studentin Emily und ihre beste

Freundin Anna in ernsthafter Gefahr schweben, erkennt Oliver verzweifelt, dass ihm nicht mehr viel Zeit bleibt ...

»In ihrem zweiten Roman lässt Autorin Catherine Shepherd erneut Vergangenheit und Gegenwart zu einem atemberaubenden Thriller verschmelzen. Wem der »Puzzlemörder von Zons« gefallen hat, wird die neue Geschichte nicht mehr aus der Hand legen können. Shepherd führt Sie auf eine unglaublich spannende Reise!«

KAFEL
VERLAG
ZONS-KRIMI
KALTER
ZWILLING
CATHERINE SHEPHERD

Kalter Zwilling. Thriller

Catherine Shepherd, Kafel Verlag 2013

Der dritte Thriller von Catherine Shepherd führt Sie in die Tiefen menschlicher Abgründe. Eine weitere Begegnung von Vergangenheit und Gegenwart, die Sie nicht vergessen werden ...

Zons 1496: Ein schrecklicher Fluch beendet Elisas junges Leben, noch bevor sie ihre neugeborenen Zwillingssöhne in den Armen halten kann. Bastian Mühlenberg von der Zonser Stadtwache ahnt zunächst nichts vom düsteren Familiengeheimnis, das auf den Brüdern lastet. Als der Schmied mit gefälschten Goldgulden zerstückelt vor der Stadtmauer gefunden und das friedliche Städtchen von einer neuen Mordserie erschüttert wird, nimmt Bastian Mühlenberg die Spur des Mörders auf. Stück für Stück wird er in eine unheilvolle Verschwörung hineingezogen, die das Leben seiner Familie bedroht ...

Gegenwart: Der grausame Mord an einer Prostituierten führt Kommissar Oliver Bergmann zu seinem dritten großen Fall nach Zons. Offensichtlich ist der Mörder ein kaltblütiger Psychopath, der ein perverses Machtspiel mit seinen Opfern treibt. Währenddessen schreibt Journalismus-Studentin Emily mit Hilfe von Professor Morgenstern, dem Leiter einer psychiatrischen Klinik vor den Toren von Zons, eine Reportage über die menschlichen Abgründe psychopathischer

Persönlichkeiten. Als ein Universitätsprofessor aus Köln, keine dreißig Kilometer von Zons entfernt, auf martialische Weise ermordet wird, meint Oliver Bergmann ein Muster aus der Vergangenheit zu erkennen. Ein über fünfhundert Jahre alter Fluch scheint zu neuem Leben erwacht ...

»Kalter Zwilling ist der dritte Zons-Krimi von Catherine Shepherd, der in atemberaubendem Tempo Vergangenheit und Gegenwart zu einer einzigen packenden Geschichte verschmelzen lässt. Fesselnd bis zur letzten Seite!«

CATHERINE SHEPHERD
KAFEL
VERLAG
AUF
DEN
FLÜGELN
DER
ANGST
THRILLER

Auf den Flügeln der Angst. Thriller

Catherine Shepherd, Kafel Verlag 2014

Der vierte Thriller von Catherine Shepherd führt Sie auf einen trügerischen Pfad, auf dem nichts so ist, wie es scheint. Eine weitere Begegnung von Vergangenheit und Gegenwart, die Sie nicht mehr loslassen wird ...

Zons 1497: Bastian Mühlenberg von der Zonser Stadtwache steht vor einem Rätsel. Am Morgen nach dem Geburtstagsfest von Pfarrer Johannes schwimmt eine tote Frau im Burggraben. Vom Täter fehlt jede Spur. Als kurz darauf vor den Stadttoren von Zons ein Bote brutal ermordet wird, beginnt eine atemlose Jagd. Bastian entdeckt ein Geheimnis hinter den Steinen der Stadtmauer. Eine geheimnisvolle dunkle Flüssigkeit führt ihn auf eine gefährliche Reise, denn auch der Mörder ist auf der Jagd nach dem teuflischen Elixier ...

Gegenwart: Die alleinerziehende junge Mutter Saskia nimmt an einer klinischen Studie teil. Doch statt der erhofften Befreiung von ihren Ängsten fühlt sie sich von Tag zu Tag schlechter und kann am Ende nicht mehr zwischen Wahn und Wirklichkeit unterscheiden. Während Saskia von unerklärlichen, grausamen Bildern verfolgt wird, ermittelt Kommissar Oliver Bergmann in einer neuen Mordserie. Ein Stadtrat wird in seiner Zonser Wohnung ertränkt, wenig später führt ein Anruf die Polizei zu einer weiteren Leiche. Die einzige Verbindung zwischen den Opfern ist eine seltene

Droge in ihrem Blut. Obwohl alles auf ein männliches Täterprofil hindeutet, hat Oliver starke Zweifel. Erst im letzten Moment erkennt er den wahren Zusammenhang, der ihn zurück ins Mittelalter führt ...

»**Auf den Flügeln der Angst**« ist das neue spannende Werk von Catherine Shepherd, das den Leser bis zur letzten Seite in seinen Bann zieht.

CATHERINE
SHEPHERD
ZONS-THRILLER
TIEFSCHWARZE
MELODIE
KAFELVERLAG

Tiefschwarze Melodie. Thriller

Catherine Shepherd, Kafel Verlag 2015

Mit ihrem fünften Roman lässt Catherine Shepherd Sie in die düstere Dimension der Musik eintauchen. Halten Sie sich fest, denn dieser Thriller wird Sie nicht wieder loslassen.

Zons 1497: Eine junge Novizin wird gekreuzigt in der Kirche aufgefunden. Stadtsoldat Bastian Mühlenberg entdeckt eine Rose ohne Blütenblätter bei der Leiche des Mädchens. Noch bevor er ihrem Mörder auf die Spur kommt, muss eine weitere Frau ihr Leben lassen. Wieder schmückt ein Pflanzensymbol den Körper der Toten. Bastian steht vor einem Rätsel. Bei seiner Jagd nach dem raffinierten Frauenmörder stößt er auf ein grausames Geheimnis, das von einer tiefschwarzen Melodie wachgerufen wird ...

Gegenwart: Oliver Bergmann ermittelt in einem neuen Fall. Eine Frau wurde ans Bett gefesselt und brutal erstochen. In der Hand hält sie einen Notenzettel mit einer mittelalterlichen Melodie und zwei beunruhigenden Worten: »Fortsetzung folgt«. Der Kölner Musikprofessor Engelbert findet heraus, dass der Notenzettel nur ein kleines Stück der gesamten Komposition beinhaltet. Doch bevor die Ermittlungen richtig anlaufen, wird bereits eine zweite Frau ermordet - und wenn der Professor recht behält, war das noch lange nicht das letzte Opfer. Ein Wettlauf gegen die Zeit beginnt ...

»Tiefschwarze Melodie« ist ein temporeicher Thriller mit Spannung von der ersten bis zur letzten Seite.

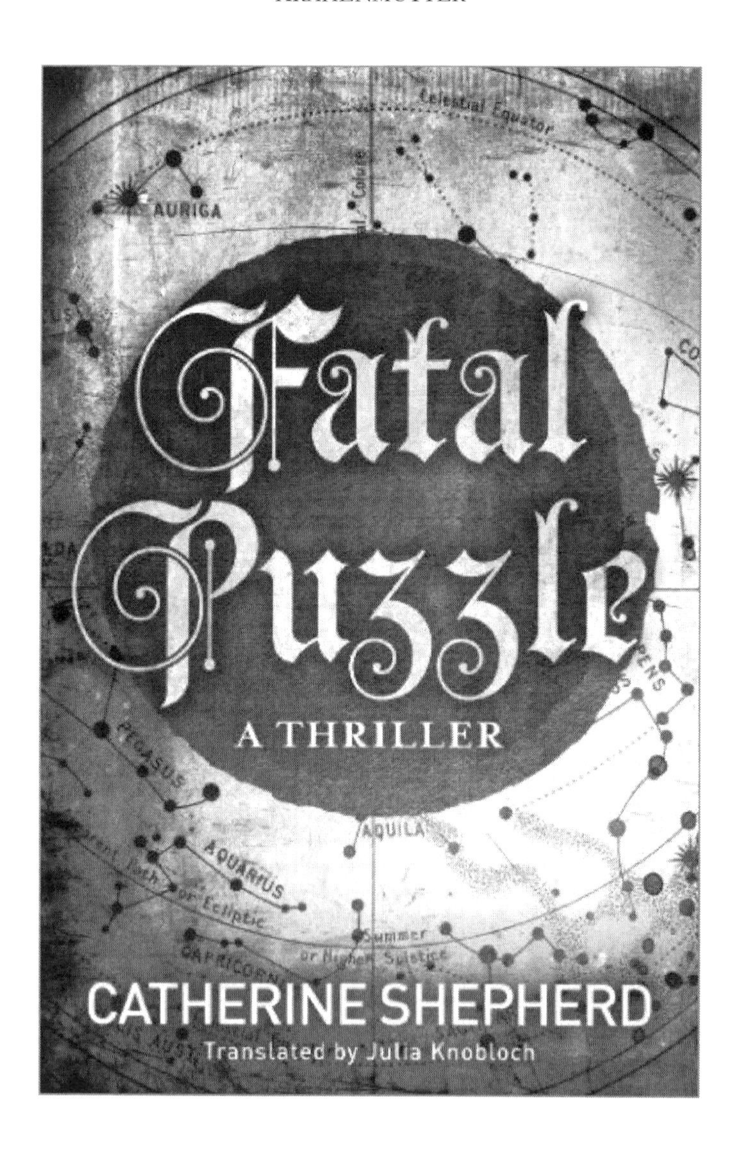
Fatal
Puzzle
A THRILLER
CATHERINE SHEPHERD
Translated by Julia Knobloch

Fatal Puzzle (Zons Crime Book 1)

Catherine Shepherd, Amazon Crossing 2015

Deutscher Originaltitel: Der Puzzlemörder von Zons

1495: In the peaceful medieval city of Zons, on the banks of the Rhine, a young woman is found hanging from a parapet, assaulted and mutilated. A month later, another maiden falls prey. Bastian Mühlenberg, head of the City Guard, is determined to decipher the murderer's gruesome code, unaware that he and the woman he loves are in the killer's sights. With the help of an old psychic, a priest, and the stars above, Mühlenberg must solve the "fatal puzzle" before it's too late.

Present day: Journalist Emily Richter is thrilled when she's assigned a series of articles about the historic Zons killings. However, right before her stories are to be published, a young woman's body is found hanging from a city tower - grossly maimed and wearing a linen gown, like her medieval predecessors. Detective Oliver Bergmann leads the investigation, tapping the knowledge of the attractive young journalist. Working together - and using Mühlenberg's old notes - they race to stay one step ahead of the copycat killer.

From the Editor

Care to visit an idyllic medieval town along the Rhine?

Notice the trapezoidal shape created by the towers at each corner; feel the history breathing through the walls. Fatal Puzzle both inspired me to visit Zons, one of the few villages of its kind left in Europe, and made me terrified of its dangers. Thanks to Catherine Shepherd's wildly successful Zons series, the town has blossomed into its full tourism potential - the author even helps craft tours of the towers linked to the plot of the book.

Reading the story, you feel walled in from the start. A longtime resident of Zons, Catherine understands the power of her setting: you can sense the claustrophobia of small-town living in her sentences. Journalist Emily Richter is investigating the murder of a young woman and happens upon notes in the city archive that seem eerily familiar. In 1495, precocious city clerk Bastian Mühlenberg traced a series of bodies discovered in the town's towers in a similar race against time.

Can Emily piece together the killer's reasoning before he takes another victim? A strange energy permeates the village - these towers are crime scenes for a reason - and Emily must work fast to understand the occult link between the murders and the walls themselves.

Fatal Puzzle drives you forward to unlock the mystery, throwing your inner sleuth off course and sending you back to the map to seek out the pattern. What creepy force inhabits these towers?

Gabriella Page-Fort, Editor

Über die Autorin

Die Autorin Catherine Shepherd (Künstlername) lebt mit ihrer Familie in Zons und wurde 1972 geboren. Nach Abschluss des Abiturs begann sie ein wirtschaftswissenschaftliches Studium und im Anschluss hieran arbeitete sie jahrelang bei einer großen deutschen Bank. Bereits in der Grundschule fing sie an, eigene Texte zu verfassen und hat sich nun wieder auf ihre Leidenschaft besonnen.

Ihren ersten Bestseller-Thriller veröffentlichte sie im April 2012. Als E-Book erreichte »Der Puzzlemörder von Zons« bereits nach kurzer Zeit die Nr. 1 der deutschen Amazon Bestsellerliste. Ihr zweiter Kriminalroman »Der Sichelmörder von Zons« folgte im März 2013. Beide Bücher gehörten zu den Jahresbestsellern 2012 und 2013. Am 01.12.2013 folgte ihr drittes Buch mit dem Titel »Kalter Zwilling«. Der Thriller erreichte ebenfalls die Nr. 1 der Kindle Charts und gewann Platz Nr. 2 des Indie-Autoren-Preises 2014 auf der Leipziger Buchmesse. Im August 2014 folgte der 4. Thriller »Auf den Flügeln der Angst« und ganz neu ist der 5. Band mit dem Titel »Tiefschwarze Melodie« zum 01.05.2015 veröffentlicht worden.

Mehr Informationen über Catherine Shepherd und ihre Romane finden sich auf ihrer Webseite:

www.catherine-shepherd.com

12941530R00196

Printed in Poland
by Amazon Fulfillment
Poland Sp. z o.o., Wrocław